PRESSÁGIOS DO MILÊNIO

OBJETIVA

HAROLD BLOOM

PRESSÁGIOS DO MILÊNIO

ANJOS, SONHOS E IMORTALIDADE

Tradução de
Marcos Santarrita

OBJETIVA

Título original:
OMENS OF MILLENIUM:
The Gnosis of Angels, Dreams and Resurrection

Direitos em língua portuguesa para o Brasil, adquiridos de
THE PUTNAM PUBLISHING GROUP, uma divisão de
THE PUTNAM BERKLEY GROUP INC.,
por EDITORA OBJETIVA LTDA., Rua Cosme Velho, 103
Rio de Janeiro – RJ – CEP: 22241-090
Tel.: (021)205-7824 – Fax: (021) 225-8150

Capa:
Vitor Burton

Revisão:
Teresa Fátima da Rocha
Sandra Castelo Branco
Henrique Tarnapolsky

1996
10 9 8 7 6 5 4 3 2

Para Glen Hartley
e
Lynn Chu

"O homem está numa armadilha... e a bondade de nada lhe vale na nova ordem. Ninguém mais liga para isso, de uma maneira ou de outra. Bem e mal, pessimismo e otimismo — são uma questão de grupo sangüíneo, não de disposição angélica. Quem algum dia se interessava e cuidava de nós, quem se preocupava com nosso destino e o do mundo, foi substituído por outro que se regozija com nossa servidão à matéria e às mais baixas partes de nossas naturezas."

— Lawrence Durrell, *Monsieur, or The Prince of Darkness*

Sumário

Introdução 11
Prelúdio: Autodependência ou Simples Gnosticismo 19

1. ANJOS

A) Visões de Anjos 35
B) A Atual Degeneração Deles 38
C) Metatron, que foi Enoque 40
D) A Hierarquia Católica dos Anjos 46
E) Os Anjos Caídos 52
F) Anjos, Milagres e a América 58

2. SONHOS

A) O Anjo Respondedor 67
B) A Natureza dos Sonhos 72
C) O Livro dos Sonhos de Sigmund Freud 81
D) Profecia e Sonhos 88

3. NÃO MORRER

A) A "Experiência da Quase Morte" 97
B) Xamanismo: Viagens ao Outro Mundo 104
C) O Corpo Astral: o *Zelem* 110
D) Imortalidade e Ressurreição 115
E) O Corpo de Ressurreição 122

4. GNOSE

A) O Corpus Hermeticus: Homem Divino 131
B) Gnosticismo Cristão: Valentino e a Ressurreição 135
C) Sufismo: Anjo da Terra e Traje de Luz 144
D) A Cabala: Metatron, o Javé Menor 149
E) A Cabala: A Transmigração das Almas de Luria 153

5. MILÊNIO

A) Séculos Americanos 159
B) Gnose do Mundo Futuro 163

Coda: Nem pela Fé, nem pelos Anjos: Um Sermão Gnóstico . . . 168
Agradecimentos 183

Introdução

O elemento dominante nas tradições religiosas ocidentais — sobretudo na Europa e no Oriente Médio, e um pouco menos na América — tende a ser de orientação institucional, histórica e dogmática. Isso se aplica ao judaísmo normativo, ao Islã em seus ramos sunita e xiita, e ao cristianismo, seja ele o católico romano, o ortodoxo oriental ou a linha geral do protestantismo. Em todos eles, Deus é encarado essencialmente como externo ao eu. Místicos e visionários espirituais dentro dessas tradições puderam reconciliar-se com a autoridade constitucional, mas sempre houve uma aliança alternativa, o caminho da Gnose, uma familiaridade ou conhecimento do Deus interior, condenada como herética pelas fés institucionais. De uma forma ou de outra, a gnose se mantém já há pelo menos os dois milênios do que aprendemos a chamar de Era Comum, partilhada primeiro por judeus e cristãos, e depois também pelos muçulmanos. Minhas próprias experiência e convicção religiosas são uma espécie de gnose, e em certo sentido todo este livro, e não apenas sua coda, é uma espécie de sermão gnóstico. Minhas preocupações espirituais, embora pessoais, judaicas e americanas, têm em si um elemento universal que provém de uma vida de estudo da gnose, antiga e moderna. Contudo, este livro, embora embasado na erudição, não é uma obra erudita, mas um testemunho religioso pessoal que se estende às nossas preocupações comuns, à medida que se aproxima o milênio.

Procuro mostrar como se fundem, necessariamente, quatro de nossas crescentes preocupações: a angelologia, o elemento quase premonitório nos sonhos, a "experiência da quase morte" e a aproximação do milênio (variadamente situado nos anos 2000, 2001 ou 2033). A fusão dessas questões precede de muito nosso momento, e pode remontar à Pérsia e à Palestina antigas, e à Arábia medieval, à Provença e à Espanha. Recorri ao gnosticismo cristão, ao sufismo xiita muçulmano e ao cabalismo judaico como minhas fontes explanatórias porque oferecem interpretações convincentes das ligações entre anjos, sonhos, viagens ao outro mundo ou manifestações do corpo astral, e expectativas messiânicas. Outras tradições esotéricas também abrangem essas entidades, mas talvez não de maneira tão vívida nem tão importante quanto os gnósticos, sufistas e cabalistas. Parece haver na Gnose, na teosofia sufista e na Cabala um veio comum, talvez hermetista, que tentei desenvolver aqui num modo que possa elucidar aspectos do sobrenatural que hoje interessam a tantos de nós, céticos e crentes igualmente, ao nos aproximarmos do século 21.

Tentei seguir apenas algumas grandes autoridades: Hans Jonas e Ioan Couliano no gnosticismo cristão, Henry Corbin no sufismo iraniano, Gershom Scholem e Moshe Idel na Cabala, mas a maior parte de minhas interpretações dessas tradições, a essa altura, é em essência minha mesma, e francamente afetada por meu sentido do que chamo de Religião Americana, uma fé sincrética e predominante que me parece muito diferente do cristianismo europeu. O interesse por angelologia, sonhos proféticos e manifestações de quase morte como presságios milenares é necessariamente mundial, mas tem uma intensidade particular nos Estados Unidos, onde o Cristo americano tende a ser mais o Jesus da Ressurreição que o da Crucificação ou da Ascensão. Contudo, não pretendo que este livro seja de modo algum uma continuação do meu *The American Religion* [A religião americana] (1992), pois aqui me concentro exclusivamente no entrelaçamento de anjos, sonhos, a não morte e as expectativas do fim de nosso tempo. Parece visivelmente mais provável que um país cujo quase oficial sumo sacerdote é o Reverendo Billy Graham, autor de *Approaching Hoofbeats: the Four Horsemen of the Apocalypse* [Barulho de cascos que se aproximam: os quatro cavaleiros do Apocalipse], tenha mais fortes prenúncios do Milênio que os outros. Nossos batistas do sul e mórmons, nossos adventistas, pentecostais e outras fés nativas têm todos em vista suas perspectivas particulares do fim dos tempos, e eu as vi como parte do tema deste livro, mas apenas em sua periferia. No centro, está um complexo de idéias, imagens e experiências interiores que têm assumido formas externas visíveis e palpáveis para muitos de nós. Algumas são sem dúvida ilusórias; algumas talvez não. Contudo, todas têm famosos precursores em veneráveis tradições, que possuem igualmente, com justiça, prestígio cultural e poder explanatório.

Desejo acentuar aqui, no início, minha própria convicção de que é infrutífero literalizar ou descartar a experiência espiritual — antiga, medieval ou contemporânea. Essa convicção é pragmática, e sigo William James no reconhecer as experiências religiosas importantes como autênticas diferenças: umas das outras e entre nós. Para muitos dos antigos, os fenômenos dos anjos, sonhos e viagens ao outro mundo ou manifestações do corpo astral eram em essência a mesma coisa, porque o que nós hoje chamamos de psicologia e cosmologia eram também uma só coisa. Grande parte do que agora chamamos ciência é mero cientificismo que, em sua versão fins do século 19, deformou aspectos das especulações de Freud, sobretudo em relação à natureza dos sonhos. No extremo limite da física de hoje, uma demarcação em perpétua evanescência, abundam as especulações de que o cientificismo do século 19 teria sido descartado como místico. Fascina-me o fato de grande parte de nosso mistério atual, à medida que se aproxima o milênio, repetir em nível popular as convicções e imagens de sábios sofisticados e esotéricos, que nos iluminam mais do que podemos nós iluminá-las. Henry Corbin, o grande estudioso do Islã iraniano, sobretudo dos sufistas xiitas, deplorava o fosso ocidental entre a percepção dos sentidos, com seus dados empíricos, e as intuições ou categorias do intelecto. A imaginação poética, na tradição ocidental pós-Iluminismo, atua nesse vazio, mas a maioria de nós vê os produtos dessa imaginação apenas como ficções ou mitos. Corbin, eloqüentemente, exortava outra coisa:

> Por isso não resta esperança de recuperar a realidade *sui generis* de um mundo supra-sensível, que não é nem o mundo empírico dos sentidos, nem o mundo abstrato do intelecto. Além disso, já há muito tempo nos tem parecido radicalmente impossível redescobrir a realidade de fato — diríamos a *realidade no ato* — própria daquele "Mundo Angélico", uma realidade prescrita em Ser ela mesma, não de alguma forma um mito dependente de infra-estruturas políticas ou socioeconômicas. É impossível penetrar, como penetramos num mundo real, no universo da angelologia zoroastriana... e o mesmo diríamos das angelofanias da Bíblia.
>
> — *Spiritual Body and Celestial Earth* [Corpo espiritual e Terra celestial]

Do ponto de vista de Corbin, seguindo os sábios, o próprio sentido literal ou empírico é uma metáfora para a ausência de visão, o que me parece, pragmaticamente, bastante verdadeiro. Entre o mundo sensório e o intelectual, os sábios sempre sentiram um reino intermediário, semelhante ao que chamamos de imaginações de poetas. Se somos um crente religioso, normativo ou heterodoxo, esse reino do meio é sentido como uma presença do divino em nossa vida diária. Se somos mais céticos, essa presença é basicamente estética, ou talvez uma espécie de perspectivismo. Neste livro, a esfera entre as realidades literal e intelectual toma seu nome tradicional de reino angélico, e como tal é descrita e analisada. Os anjos, no sentido judaico, cristão e islâmico, raramente aparecem na Bíblia hebraica, e mal desempenham papéis independentes até o bem tardio Livro de Daniel, escrito por volta de 165 A.E.C. [Antes da Era Comum], no tempo da revolta macabéia contra os sírio-helenos. Na mais antiga narrativa bíblica, do Javista ou J do século 10 A.E.C., a maioria dos anjos não passam de delegados do próprio Javé, e provavelmente foram acrescentados pelo redator da época do Retorno da Babilônia ou logo depois. Há um sarcástico adágio talmúdico que diz: "Os nomes dos anjos vieram da Babilônia", e eu suspeito que não só os nomes vieram do leste do Jordão.

A angelologia de Daniel, e dos Livros de Enoque depois, é essencialmente mais zoroastriana que israelita. Norman Cohn, uma autoridade sobre o pensamento milenário, remonta suas origens ao profeta iraniano Zoroastro, que ainda não pode ser localizado com precisão no tempo, mas que se deve situar em 1500 A.E.C., meio milênio antes do Javista. Zoroastro começou como sacerdote da antiga religião iraniana dos Magos, mas reformou-a, e o zoroastrismo tornou-se a fé do império persa, desde pelo menos o século 6 A.E.C. até meados do século 7 da E.C., quando os muçulmanos a expulsaram. Hoje só há cerca de cem mil zoroastrianos, os parses, na Índia, e uns poucos milhares (no máximo) no Iraque. Uma grande religião praticamente desapareceu, a não ser na medida em que o judaísmo, o cristianismo e o Islã retêm em si a marca peculiar do messianismo zoroastriano. O deus de Zoroastro, Ahura Mazda, senhor da luz e da sabedoria, era benigno e poderoso, mas tinha um irmão gêmeo mau, Angra Mainyu, senhor do mal e da destruição. A incessante guerra entre os gêmeos acabaria, um dia, com o triunfo de Ahura Mazda e o estabelecimento da eterna paz e alegria. Como o primeiro profeta do milênio, pode dizer-se que Zoroastro inventou a ressurreição dos mortos. Antes dele, acreditava-se que todos desciam a uma triste e

 lúgubre condição debaixo do chão, com exceção de uns poucos

favorecidos pelos deuses. Na visão de Zoroastro, seus crentes iam para o céu, e seus adversários para um lugar de punição debaixo da terra. Assim, parece ter acrescentado o inferno às suas muitas invenções, além da imagem da ressurreição do corpo, quando chegasse o momento final. Transfigurada por um fogo divino, a natureza viraria eternidade. Evidentemente, Zoroastro esperava que essa grande mudança se desse no seu tempo de vida. Como isso não aconteceu, o profeta teve o descortino de imaginar uma futura figura benfeitora ou messiânica, o Saoshyant, que prevalecerá contra as forças do mal e ressuscitará os mortos.

Na longa história do zoroastrismo, as doutrinas originais do profeta se revelaram menos importantes que a fé revisionista do zervanismo, que começou como heresia, mas dominou a religião de Estado do império iraniano a partir do início do século 4 A.E.C. Em vez de um apocalipse iminente, o zervanismo oferecia um ciclo de eras mundiais. Três milênios depois de Zoroastro, Ormazd (novo nome de Ahura Mazda) finalmente triunfaria sobre Ahriman (nome final do perverso Angra Mainyu). Zurvan, ou o tempo, era visto como pai de Ormazd e Ahriman, uma identificação que facilitou ao judaísmo helenizado assimilar o zervanismo, pois Javé podia ser equiparado a Zurvan. Norman Cohn identifica a influência do zervanismo desde os Livros de Daniel e de Enoque até a Revelação de São João Divino, passando pela comunidade do Qumran (Mar Morto). Henry Corbin faz o mesmo com a continuidade do zervanismo e o Islã iraniano, sobretudo os sufistas xiitas. A angelologia tornou-se a maior dádiva zervanita aos judeus, cristãos e muçulmanos.

Vou traçar o desenvolvimento da angelologia mais adiante neste livro, mas quero refletir aqui precisamente como a origem dos anjos na religião milenária iraniana afetou as características deles desde então. A Bíblia hebraica, incluindo Daniel, o último escrito de seus vinte livros, nada fala de um princípio do mal independente de Deus. Satanás, no Livro de Jó, é um acusador autorizado, sancionado por Javé, e não um demônio ou um ser que pode agir por vontade própria, ou para seus próprios fins. É nos *Pseudopigrafa*, de Enoque em diante, que Satanás começa de fato sua deslumbrante carreira de rebelde contra Deus. Contudo, mesmo em Daniel, dentro dos cânones da Bíblia hebraica, os anjos começam a ter nomes, e pela primeira vez profetizam o futuro, quando nada interpretando os sonhos do profeta. Miguel e Gabriel, anjos guardiães de Israel, são o prelúdio (como se verá) da avalanche angélica que desaba sobre o povo de Deus nos livros de Enoque. A imagem central da visão de Zoroastro é um fogo higiênico e curativo, que transforma Enoque em Metatron, o maior dos anjos, ao qual grande parte deste livro será dedicado. Metatron, que é crucial para a Cabala, sobretudo em seu maior livro, o *Zohar*, de Moses de Leon, é um anjo diferente de qualquer outro antes dele na tradição judaica. Dificilmente é um servo de Javé, e de modo nenhum mensageiro dele; é "o Javé menor", um segundo poder no céu. Seu status ontológico é ao mesmo tempo de deus e de anjo, lembrando os Elohim ou seres divinos, dos quais Javé foi um a princípio.

O autor de Enoque provavelmente tomou seu ponto de partida da cosmologia zoroastriana, onde o Deus de Luz e Sabedoria está sempre cercado por seis poderes relacionados, os arcanjos zoroastrianos. Ormazd aparece com três arcanjos masculinos à sua direita e três femininos à sua esquerda, enquanto ele próprio é ao mesmo tempo pai e mãe da Criação. Dos seis arcanjos, o mais fundamental para este livro é *Sopenta Armaita*, singularmente o anjo feminino da Terra, e mãe de Daena, que é o corpo astral ou de ressurreição de todos nós, manifestando-se à alma na madrugada seguinte à terceira noite após nossa morte. A imagem do corpo astral ou traje de luz é mais antiga que o zoroastrismo; remonta a pelo menos à Índia dos Vedas, e tem análogos anteriores no Egito e em imemorial xamanismo por todo o mundo. Contudo, sua versão zoroastriana parece decisiva para o Ocidente: misturou-se com o hermetismo e o neoplatonismo alexandrinos até atingir pleno desenvolvimento primeiro no sufismo iraniano, e depois na Cabala. Essas complexas visões, eu as esclarecerei um pouco depois; aqui, no início, basta atribuir nossa angelologia e nossa "experiência de quase morte" às suas autênticas origens na imaginação iraniana, tanto masdeísta quanto muçulmana. É irônico que o cristianismo sempre tenha encarado o Islã como uma heresia, e o zoroastrismo como um resquício exótico, quando ao mesmo tempo deve muito de sua espiritualidade a ambas as tradições rivais.

Que é que liga com mais força anjos, sonhos proféticos e a esperança de não morrer aos anseios milenários, messiânicos ou de temor? Minha resposta seria uma imagem, o que de modo algum sugere que o que a imagem contém em si e por si não seja uma realidade, maior que aquela que conhecemos depressa demais. Essa imagem é a de uma pessoa primordial, ao mesmo tempo macho e fêmea, maior que Adão e Eva, caída e quase divina, angélica e, no entanto, mais elevada que os anjos, um sonho nostálgico mas também uma profecia de milenar ou messiânico esplendor, ardendo em ígnea luz. Essa imagem tem muitos nomes; o mais genérico que conheço é Ântropos ou Homem (também aqui significando tanto fêmea quanto macho). Por mais heterodoxa que pareça essa imagem primordial do Homem ao judaísmo, cristianismo e Islã normativos, também pode ser a base última de todas essas religiões. Ao aproximarmo-nos do milênio, vemos inúmeros augúrios que serão variações da antiga imagem que, mais que qualquer outra, rompe a antítese ortodoxa entre Deus e homem. Como o sufismo iraniano e o cabalismo por ele influenciado combinam elementos de platonismo hermético, gnosticismo cristão e zervanismo, sua imagem do Homem de Luz é ao mesmo tempo eclética e suficientemente central para servir aos objetivos deste livro. O Anjo da Guarda ou irmão celestial; o sonho que é ao mesmo tempo mensageiro e intérprete de si mesmo; o corpo astral apropriado à ascensão ou ressurreição; o advento do fim dos tempos: todos estes quatro augúrios se fundem na imagem de um Homem primordial restaurado, uma epifania e um testemunho.

Uma preocupação permanece para esta introdução: a gnose ou conhecimento direto de Deus dentro do eu é esotérica, seja ela zoroastriana, hermética, gnóstica cristã, sufista muçulmana, cabalista judaica, ou alguma versão mista, sincrética, dessas fés. Em nosso mundo contemporâneo, quando vagamos rumo ao milênio, nossos onipresentes augúrios são mais populares e seculares que judaicos, cristãos ou muçulmanos. Aqueles entre nós que sentem a presença de anjos, que vêem o futuro em sonho, que passam pela experiência da quase morte, raramente são eruditos em esoterismos antigos, ou, na melhor das hipóteses, apenas conhecem as imagens tradicionais em formas degeneradas, adulterações da Nova Era. Como vamos compreender as continuidades, freqüentemente aparentes e às vezes reais, entre a gnose e o dia-a-dia? Será que as pessoas vêem, à sombra do Milênio, imagens arquetípicas, que de algum modo têm existência independente, ou reencenam (e literalizam) padrões sagrados hoje reduzidos a modas? Copiam-se umas às outras, ou se voltam para dentro, para copiar alguma coisa que elas mesmas já são, os melhores e mais antigos elementos em seus próprios eus?

Não sou junguiano e, portanto, não dou crédito aos arquétipos do inconsciente coletivo. Mas sou um crítico literário e religioso, um dedicado estudioso da gnose, antiga e moderna, e tenho enorme respeito pelas imagens recorrentes da espiritualidade humana, independentemente de como se transmitam. As imagens têm sua força própria e sua própria persistência; atestam a necessidade e o desejo humanos, mas também uma fronteira transcendente que assinala um limite ao humano ou uma ausência de limite que talvez esteja além do humano. Volto aqui ao que citei antes, o "Mundo supra-sensível, que não é nem o mundo empírico dos sentidos nem o mundo abstrato do intelecto", de Henry Corbin. Nesse mundo intermediário, reinam as imagens, sejam elas as das peças de Shakespeare, as escrituras da religião, nossos sonhos, a presença de anjos ou as manifestações do corpo astral. O Milênio talvez seja um fato apenas naquele mundo do meio, mas quem pode estabelecer ou profetizar as relações últimas entre impressões dos sentidos, imagens e conceitos? O mundo angélico, metáfora ou realidade, é uma imagem gigantesca que nós mesmos podemos ver e estudar, mesmo quando avançamos para o que pode ser o fim de nosso tempo.

PRELÚDIO:

Autodependência ou Simples Gnosticismo

1

Quero convidar homens encharcados de Tempo a recuperar-se e sair do Tempo, e provar seu imortal ar nativo.

— EMERSON

Se *nos* buscamos fora de nós mesmos, encontraremos a catástrofe, erótica ou ideológica. Deve ser por isso que Ralph Waldo Emerson, em seu fundamental ensaio "Self-Reliance" [Autodependência] (1840), observou que "viajar é o paraíso dos tolos". Tenho sessenta e quatro anos, e já é mais que hora de escrever minha própria versão da "Autodependência". Até agora, eu achava que a autobiografia espiritual, em nossa era, é melhor quando implícita. Mas chega o momento em que a gente sabe muita coisa do que vai acontecer, e compreende que viver, ler e meditar mais não vai alterar muito o eu. Estou no quadragésimo ano consecutivo como professor em Yale, e no sétimo na Universidade de Nova York, e na última década ensinei quase exclusivamente Shakespeare. Além de seus outros poderes sobrenaturais, Shakespeare me dá a constante impressão de saber mais do que qualquer outro jamais soube. A maioria dos estudiosos chamaria de ilusão essa impressão, mas, para mim, parece a verdade pragmática. Conhecer-me a mim mesmo, conhecer Shakespeare e conhecer Deus são três buscas separadas mas intimamente relacionadas.

Por que meter Deus nisso?

Buscar Deus fora do eu é cortejar os desastres do dogma, a corrupção institucional, a malfeitoria histórica e a crueldade. Já por no mínimo dois séculos, a maioria dos americanos vem buscando o Deus interior, em vez de o Deus do cristianismo europeu. Mas por que meter Shakespeare nisso tudo, se para mim ele parece o arquétipo do escritor secular?

Conhece-se o eu, basicamente, conhecendo-se a si mesmo; conhecer outro ser humano é imensamente difícil, talvez impossível, embora na juventude, ou mesmo na meia-idade, nos enganemos a esse respeito. Contudo, é por isso que lemos e ouvimos Shakespeare: para encontrar outros eus; nenhum outro escritor pode nos proporcionar isso. Nunca se encontra o próprio Shakespeare, como se pode encontrar Dante ou Tolstoi na obra deles. Se se pode encontrar o próprio (ou a própria) Deus, depende de nós mesmos; diferimos muito uns dos outros nesse aspecto vital. Mas voltando ao eu: podemos conhecer o eu, basicamente, através de nossa solidão, ou conhecer representantes do eu, mais vividamente em Shakespeare, ou conhecer Deus nele, mas só quando de fato é nosso próprio eu. Talvez os maiores místicos, poetas e amantes tenham podido conhecer Deus em outro eu, mas sou cético sobre se essa possibilidade ainda se mantém nesta hora tardia, com o Milênio correndo para nós.

Mesmo a mais espiritual das autobiografias é necessariamente uma canção do eu. Aos sessenta e quatro anos, não sei ao certo quando nasceu o meu eu. Não consigo localizá-lo nas mais antigas lembranças da infância, e no entanto lembro sua presença em certas lembranças de leituras, sobretudo dos poetas William Blake e Hart Crane, quando eu tinha nove ou dez anos. Em meu caso pelo menos, o eu chegou a seu tardio nascimento (ou segundo nascimento) lendo poesia visionária, leitura que era implicitamente um ato de conhecer uma coisa antes desconhecida dentro de mim. Só mais tarde essa revelação pôde tornar-se explícita; Blake e Hart Crane, como alguns outros grandes poetas, têm o poder de despertar seus leitores para um implícito poder de resposta, um antes não sentido senso de possibilidades do eu. Pode-se chamar isso de "senso de sublimidade possível", de "alguma coisa eternamente a vir a ser", como disse o poeta William Wordsworth. Emerson, defendendo a autoconfiança, perguntava: "Qual é o eu primitivo no qual se pode apoiar uma dependência universal?" Sua resposta era um poder primal de "força profunda", que descobrimos em nós mesmos. Na eloqüência de certos sermões, Emerson encontrou essa força profunda; para mim, ela veio de trechos exaltados de Blake e Crane, que ainda me perseguem:

> Deus aparece & Deus é Luz
> Para aquelas pobres Almas que habitam a Noite,
> Mas Forma Humana apresenta

Para os que habitam os Domínios do Dia.*
— Blake, "Auguries of Innocence" [Augúrios da inocência]

E assim entrei no mundo arruinado
Em busca da visionária companhia do amor, sua voz
Um instante ouvida no vento (não sei para onde lançada)
Mas não mantendo por muito tempo cada desesperada escolha.**
— Crane, "The Broken Tower" [A torre partida]

Hoje, em nossa América, muita gente proclama "mais poder a" alguma coisa, com o que na verdade querem dizer "ressentimento", ou "alimentar ressentimento". Fortalecer-se com a eloqüência e a visão é o que Emerson queria dizer com autodependência, e é o ponto de partida do que eu quero dizer com "simples gnosticismo", onde "simples" assume seu sentido original de "puro" ou "sem mistura". Apaixonar-se pela grande poesia quando se é jovem é ser despertado para o potencial do eu, de uma forma que pouco tem a ver, inicialmente, com o franco conhecimento. O potencial do eu como poder envolve a imortalidade do eu, não como duração, mas como despertar para um conhecimento de uma coisa no eu que não pode morrer, porque jamais nasceu. É uma sensação curiosa quando uma pessoa jovem compreende que não é inteiramente filha de seus pais naturais. Freud reduziu essa sensação à "fantasia de contestação", em que a gente imagina que é filho de uma fada, recolhido por pais adotivos, que depois se fazem passar por pai e mãe naturais. Mas será apenas uma fantasia localizar, no eu, um elemento mágico ou oculto, mais antigo que qualquer outro componente do eu? A leitura séria na infância era outrora a norma para muitos de nós; a superestimulação visual e auditiva hoje torna muito rara essa leitura, e desconfio que as fantasias de contestação estão desaparecendo juntamente com a experiência da leitura precoce, autêntica. A mais de meio século de distância da força profunda da primeira leitura e amor pela poesia, não me lembro mais com precisão do *que* eu sentia então, mas lembro

* *God appears & God is Light / To those poor Souls who dwell in Night, / But does a Human Form Display / To those who Dwell in Realms of Day.*

** *And so it was I entered the broken world / To trace the visionary company of love, its voice / An instant in the wind (I know not whither hurled) / But not for long to hold each desperate choice.*

a *sensação*. Era uma elevação, uma *viagem* não motivada por outros intoxicantes além da linguagem encantatória, mas de um tipo diferente do atual *embalo*. A linguagem de Blake e Crane, de Marlowe, Shakespeare e Milton, transcendia sua corrida para a glória, sua elevada e excitada música verbal, e oferecia os prazeres do pensamento exaltado, de um pensamento que mudava nossa natureza externa, abrindo ao mesmo tempo uma identidade interior, um eu dentro do eu, antes desconhecido.

2

Gilbert Keith Chesterton, o mais arguto dos escritores católicos, advertia "que o fato de que Jones vai adorar o deus dentro de si significa, em última análise, que Jones vai adorar Jones". O simples gnosticismo precisa desesperadamente distinguir-se dessa grande auto-adoração; Bloom não deseja adorar Bloom, pois isso, afinal, não é nenhuma grande experiência religiosa. Nossa degradação contemporânea do gnosticismo passa pelo nome de Nova Era, uma panóplia suficientemente ampla para abranger Shirley MacLaine e a Sra. Arianna Huffington, na qual a Srta. MacLaine adora a Srta. MacLaine (com alguma justificação) e a Sra. Huffington reverencia a Sra. Huffington (talvez com menos). Houve sem dúvida grandes extáticos gnósticos, como o sufista xiita Al-Hallaj, executado em Bagdá, em 922, supostamente por seu grande brado: "Eu sou a Verdade Absoluta!" Mas o simples gnosticismo, como eu o concebo, é um tanto mais modesto, e pode ser transmitido menos extaticamente. Retornemos de novo a nossas primeiras lembranças, não de nossos contextos nem de nosso eu empírico, mas do nosso eu mais profundo, nosso senso de nossa própria individualidade. O que lembro deve estar bastante próximo do que muitos outros sem dúvida lembram: uma espécie de despertar em que o mundo e o eu pareciam mais sintonizados um com o outro, tanto assim que as aparências tomavam a forma de uma radiação, embora apenas por algum tempo. Experiências transcendentais desse tipo podem ser reduzidas pela psicanálise ou por outros modos de descartar tudo com explicações, mas por que iríamos nos sentir obrigados a reduzir? A falácia da redutividade é mais bem explicada por aquelas pessoas (todos as conhecemos) que nos fazem, sobre alguém de quem somos íntimos, a pergunta: "Mas me diga como é ele ou ela *realmente.*" Respondemos, e elas dizem: "Não, estou falando *realmente*", e de repente compreendemos que querem dizer: "O que de *pior* você pode dizer sobre ele ou ela que seja verdade, ou mais ou menos verdade?" Nenhuma manifestação do espírito humano pode sobreviver a esse tipo de redutividade.

Atualmente, nos Estados Unidos, vivemos cercados de uma religiosidade que impregna nossa política, nossos meios de comunicação, até mesmo nossos acontecimentos esportivos. Kierkegaard insistia ferozmente na dificuldade, quase impossibilidade, de "tornar-se cristão" no que se dizia ser uma sociedade cristã. O que o presidente da Câmara, Gingrich, denuncia, e o *New York Times* defende como "contracultura" é, em essência, uma difusa religiosidade, mais herética em suas implicações que em suas francas afirmações. A Nova Era, uma infindável e divertida saturnália de mal definidos anseios, é menos produto da contracultura do que de início parece ser; tem origens numa velha mistura de ocultismo e Fé Harmonial americana, suspensa a meio caminho entre o sentir-se bem e os bons sentimentos. O rock, marca ou bandeira autêntica da contracultura, é uma coisa que foi outrora uma nova variedade de religião nativa americana, por mais breve e secular que tenha sido, momentaneamente semelhante às explosões que engendraram crenças permanentes entre nós: mormonismo, pentecostalismo, adventismo. O momento passou, provavelmente no inverno de 1969-70, quando a intensidade espiritual esteve num breve pique, e quando alguns de seus mais sensíveis estudiosos me asseguravam que o Jefferson Airplane, em concerto, lhes proporcionava uma experiência mística. Sem dúvida proporcionava mesmo, pois eles o viam num estado de exaltação, herdeiros do que William James, em *The Varieties of Religious Experience* [As variedades de experiência religiosa], chamou de Revelação Anestésica, proporcionada ao filósofo-psicólogo por óxido nitroso. A pena da Revelação Anestésica é que a música pára, o efeito das drogas passa, e não há fruto espiritual, ou pelo menos consciência que se possa pôr em palavras. Isso, no entanto, é preferível à prosa da Nova Era, de uma vacuidade incrível.

Uma transcendência que não se pode expressar de algum modo é uma incoerência; a verdadeira transcendência pode ser comunicada pelo domínio da linguagem, pois metáfora é uma transferência, uma passagem de um tipo de experiência para outro. A ausência de uma crítica do rock, a não ser do tipo puramente técnico, é outra indicação da retirada da inteligência na pretensa contracultura. Mas minha profissão, a crítica literária, é atualmente um fracasso ainda maior. A experiência literária tem necessariamente sua própria relação com a transcendência, mas quem saberia disso pelo que hoje se chama de "crítica cultural", para a qual não há eus, em escritores ou leitores, e sim apenas política: de gênero, racial, de classe, étnica? Como minha própria versão de autodependência seria impossível sem um senso do eu profundo, e como a transcendência para mim começou com o maravilhamento da leitura da grande poesia, sou obrigado a atestar que as obras literárias podem comunicar transcendência.

Que é, num sentido muito estrito, a transcendência? Como um atributo de Deus, significa subir além do universo material e de nós mesmos, na medida em que não somos nada além de unidades desse universo. Como atributo humano, é descartada como ilusão pelos materialistas, mas tem uma incômoda existência em muitos de nós, e um poder mais firme sobre um punhado de indivíduos de todas as eras: místicos, visionários, sábios, homens e mulheres que têm um encontro direto com o Divino ou o mundo angélico, e podem transmitir-nos alguma coisa crucial desse encontro. Aldous Huxley, na introdução à sua bela antologia *The Perennial Philosophy* [A filosofia perene] (1945), observava que:

> ... contém apenas uns poucos extratos dos textos de homens de letras profissionais e, embora ilustrando uma filosofia, quase nada dos filósofos profissionais. O motivo para isso é muito simples. *A Filosofia Perene* interessa-se basicamente pela Realidade divina una, substancial para o multifacetado mundo de coisas, vidas e mentes. Mas a natureza dessa Realidade una é tal que não pode ser direta e imediatamente apreendida, a não ser por aqueles que escolheram preencher certas condições, fazendo-se amoráveis, puros de coração e pobres de espírito. Por que deveria ser assim? Não sabemos.

O princípio de Huxley significa que São João da Cruz e Meister Eckhart entram em seu livro, enquanto Dante, Emerson e Kierkegaard, não. Tampouco entram William Blake ou qualquer um dos grandes especuladores gnósticos, seja o gnóstico cristão Valentino, o sufista muçulmano Ibn'Arabi, ou o cabalista judaico Isaac Luria. A espiritualidade auto-abnegada tem uma antiga e honrada linhagem, e sempre foi compatível com a ortodoxia dogmática em todas as religiões ocidentais. A espiritualidade auto-afirmativa tem uma linhagem pelo menos tão antiga e honrada, e jamais foi reconciliável com a fé institucional ou historicizada. Não acho casual o fato de a espiritualidade dos eus fortes ter estreitas afiliações com as visões dos poetas e gente de letras, tanto assim que textos gnósticos e literários podem e devem ser reunidos numa antologia que rivalizaria com a ótima *Filosofia Perene* de Huxley. Tal livro poderia chamar-se *O Arsenal Espiritual*, porque seus autores são tão agressivos quanto amoráveis, têm o coração dividido e o espírito rico. Por que seria assim? Não sabemos, porque a questão, precisamente, *é* saber. Gnósticos, poetas, gente de letras partilham da compreensão de que não sabem. Isso me traz à crucial distinção entre gnose e gnosticismo, uma diferença pragmática que está por baixo de meu caminho experiencial para o simples gnosticismo.

3

C.S. Lewis, concluindo um dos livros de que menos gosto, *Mere Christianity* [Simples cristianismo] (edição revisada, 1952), associa argutamente a rendição cristã do eu à *não* busca de originalidade literária:

> Enquanto não tiveres entregue teu eu a Ele, não terás um verdadeiro eu... Mesmo na literatura e na arte, ninguém que se preocupe com originalidade será jamais original: enquanto, se simplesmente tentares contar a verdade (sem dar dois vinténs para quantas vezes ela foi contada antes), ter-te-ás, nove vezes em dez, tornado original sem sequer teres notado. O princípio percorre toda a vida, de alto a baixo. Entrega teu eu, que encontrarás teu verdadeiro eu. Perde tua vida, que a salvarás. Submete-te à morte, morte de tuas ambições e desejos favoritos todo dia, e morte de todo o teu corpo no final: submete-te com todas as fibras de teu ser, que encontrarás a vida eterna. Não retém nada. Nada que não tenhas entregue jamais será realmente teu. Nada em ti que não tenha morrido jamais se levantará dos mortos. Busca-te a ti mesmo, e encontrarás a longo prazo apenas ódio, desespero, raiva, ruína e decomposição...

Deixando de lado todas as questões de repugnância meramente pessoal, sinto-me fascinado por este trecho, porque é a inversão, ponto por ponto, do programa para conhecer o eu profundo que constitui a busca gnóstica (e literária) da imortalidade. A gnose depende de distinguirmos a psique ou alma do eu profundo, o que pragmaticamente significa que qualquer fortalecimento da psique depende do conhecimento do eu original, já um só com Deus. A originalidade é tanto uma característica do gnosticismo histórico quanto da literatura canônica ocidental; que Lewis simultaneamente desfaça do eu e da originalidade confirma a análise negativa gnóstica dos que afirmam que vivem mais pela fé do que pelo conhecimento. A "fé" cristã é *pistis*, a crença em que alguma coisa foi, é e será sempre assim. A "fé" judaica é *emunah*, uma confiança na Aliança. Islã quer dizer "submissão" à vontade de Alá, expressa por seu mensageiro Maomé, "o selo dos profetas". Mas a gnose não é uma crença em que, uma confiança em, ou uma submissão. Em vez disso, é um mútuo conhecimento, e um simultâneo ser conhecido, de e por Deus.

Não posso pretender que este seja um processo simples; é muito mais elitista que o "simples cristianismo" de C.S. Lewis, e desconfio que esse elitismo é o motivo pelo qual o gnosticismo sempre foi derrotado pela fé cristã ortodoxa na história. Mas escrevo autobiografia espiritual, não teologia gnóstica, e portanto retorno à história pessoal para explicar como entendo a gnose e o gnosticismo. Não é preciso ser judeu para sentir-se oprimido pela enormidade do massacre alemão dos judeus europeus, mas quem perdeu os quatro avós e a maioria dos tios, tias e primos no Holocausto será um pouco mais sensível às doutrinas normativas judaicas, cristãs e muçulmanas de que Deus é ao mesmo tempo todo-poderoso e benigno. Isso nos dá um Deus que tolerou o Holocausto, e um Deus desses é simplesmente intolerável, uma vez que deve ser louco ou irresponsável, se sua benigna onipotência foi compatível com os campos da morte. Um cosmo tão obsceno, uma natureza que contém esquizofrenia, são aceitáveis para o ortodoxo monoteísta como parte do "mistério da fé". O gnosticismo histórico, até onde posso supor, foi inventado pelos judeus do século 1 da Era Comum como um protesto exatamente contra tal mistério da fé, que, como escreveu Emily Dickinson, "bale para entender". Contudo, "gnosticismo" é um termo ambíguo; mesmo "a religião gnóstica", sugestão de Hans Jonas, cria dificuldades, como ele mesmo reconheceu. Até onde podemos saber, houve poucas igrejas ou templos gnósticos no mundo antigo, talvez nenhum. E, no entanto, o gnosticismo era mais que uma tendência, mais mesmo que um partido ou movimento: acho melhor chamá-lo de uma espiritualidade, uma espiritualidade que era e é uma deliberada e forte revisão do judaísmo e do cristianismo, e depois do Islã. Há um tom de ineditismo no gnosticismo, uma atmosfera de originalidade que desconcerta os ortodoxos de muitas fés. Criatividade e imaginação, irrelevantes e mesmo perigosas para a religião dogmática, são essenciais para o gnosticismo. Quando encontro essa qualidade, reconheço-a no mesmo instante, e uma música de resposta, cognitiva, responde em mim.

4

No meio da jornada, aos trinta e cinco anos, trinta anos atrás, eu me senti muito infeliz, e durante quase um ano mergulhei em aguda melancolia. As cores desbotaram-se, eu não conseguia ler, e mal podia erguer os olhos para o céu. O ensino, minha atividade mais característica, tornou-se impossível. Qualquer que fosse a causa imediata de minha depressão, logo se desfez em irrelevância, e senti que minha crise era espiritual. Uma enorme vastidão varrera o eu, que até então, em mim, parecera forte. Por sugestão de meu psiquiatra em Yale, fui para o exterior, mas me vi tão deprimido em Londres que fui consultar um eminente psicanalista paquistanês, por recomendação de meu médico em Yale. Brotou um ódio instantâneo entre o analista de Londres e mim, de modo que recusei tornar a vê-lo após três visitas, mas minha fúria foi terapêutica e me afastou, em parte, da negra noite da alma. Conto esta história apenas porque o afastamento, a princípio, foi muito parcial. O que me salvou, em 1965, foi um processo que começou como leitura, depois se tornou uma espécie de conversão "religiosa" que era também uma excursão numa teoria literária pessoal. Eu comprara *The Gnostic Religion* [A religião gnóstica], de Hans Jonas, quando saiu em 1963, e o lera primeiro naquela época, comparando-o a William Blake, sobre quem escrevia comentários, e aos estudos da Cabala de Gershom Scholem. Mas o livro de Jonas teve um impacto retardado sobre mim; não me entusiasmou até eu começar a ler interminavelmente todo Emerson, em 1965-66. Ainda me lembro de cor os trechos em Emerson que se relacionavam retrospectivamente com Jonas:

> É sempre melhor aquilo que me dá a mim mesmo. Em mim, o sublime é despertado pela grande doutrina estóica: Obedece a ti mesmo. O que mostra Deus em mim me fortalece; o que mostra Deus fora de mim torna-me uma verruga, um quisto...
>
> * * *
>
> Nos momentos mais elevados, somos uma visão. Nada se pode chamar de satisfação nem exatamente prazer. A alma eleva-se acima da paixão. Nada vê tanto quanto a Identidade. É um Perceber que a Virtude e a Retidão EXISTEM. Daí tornar-se uma perfeita Paz, pelo conhecimento de que tudo vai bem. Vastos espaços de natureza, o Oceano Atlântico, o Mar do Sul; vastos intervalos de tempo, anos, séculos, são aniquilados para ela; isto que eu penso e sinto está por baixo daquele antigo estado da vida e das circunstâncias, como está por baixo do meu presente, e sempre estará por baixo de toda circunstância, e do que se chama vida e do que se chama morte.
>
> * * *
>
> ... Os homens que não podem responder com uma sabedoria superior a esses fatos ou questões de tempo, a eles servem. Os fatos os estorvam, tiranizam e fazem deles homens de rotina, os homens de *senso*, nos quais uma obediência literal aos fatos extinguiu toda centelha daquela luz pela qual o homem é verdadeiramente homem...

Para Jonas, como para Emerson, o momento de gnose é a percepção direta da mente, um puro movimento e acontecimento que perigosamente revela uma centelha divina no eu, porque a Queda gnóstica é *dentro* da Divindade. A integração que Jonas e Emerson fizeram para mim foi descobrir o contexto de minha depressão niilista. Jonas enumera um catálogo de efeitos que acompanham o senso gnóstico de *ter sido lançado* nesta existência: desamparo, pavor, saudade, dormência, sono, embriaguez. O estranho Deus transcendente ou alheio do gnosticismo, estando além de nosso cosmo, não é mais uma força efetiva; Deus existe, mas está tão oculto que se tornou um conceito niilista, em si. Não é responsável por nosso mundo de campos de morte e esquizofrenia, mas está tão separado e exilado que fica impotente. Estamos sem patrono, uma vez que o deus deste mundo, adorado (como disse Blake) com os nomes de Jesus e Jeová, é apenas um trapalhão, um arcanjo-artesão que atamancou a Falsa Criação que conhecemos como nossa Queda.

Como americanos, somos hoje pós-pragmatistas; só admitimos as diferenças que fazem diferença. Faz considerável diferença acreditar que remontamos a antes da Criação; que sempre estivemos lá, parte e partícula de Deus. A autodependência é uma doutrina solitária; discorda vigorosamente da afirmação de Marx de que a menor unidade humana são duas pessoas. O simples gnosticismo não se presta ao culto comunal, embora sem dúvida se tenha tentado isso, num ou noutro tempo ou lugar. Qual seria a prece de um gnóstico? Um apelo ao eu, talvez, para despertar, a fim de ser libertado pela gnose. Emerson, profeta americano, o diz para nós: "É sempre melhor aquilo que me dá a mim mesmo."

5

Vivemos hoje, mais que nunca, num país onde muitíssima gente é gnóstica sem o saber, o que é uma singular ironia. Quando Newt Gingrich nos diz que nosso futuro econômico depende inteiramente da informação, eu me lembro que os antigos gnósticos negavam a matéria e a energia, e optavam em vez disso pela informação acima de tudo. A informação gnóstica tem duas consciências básicas: primeiro, a separação, e mesmo alienação, de Deus, que abandonou este cosmo, e segundo, a localização de um resíduo de divindade no eu mais interior do gnóstico. Esse eu mais profundo não faz parte da natureza, nem da história: é destituído de matéria ou energia, e portanto não faz parte da Criação-Queda, que para o gnóstico constituem um e mesmo fato. Se Gingrich é um gnóstico direitista americano sem o saber, também abundamos em gnósticos esquerdistas que não o sabem, e que, como Gingrich, buscam a salvação por meio de uma informação meio diferente. Gingrich está muito influenciado pelo experto em choque do futuro, Alvin Toffler, cuja visão de uma nova América não é suficientemente coerente para que eu possa apreendê-la, a não ser que o caminho para a apoteose passa por uma tecnologia de informação cada vez mais avançada. Eu próprio, num momento de ironia, certa vez caracterizei o gnosticismo antigo como uma teoria de informação, mas pouco percebia que toda paródia possível, mesmo do gnosticismo, logo estaria a nosso alcance, neste país gingrichiano. Os inimigos do gnosticismo o têm confundido com todo tipo de ideologia moderna, mas supõe-se que os amigos são os que mais danos lhe causam. Nosso atual culto aos anjos nos Estados Unidos é outra paródia degenerada do gnosticismo, embora neste ponto eu tenha de voltar mais ou menos longe, atrás, para explicar como é realmente curioso nosso furor angelical, e por que veio para ficar, pelo menos até termos entrado no século 21.

Há anjos por toda a Bíblia hebraica, mas raramente têm interesse fundamental, e muitas vezes são reedições editoriais, delegados de Javé sempre que os redatores sacerdotais achavam que o autor J anterior estava ousando demais na descrição de Deus. Os anjos só se tornaram figuras dominantes, substituindo um Deus cada vez mais remoto, nos textos apocalípticos dos judeus dos séculos 2 e 3 antes da Era Comum, numa Palestina sob o domínio dos sucessores helenistas de Alexandre o Grande. Na verdade, os anjos não foram uma invenção judaica, mas vieram do cativeiro babilônico com os judeus. Sua origem última é a angelologia da Pérsia zoroastriana, que pode remontar até 1500 A.E.C. Zoroastro (forma grega de seu verdadeiro nome, Zarathustra, preferido por Nietzsche) é uma figura vaga para a maioria de nós, mas parece ter inventado nosso senso religioso de apocalipse e milênio, idéias que não existiam antes dele. Às vezes curiosamente refratadas, as idéias originais de Zoroastro reapareceram no judaísmo apocalíptico tardio, no gnosticismo e no cristianismo inicial, e tornaram a vir à tona no ramo xiita do Islã, que domina o Irã até hoje. O estudioso Norman Cohn, nossa grande autoridade sobre o milênio, afirmou recentemente que o que une apocalipses judaicos pós-bíblicos como os Livros de Enoque e alguns dos Manuscritos do Mar Morto, assim como o Novo Testamento, é a visão zoroastriana que postula uma luta dualista entre forças sobrenaturais do bem e do mal, uma luta que termina com o triunfo do bem e o Reino de Deus estabelecido na terra. Doutrinas como a existência do Demônio e dos outros anjos caídos, e a ressurreição dos mortos, além de todo o mundo de anjos de apoio, parecem ser importações judaicas, cristãs e finalmente muçulmanas de espiritualidade zoroastriana. As ironias de uma tal herança são palpáveis, e particularmente acentuadas agora mesmo, quando os roteiros do Dia Final de analistas americanos e israelenses informados enfatizam a ameaça que significa o Irã adquirir suas próprias bombas atômicas dentro de cinco anos, bem a tempo de saudar o Milênio com o fogo do inferno. A queda da União Soviética em outra Rússia tristemente imperial privou nossos adivinhos protestantes americanos, como o Reverendo Pat Robertson, de uma besta fera apocalíptica, que a máquina de guerra iraniana pode agora substituir. O fundamentalismo cristão americano e o fundamentalismo xiita do Irã são herdeiros rivais das imaginações zoroastrianas das Últimas Coisas. Norman Cohn observa que o simbolismo, no Livro de Daniel, de quatro metais representando as quatro eras do mundo culmina na quarta e última era (a nossa) sendo representada por "ferro misturado com barro" [de Adão], um empréstimo direto de uma obra apocalíptica zoroastriana.

Mas que tem tudo isso a ver com o gnosticismo, ou com a gnose pessoal de qualquer um, como a minha? O gnosticismo, então e agora, em minha opinião, se levanta como um protesto contra a fé apocalíptica, mesmo quando o faz dentro de uma dessas fés, como fez sucessivamente no judaísmo, cristianismo e Islã. A religião profética torna-se apocalíptica quando a profecia falha, e a religião apocalíptica torna-se gnóstica quando o apocalipse falha, como felizmente sempre falhou e, devemos esperar, voltará a falhar. O gnosticismo não falha; não pode falhar, porque seu Deus está ao mesmo tempo no fundo do eu e também separado, infinitamente distante, além de nosso Cosmo. Historicamente, o gnosticismo sempre foi varrido pela perseguição, que foram das relativamente benignas rejeições do judaísmo normativo até a horrível violência do catolicismo romano contra os gnósticos cristãos em todas as épocas e sempre que a Igreja foi aliada próxima de autoridades seculares repressoras. O derradeiro gnosticismo ocidental organizado foi destruído nas chamadas Cruzadas albigenses, que devastaram o sul da França no século 13, exterminando não apenas os hereges gnósticos catares, mas também a língua provençal e sua cultura de *troubadors*, que sobreviveu apenas no mito e ideal predominantes ocidentais do amor romântico. Constitui mais uma ironia o fato de nossas vidas eróticas, com sua dependência autodestrutiva dessa doença da psique chamada "paixão", serem uma herança final e inconsciente do último gnosticismo organizado até hoje.

Preciso modificar ou emendar isso, uma vez que o gnosticismo está vivo e passando bem (talvez não tão bem) em nosso país, e não apenas nas paródias da Nova Era, embora eu me delicie em ser informado por *The New York Times* de que o presidente da Câmara Newt tem o tratado de Arianna Huffington, *The Fourth Instinct* [O quarto instinto], na estante de seu escritório. Leitor intrepidíssimo, experimentei lê-lo uma vez, apenas para ser repelido, derrotado por tão inspirada vacuidade. Nossos gnosticismos autênticos acham-se espalhados onde quer que nossos novos caudilhos republicanos sulistas e do Oeste façam culto: em Salt Lake City e Dallas, e onde mais que espiras de templos mórmons e Primeiras Igrejas Batistas perfurem os céus. Nossa Religião Americana, de fabricação caseira ou ostensivamente católica romana e protestante dominante, é mais um amálgama gnóstico que um tipo europeu de cristianismo histórico e doutrinal, embora muito poucos possam ver isso, ou talvez a maioria não queira ver. Alguns assustados padres católicos que tentam resistir às furiosas feministas da Igreja da Mulher — um feroz sabá que ameaça se apoderar da Igreja em muitas partes — tomaram consciência de seu perigo, e um punhado de ministros protestantes agora compreende que sua neo-ortodoxia está cedendo a um neognosticismo populista. Mas as grandes manifestações transcendem as igrejas, e são muito maiores até que as legiões de companheiros de viagem da Nova Era. Nossas indústrias em desenfreado florescimento de culto aos anjos, "experiências de quase morte" e astrologia — redes de adivinhação de sonhos — são versões em massa de um gnosticismo adulterado ou travestido. Às vezes me permito uma fantasia em que vejo São Paulo tornando a descer sobre uma América contemporânea, onde ainda goza de muito prestígio, entre religiões tão diversas como o catolicismo romano e os batistas do sul. Ele ficaria pasmo, não com a mudança, mas com a mesmice, e julgaria estar de volta a Corinto ou Colossos, de novo se defrontando com os mitos gnósticos dos anjos que fizeram este mundo. Se lermos São Paulo, descobriremos que ele não gostava de anjos. Há uma misteriosa observação em I Coríntios, 11:10, de que "a mulher deve cobrir a cabeça com um véu, por causa dos anjos", o que desconfio que remonta às histórias no Livro de Enoque sobre a luxúria angélica pelas mulheres terrenas. Na Epístola aos Colossenses, a distinção entre anjos e demônios parece ser invalidada, e os cristãos são advertidos contra o "culto dos anjos", uma admoestação que as igrejas, no momento, parecem temer reafirmar.

A "experiência da quase morte" é outro fenômeno pré-milênio que traveste o gnosticismo; toda versão que recebemos dessa curiosa questão culmina com a pessoa "envolta em luz", por uma figura de luz variadamente conhecida na tradição gnóstica como "corpo astral", "corpo de ressurreição", ou Hermes, nosso guia na terra dos mortos. Uma vez que toda a vida é, num certo sentido, uma experiência de quase morte, parece um tanto curioso que casos reais do que parece ser erro de diagnóstico se tornem supostos prenúncios de imortalidade. A comercialização da angelologia e das mistificações das viagens fora do corpo junta-se apropriadamente à história secular da astrologia e adivinhação de sonhos mercantilizadas. Como augúrios do milênio com audiência em massa, tudo isso representa o que pode ser a degeneração final de um gnosticismo popular americano. Isso me leva de volta aos grandes textos de um gnosticismo mais puro e seus melhores comentaristas.

Os anarquísticos Irmãos do Livre Espírito do século 15, como os catares provençais do século 12, juntam-se aos maniqueístas como os três grandes exemplos de movimentos gnósticos que transcenderam uma religião esotérica dos intelectuais. O gnosticismo antigo, como as variedades romântica e moderna, era uma religião só das elites, quase uma religião literária. Um gnosticismo purificado, então como agora, na verdade é apenas para relativamente poucos, e talvez seja uma disciplina tão estética quanto espiritual. Mas, com a aproximação do Milênio, com a remota mas real possibilidade de uma América gingrichiana virtual, podemos ver um gnosticismo maciço de protesto levantar-se com novos Irmãos do Livre Espírito, compostos de desprivilegiados urbanos sem assistência social federal e das tristes legiões da Geração X, os jovens de classe média que se ressentirão de trabalhar a vida inteira para pagar os déficits das revoluções reaganista e gingrichiana. É uma profecia sinistra, mas 1996-2000 *pode* continuar sendo o reino do presidente Gingrich, e portanto tornar-se de fato um choque do futuro, uma Coalizão Cristã (com alguns seguidores judeus neoconservadores) que aboliria grande parte da Carta de Direitos com emendas constitucionais, devolvendo-nos aos barões-ladrões dos Estados Unidos de fins do século 19.

Imaginem uma América de Gingrichia Virtual pagando por seu orçamento equilibrado com um elevado imposto de vendas, que pesará em particular sobre os pobres, pretos e brancos. Com o cristianismo institucional — protestante dominante, católico romano ou sectário americano (batista do sul e mórmon em particular) — sendo parte e parcela do *Establishment* gingrichiano, poderíamos ver uma heresia gnóstica levantar-se como movimento de massa entre os explorados, talvez até mesmo arrastando o pentecostalismo de suas atuais alianças reacionárias. Uma América de rebeliões da assistência social, de um Evangelho Virtual gingrichiano imposto à força, bem pode provocar um gnosticismo em larga escala dos insultados e feridos, levantando-se para afirmar e defender a centelha divina em si mesmos. Se triunfa um irregenerado Gingrich, a única autodependência que resta aos despossuídos pode ser uma resistência inspirada na religião. Como todos os demais, eu gostaria de afastar tudo isso mais como mera fantasia do que como mero gnosticismo de choque do futuro.

CAPÍTULO 1

ANJOS

A) VISÕES DE ANJOS

Os anjos são tudo, menos imagens efêmeras. A seqüência histórica de religiões ocidentais — zoroastrismo, judaísmo, cristianismo, Islã — não soube contar a história de suas verdades sem intercessões angélicas, nem há grande tradição religiosa, oriental ou ocidental, que não dependa de anjos. A vida espiritual, expressa no culto ou na prece, na contemplação privada ou nas artes, precisa de alguma espécie de visão de anjos. Essa visão brota em algumas eras e murcha em outras, mas permanece de alguma forma, em algum nível. É provável que mesmo secularistas e materialistas metafísicos falem do anjo bom ou mau de alguém, mas raramente se diz que o anjo da manhã ou da tarde está ao lado. Isso se deve em parte ao fato de que mesmo os crentes muitas vezes encaram os anjos como seres ambíguos: são puro espírito ou têm corpos, comem e bebem, fazem amor e guerra? O próprio Santo Agostinho, a maior de todas as autoridades cristãs, disse que não sabíamos se os anjos tinham corpos materiais, mas essa sábia observação não teve influência. Pode-se tomar São Tomás de Aquino como representante da posição escolástica católica de que os anjos são puramente espirituais, enquanto o poeta John Milton pode representar os humanistas e protestantes que insistiram em que todos os seres reais devem ser corporificados. Milton, na maior obra de toda a angelologia ocidental, o poema épico *Paraíso perdido*, enfatiza que seus anjos comem e digerem comida humana, fazem amor com outros anjos e podem ser feridos (mas não mortos) em combate com os de sua própria espécie. Seus anjos bons são também heréticos no se manterem por sua própria força, não pela de Deus, e assim se assemelham à exaltação miltônica do homem, que também tem de se manter ou tombar pelo poder de seu próprio livre-arbítrio. O mais extraordinário retrato de qualquer anjo que temos ou teremos é o do Satanás de Milton, que usa sua liberdade para danar-se titanicamente.

Robert H. West, em seu *Milton and the Angels* [Milton e os anjos] (1955), acentua que a grande originalidade do poeta, uma quebra com todos os angelologistas cristãos anteriores, foi insistir em que os anjos, não caídos e caídos, faziam amor uns com os outros pelo prazer da realização, e não para gerar rebentos angélicos. Havia uma longa tradição, zoroastriana e apócrifa judaica, de que muitos dos anjos caíram por luxúria pelas belas filhas dos homens, mas parece que John Milton não teve precedente para sua simpática suposição de que os anjos se desejavam uns aos outros, e resolviam o assunto. Existiam fontes cabalísticas e outras para a sexualidade angélica, mas parece que Milton não teve conhecimento delas. Seus anjos são alternadamente machos e fêmeas, trocando de gênero com os parceiros sexuais, mais ou menos ao modo da sexualidade humana no planeta Gether ou Winter, no maravilhoso romance-fantasia de Ursula Le Guin, *The Left Hand of the Darkness* [A mão esquerda das trevas]. Embora os anjos bíblicos, como os do Corão, pareçam ser apenas machos, a tradição mais antiga na Pérsia e na Babilônia acentuava a existência também de anjos fêmeas, uma ênfase que reaparece no folclore rabíniço e alcança ampliação na Cabala. Milton, em grande parte uma seita de um homem só, faz seus anjos muito humanos, e seus Adão e Eva altamente angélicos, de modo a mais uma vez exaltar a imagem do humano, e em particular celebrar as possibilidades divinas implícitas na sexualidade humana.

Para Milton, os anjos eram um espelho no qual todos nós nos miramos, e não vemos nem a nós mesmos nem uma absoluta alteridade, mas uma região média onde se fundem o eu e o outro. Jacob Boheme, místico protestante de fins do século 16 e princípios do século 17, mirou o espelho angélico e viu uma mistura muito diferente da que iria ver Milton. Os anjos de Boheme, que são pensamentos de Deus, têm formas humanas, sem asas, com mãos e pés, mas sem dentes na boca, pois só comem o fruto do Paraíso. Esses anjos alemães não são simples mensageiros; Deus não pode governar a natureza nem a natureza humana sem eles, pois eles são seus únicos instrumentos. Se todos desertassem de uma vez, o Deus de Boheme ficaria pragmaticamente impotente, porque os elementos positivo e negativo que compõem a dupla natureza de Deus chegariam a um impasse permanente; e os anjos reforçam o lado positivo. Um século depois de Boheme, outro místico formidável, Emanuel Swedenborg, teve uma visão mais abrangente dos anjos. Todos os seus anjos foram outrora mortais e humanos: o anjo é portanto a forma da Ressurreição. Swedenborg, ele próprio famoso engenheiro de minas, encarou o espelho angélico e ali descobriu um Céu e um Inferno que descreveu em minuciosos detalhes, como se fizesse uma pesquisa sobre direitos minerais estrangeiros. Tão vasto e sublimemente literal é o relatório de Swedenborg que o leitor logo sente que Céu e Inferno são países que é melhor não visitar, embora floresça o amor conjugal no mundo angélico, de modo que se fazem novos casamentos lá. O mais curioso nos anjos de Swedenborg é que não são absolutamente estranhos; são tão banais quanto nossos vizinhos. O poeta inglês William Blake, que nasceu em 1757, o ano que Swedenborg chamou de Julgamento Final no mundo espiritual, satirizou alegremente os seus anjos. Em Blake, esses anjos são defensores oportunistas da tripla exaltação, pelo Iluminismo, da razão, da natureza e da sociedade, e portanto alvos adequados para a arte do satirista.

Depois de Blake, os anjos pareceram retirar-se, a não ser para um visionário solitário como o jovem Joseph Smith, fundador do mormonismo. Há anjos em abundância na arte e na literatura dos séculos 19 e 20, mas tendem a ser figuras isoladas e idiossincráticas de uma espiritualidade perdida. E, no entanto, continuam sendo um espelho de aspiração espiritual, talvez mais um estudo das nostalgias da crença do que uma manifestação de fé em seu próprio esplendor. Que existe um anseio humano por anjos, perpétuo e inapaziguável da parte de muitos, não cabe dúvida. O desejo da consolação de uma vida espiritual transcende as estruturas institucionais, históricas e dogmáticas, e pertence à própria natureza humana. A imagem do anjo aparece a muitos de nós no que parecem ser sonhos profeticamente perturbadores, ou paira em momentos de crise de quase morte na forma de um corpo astral. Todos os séculos têm seus fardos de catástrofe; só uns poucos igualam os terrores do que agora expira. Podemos esperar anjos como augúrios do Milênio, assim como devemos estar preparados para encontrá-los às portas do sonho, ou no limiar da morte.

O Milênio, ou advento de uma era messiânica (nas expectativas de alguns de nós), desperta inevitavelmente sensações ambivalentes mesmo naqueles que desprezam a arbitrariedade da aritmética que governa tais cálculos. Nossa herança última de Zoroastro, o profeta do mais antigo monoteísmo, ainda existente em apenas uns poucos no Irã e num pequeno número na Índia, é nosso senso de um possível final dos tempos. Antes de Zoroastro, todas as religiões viam o tempo como cíclico, retornando perpetuamente sobre si mesmo. De Zoroastro em diante, floresceram as expectativas, que acabaram chegando ao judaísmo e seu filho herético, o cristianismo inicial, e depois ao Islã, que brotou do cristianismo judeu. Zoroastro é o ancestral último do Milênio, assim como sua angelologia engendrou inicialmente os anjos que vieram enxamear o judaísmo, o cristianismo e o Islã. Acho adequado que o Islã iraniano, entre os sufistas xiitas, tenha criado a mais convincente versão do reino angélico, recorrendo diretamente à herança imaginativa da religião do profeta iraniano, Zoroastro. O universo dos anjos encontrou seus mais fortes teóricos nos sufistas, como demonstrarei mais tarde.

B) A Atual Degeneração Deles

As pesquisas, uma coisa muito americana, nos dizem que 69 por cento de nós acreditam em anjos, enquanto apenas 25 por cento não. Quarenta por cento de nós têm seus próprios anjos da guarda; 21 por cento negam que alguém os tenha. Estamos um pouco mais divididos sobre a natureza dos anjos: 55 por cento dizem que eles são seres superiores criados por Deus como seus agentes, mas 15 por cento os identificam como os espíritos dos mortos. Dezoito por cento reduzem os anjos a meros símbolos religiosos, e sete por cento insistem em que são pura bobagem. Por experiência, 32 por cento já sentiram a presença angélica, pouco menos que os 35 por cento que não sentiram. Há um declínio dos 69 por cento que acreditam em anjos ou demônios contra os 45 por cento que não acreditam. Desconfio que há uma quase identidade entre os 67 por cento de americanos que acreditam na vida após a morte e os 69 por cento que são devotos dos anjos, uma vez que as duas crenças se reforçam mutuamente. Mas apenas (apenas!) 15 por cento dizem ter tido uma experiência de quase morte, menos da metade dos que conheceram a realidade da presença angélica. Estas cifras, embora talvez surpreendentes para alguns intelectuais seculares, são bastante coerentes com um país de crentes, onde quase nove em cada dez afirmam que Deus os ama numa base pessoal e individual. Se nos lembrarmos, como devemos, que os

Estados Unidos sempre se viram como o país do Milênio, antes e depois da Revolução Americana, nossa preocupação com fenômenos como visitações angélicas, sonhos visionários e aparecimentos de corpo astral na experiência de quase morte parecerá inteiramente normativa.

Os anjos, atualmente, foram despojados de sua sublimidade pela cultura popular. Pode ser que a domesticação deles, que a essa altura os reduziu a seres fáceis, e por conseguinte vulgares, na verdade tenha começado com sua humanização estética pelos pintores do Renascimento italiano. Pode-se prever que os anjos terão restaurada pelo menos parte de sua equívoca glória com a aproximação do Milênio, e um interesse mais preciso substituirá o vago entusiasmo. Mesmo na Bíblia hebraica, há elementos equívocos e ambigüidades nos anjos: como poderia deixar de haver, quando eles servem ou substituem Javé, que é, no texto do J original, uma personalidade ambivalente, misteriosa e imprevisível, dada a violentas mudanças de humor?

Seremos apenas uma paródia dos anjos? Ou fomos criados para suplantá-los? Num fragmento de Valentino, o mais imaginativo dos heresiarcas gnósticos, somos informados de que os anjos ficaram aterrorizados quando viram o Adão de antes da Queda, e nesse terror estragaram a criação que faziam do mundo. Quando nos aproximamos do Milênio, os anjos nos perseguem, em todos os níveis, desde a cultura popular até o poema épico de James Merrill, *The Changing Light at Sandover* [A mudança da luz em Sandover], passando por *Angels in America* [Anjos na América], de Tony Kushner, e *Marisol*, de José Rivera. Essas obsessões, mesmo no palco, às vezes fazem dos anjos brinquedos. Nosso sintoma predominante de atraso é o declínio dos padrões intelectuais: no governo, nas universidades, nos meios de comunicação, nas artes. Nossos anjos refletem esse declínio; em nossa Nova Era, as altas esferas onde vivem os anjos estão superpovoadas, de modo que mesmo os menos merecedores entre nós podem ter-lhes designado um mensageiro guardião. O furor por proteção angélica, embora mais que americano, tornou-se peculiarmente agudo nos Estados Unidos, onde constantemente passo nas ruas por pessoas usando broches de querubins. Qualquer que tenha sido o propósito original a que serviam os anjos, sua primeira tarefa hoje parece ser tranqüilizar os americanos, apenas alguns anos antes do próximo Milênio. Se há um Super-Anjo da América, ele ou ela não foi ainda batizado(a), a não ser talvez para os mórmons, e apenas uns poucos outros além deles.

Nossa paixão pelos anjos não surpreende, num país onde um dos lemas vigentes é: "Terra de Deus e minha terra!" Se Deus nos ama a nós individualmente, segue-se que a maioria de nós deve ter um anjo próprio. Encontrar nosso anjo não é, necessariamente, encontrarmo-nos a nós mesmos, embora a maioria das buscas de anjos hoje pareça supor que um anjo da guarda se assemelha mais a um cachorro ou gato que a um marido ou esposa. Adquire-se um anjo na expectativa de que esse acréscimo à família proporcione à pessoa um amor perpétuo e incondicional. Buscando a ressurreição, voltamo-nos para figuras antigas, para idéias de ordem que podem ajudar a estabilizar uma época de ansiedade, que se estenderá pelo menos até o Milênio, o advento do ano 2001.

C) Metatron, que foi Enoque

Os anjos outrora eram mais ambíguos e ambivalentes, e tradicionalmente seus papéis nem sempre foram confortadores ou protetores em relação a nós. Mas nos servem por muitos motivos, sobretudo porque, como nós, sofrem (e representam) um problema de atraso: não são seres originais. Mal conseguem entrar na Bíblia hebraica; quase nunca pelo nome, e já observei que freqüentemente são substitutos criados pelos redatores para aparecimentos ousadamente humanos do próprio Deus, Javé, na mais antiga versão do texto bíblico.

A Bíblia pré-exílio é em grande parte o Livro do Rei Davi, que sutilmente domina o texto Javístico inicial, onde no entanto ele jamais é mencionado, pois o texto abrange a história desde a Criação até a entrada em Canaã. A corte de Davi era essencialmente uma sociedade militar, com o rei-herói presidindo seus homens poderosos e um ou dois profetas admonitórios. Na era seguinte, de Salomão, uma corte altamente culta cercava o monarca, que administrava uma sociedade comercial, urbanizada e relativamente em paz, mas ainda localizando seu ideal no carismático Davi. Qualquer que tenha sido o seu poder de fato, Salomão não parece ter adotado toda a panóplia de despotismo médio-oriental antigo, com todas as suas burocracias hierárquicas. Mas na Babilônia os judeus viram o que devia ser uma imensa e complicada corte real, cuja estrutura refletia a suposta hierarquia do céu. Deus, após o exílio babilônico, reina sobre um cosmo de ordens angélicas, e não é mais o solitário deus-guerreiro, Javé, que empregava um punhado de Elohim como seus mensageiros e agentes. Da Babilônia vieram não só nomes angélicos, mas anjos burocratas, príncipes e funcionários.

Formaram-se lendas judaicas sobre a idéia de que os anjos foram feitos no segundo dia da criação, e não no primeiro. Implícita nessas lendas está uma polêmica contra os hereges gnósticos judeus, que desejavam atribuir a criação mais aos anjos que a Deus, insinuando assim uma falha nas origens. O que parece claro é que não pode haver uma história definitiva ou exemplar dos anjos. Vagos no texto bíblico, eles surgem mais cruamente nos dias pós-bíblicos e rondam a época de agruras que foi a matriz do cristianismo. A literatura apocalíptica de mais ou menos 200 A.E.C. a 200 E.C. é o verdadeiro domínio dos anjos, e está ligada a Enoque. Misterioso patriarca de quem nos dizem apenas que "andava com Deus, e depois não mais era, porque Deus o levou", Enoque é a mais crucial figura individual na longa história dos anjos, embora começasse a existência como homem. Depois que Deus o levou, Enoque tornou-se um anjo extraordinário, talvez mais um Deus que um anjo, porque era freqüentemente chamado de "Javé menor". Esse anjo-deus, Metatron, estabelece o padrão das ascensões ao céu de Jacó (primeiro como Uriel, depois como Israel) e Elias, que se tornou o anjo Sandalfon. São Francisco, segundo alguns de seus seguidores, desfrutou de uma transformação semelhante. Talvez se possa considerar a Beatriz de Dante um quinto membro desse admirável grupo, não fosse pelo fato de que, para o poeta, ela evidentemente já era um anjo quando menina, e não precisava de nenhuma apoteose. Enoque-Metatron, como sugiro mais adiante neste livro, pode ser encarado como o verdadeiro anjo da América, o que foi inicialmente a intuição do profeta, adivinho e revelador mórmon Joseph Smith, que se identificava com Enoque, e a essa altura bem pode ter-se juntado numa unidade imaginativa ao seu grande precursor, se a especulação mórmon se mostrar verdadeira.

Aquilo a que hoje nos referimos como os Livros de Enoque só está preservado inteiramente na antiga língua etíope, mas fragmentos descobertos entre os Manuscritos do Mar Morto demonstram que a língua original do livro era o aramaico, falado pelos judeus e pelos povos siríacos vizinhos durante vários séculos, antes e depois do início da Era Comum. O aramaico, segundo algumas tradições, é a língua dos anjos, o que torna apropriado que Enoque compusesse nessa língua (embora outras tradições insistam em que os anjos só falam hebraico).

Enoque 1 é uma experiência de leitura selvagem, mais encontrável hoje na tradução de E. Isaac em *The Old Testament Pseudepigrapha: Apocalyptic Literature and Testaments* [As pseudepígrafes do Velho Testamento: literatura e testamentos apocalípticos], editado por James H. Charlesworth (Doubleday, N.Y., 1983). Numa notável ampliação de Gênesis 6:1-4, o autor de Enoque 1 começa com a descida de uns duzentos anjos luxuriosos, que baixam no cume do Monte Hermon à caça das belas filhas dos homens. São comandados por Semyaz, que depois se tornou o grego Orion, assim punido perpetuamente como uma figura de cabeça para baixo. Após acasalarem-se com mulheres terrenas, os anjos caídos geram filhos gigantes, de apetite voraz, que devoram sucessivamente alimentos vegetais, animais, pessoas e uns aos outros.

Contemplando esse horror, e a terrível doutrina de magia e bruxaria de Azaz'el, um dos demônios, Deus manda um dilúvio sobre a terra, e ordena ao arcanjo Rafael que enterre Azaz'el sob as pedras da terra devastada. Exatamente neste ponto, o virtuoso escriba Enoque entra na narrativa. Numa visão em sonho, os Vigilantes ou anjos mandam Enoque repreender e advertir os anjos caídos sobre o que os espera. Mas primeiro Enoque ascende ao trono de Deus, numa região de fogo, e lhe é permitido ficar diante de Deus. Segue-se uma série de viagens celestes, uma espécie de *tour* dos domínios angélicos e de todos os segredos do cosmo. Entre estes está a epifania de um filho messiânico do povo (talvez enganosamente traduzido por Isaac com a conotação hoje cristã de "Filho do Homem"), além de *tableaux* da ressurreição dos mortos e do julgamento final dos pecadores.

O Enoque etíope, apesar de toda a sua vividez, é apequenado pelo esplendor apocalíptico e os rigores de Enoque 3, uma obra escrita em hebraico, provavelmente no século 5 da E.C., e brilhantemente traduzida por P. Alexander no *Pseudepigrapha* de Charlesworth. Essa visão rapsódica parece ser obra do grande rabino Ishmael, assassinado pelos romanos como um dos prelúdios à insurreição de Bar Kokhba em 132 E.C., mas indubitavelmente a data da composição é muito posterior. Como apocalipse, Enoque 3 pertence à tradição pré-cabalista de gnose hebraica chamada de misticismo Merkabah, sendo Merkabah o termo do profeta Ezequiel para a carruagem que conduz o Homem Entronizado de sua visão. Nessa tradição, o visionário viaja pelos aposentos celestes até chegar ao trono de Deus, onde lhe é confiada uma revelação. Mas, como estamos dentro do mundo normativo rabínico, a revelação é seriamente restringida; a exuberante invenção do texto gnóstico seria uma violação do decoro e da autoridade escritural recebida.

De qualquer modo, é surpreendente quanta invenção mitopoética entra em Enoque 3, talvez porque estejamos num estágio inicial do que se desenvolverá, meio milênio depois, na extravagante imaginação cabalista. No centro imagístico de Enoque 3 está a radical transformação de Enoque no arcanjo Metatron, Príncipe da Divina Presença (um título que vem do profeta Isaías) e uma espécie de vice-rei do próprio Javé. Nessa transmutação, a pele de Enoque é substituída por um ígneo traje de luz, e suas dimensões humanas ampliam-se até o comprimento e a largura do mundo criado. Moshe Idel, principal estudioso contemporâneo da Cabala, observa argutamente que a apoteose de Enoque é a inversão, ponto por ponto, do colapso do "celeste Adão" para o Adão do Gênesis, uma vez que os textos judaicos antigos, normativos e heterodoxos, inicialmente representavam Adão como um homem-deus cujo traje de luz é substituído por sua própria pele e as peles animais com que Deus o veste, enquanto o Adão gigante primordial, cujo tamanho e esplendor impressionaram e assustaram os anjos, reduz-se a nossos contornos meramente humanos. Idel também observa a ironia de outra inversão: em algumas fontes, o Adão primal "cai" por pecado angélico, pois seu esplendor leva os anjos a afirmar que Adão e Deus são poderes iguais.

Em Enoque 3, um trecho interpolado registra a culpabilidade de Elisha ben Abuya, o colega de Ishmael e Akiba no século 2 da E.C. Elisha ben Abuya foi condenado como herege pelo Talmude por suas supostas heresias gnósticas. Enfrentando Metatron, Acher ("o outro"), como era chamado Elisha ben Abuya pelos rabinos, brada: "Há dois Poderes no Céu!", com isso condenando Metatron a um castigo divino. Eu ampliaria a intuição de Idel sugerindo que Metatron não só é o novo Adão primordial, celeste, mas também se torna o elo esotérico na angelologia entre o divino e o humano, fundindo esses domínios na forma do "homem de luz" iraniano, zoroastriano ou sufista. Enoque foi rebatizado como Idris pelo Corão, e os sufistas identificaram Idris com o antigo Hermes, lembrando que o Corpus Hermeticus se centrava na imagem de Hermes como a Perfeita Natureza, a união de homem e Deus. Metatron bem poderia ser interpretado como o anjo único da *reintegração*, que é o motivo pelo qual se tornou o mais importante dos anjos para o *Zohar* e para toda a Cabala posterior. Arrisco-me a dizer que Metatron é o arcanjo de nosso momento, quando nos aproximamos do Milênio: todos os augúrios — outros anjos, sonhos proféticos, manifestações do corpo de ressurreição — são aspectos do seu ser. Como Javé menor, é o anjo dos anjos; é também o intérprete celeste dos sonhos proféticos; sua forma transfigurada é o corpo astral da experiência de quase morte; sua reintegração Deus-homem restaura o Adão celeste; e ilumina os aspectos messiânicos do Milênio.

Em Enoque 3, Metatron é apresentado com certa reticência; o ardor apocalíptico do texto é freqüentemente temperado por um censor normativo, refletindo a curiosa natureza dessa obra, que parece ter uma prolixidade de autores, alguns deles evidentemente redatores normativos posteriores. Daí o espantoso contraste entre sucessivas partes de Enoque 3, as 15 e 16. Eis a 15:

> R. Ishmael disse: O anjo Metatron, Príncipe da Divina Presença, glória do mais alto céu, me disse a mim:
> Quando o Ente Sagrado, bendito seja, me levou para servir ao trono da glória, às rodas da carruagem e a todas as necessidades da Shekinah, de repente toda a minha carne virou chamas, meus tendões fogo vivo, meus ossos carvões de junípero, meus cílios clarões de raio, meus olhos tochas ígneas, os cabelos da cabeça quentes labaredas, todos os meus membros asas de fogo ardente, e a substância de meu corpo uma conflagração de chamas. À minha direita — aqueles que abrem chamas de fogo — à minha esquerda — marcas ardentes — à minha volta açoitavam vento, tempestade e temporal; e o rugir do terremoto à minha frente e às minhas costas.

A *Shekinah*, o elemento feminino de Javé, sua presença orientadora no mundo, é servida por Metatron quando ele serve ao trono e carruagem divinos. Como a *Shekinah* habita entre nós, isso quer dizer que Metatron é o grão-vizir de Javé, na terra como no céu. A magnífica metamorfose, aqui, de Enoque, um homem mortal, no Javé menor contrasta arrasadoramente com o posterior açoitamento e destronamento de Metatron, não por culpa sua, uma vez que não é de modo algum responsável pelo herético Acher:

> R. Ishmael disse: O anjo Metatron, Príncipe da Divina Presença, glória do mais alto céu, me disse a mim:
> A princípio sentei-me num grande trono à porta do sétimo palácio, e julguei todos os habitantes das alturas com a autoridade do Ente Sagrado, bendito seja ele. Distribuía grandeza, realeza, título, soberania, glória, louvor, diadema, coroa e honra a todos os príncipes dos reinos, quando me sentava na corte celeste. Os príncipes dos reinos estavam de pé diante de mim, à minha direita e à minha esquerda, por autoridade do Ente Sagrado, bendito seja ele. Mas quando Acher veio contemplar a visão da carruagem e me viu, teve medo e tremeu diante de mim. Sua alma ficou alarmada a ponto de deixá-lo por causa de seu medo, pavor e terror de mim, quando me viu sentado num trono como um rei, com anjos para me servir a meu lado como criados e todos os príncipes dos reinos coroados com coroas à minha volta. Então ele abriu a boca e disse: "Na verdade há dois poderes no céu!" Imediatamente, uma voz divina veio da presença da Shekinah e disse: "Voltai a mim, filhos apóstatas — menos Acher!" Então Anapi'el YHWH, o honrado, glorificado, amado, maravilhoso, terrível e temido Príncipe, veio a mando do Ente Sagrado, bendito seja ele, e me deu sessenta açoites de fogo e me fez ficar de pé.

Metatron tinha seu trono à porta do sétimo palácio porque Enoque 3 partilha com vários textos gnósticos antigos o mito de uma ascensão celeste da alma, nesta vida em obras judaicas como Enoque 3, mas após a morte nos textos gnósticos. Essa jornada para o alto é sempre em sete etapas, ou palácios na tradição Merkabah. Num texto gnóstico como *A hipóstase dos arcontes*, a alma é detida em cada uma das sete esferas, onde um espírito negativo, o arconte ou governante daquela esfera, barra a alma aspirante, a não ser que ela saiba e diga o verdadeiro nome dele e lhe mostre precisamente o selo adequado. Em Enoque 3, os céus são numerados, mas não nomeados, embora seus anjos governantes sejam referidos pelo nome. Os sete palácios (ou templos, ou céus) são dispostos de forma concêntrica, e no centro está a Merkabah, a carruagem de Deus que é também o seu trono. Diante do trono, uma cortina protege os anjos da perigosa radiação de Deus, e tem bordada em si toda a extensão da história, de Adão à era do Messias. Rios de fogo correm de debaixo do trono, e a aura da cena é adequadamente brutal. Os angélicos guardiães dos portões não são exatamente tão hostis quanto os arcontes gnósticos, mas sem dúvida tampouco são amistosos. Em essência, são barreiras entre Deus e o homem, a não ser pelo problemático Metatron, que é tão protetor de Deus quanto os outros, mas retém seu status quase único de mortal transfigurado. A fórmula cabalística tornou-se: "Enoque é Metatron", uma maneira abreviada de sugerir que o místico pode emular outro humano e alçar-se ao status do arcanjo Miguel (com quem Metatron é às vezes identificado).

Como Adão caiu, assim foi Enoque elevado, e a demarcação entre homem e Deus balançou, e pode voltar a balançar. Para mim, o trecho mais memorável em Enoque 3 está na parte 6, quando os anjos desprezam e protestam contra a apoteose de Metatron, que foi Enoque:

> Assim que alcancei as alturas celestes, as sagradas criaturas, o orfânio, o serafim, o querubim, as rodas da carruagem e os ministros de fogo consumidor sentiram o meu odor a 365 mil miríades de parasangas de distância, e disseram: "Que é esse cheiro de alguém nascido de mulher? Por que uma gota branca ascende ao alto e serve entre nós que abrimos as chamas?"

Isso é um grandioso e breve resumo daquilo que nossa atual sentimentalização obscurece e rebaixa: a profunda ambivalência dos anjos para conosco. O desprezo angélico provocado pela sexualidade humana: aquela "gota branca" é a contribuição de Jarede, o pai, para o engendramento de Enoque. A resposta de Deus aos anjos é ao mesmo tempo uma maciça reprovação e uma pungente queixa contra nós: "Este que tomei é minha única recompensa de todo o meu mundo sob o céu."

D) A Hierarquia Católica dos Anjos

A doutrina católica romana, como estabelecida por São Tomás de Aquino, defende a necessidade de anjos. Deus não precisava criar, mas uma vez que o fez, por sua bondade, os anjos tinham de ser parte da criação, pois Deus deseja, até certo ponto, que suas criaturas o imitem. São Tomás, com o brilho de sempre, afirma que como Deus é ele próprio inteligência pura, tem de criar inteligências puras nos anjos, uma vez que só eles podem imitá-lo adequadamente. Os humanos, em contraste, só podem imitar Deus de uma maneira mais limitada. "Puro", para São Tomás, é sinônimo de espírito; Deus e os anjos igualmente estão livres da matéria. Aqui São Tomás, embora não sendo um partido de um homem só, não fala necessariamente pela Igreja, pois outros grandes teólogos (São Bernardo e São Boaventura) insistiram em que só Deus estava além da materialidade. E de fato nos lembramos dos anjos de Enoque gerando gigantes nas filhas dos homens, e Rafael no Livro de Tobias falando da comida e bebida deles, e também nos lembramos de toda a imagística de fogo que impregna as descrições dos anjos. Grande parte da tradição é muito diferente de São Tomás, mas é difícil não sermos movidos pela paixão e intuição dele quando nos exorta a considerar os anjos espíritos puros, inteligências não contaminadas por impulsos corpóreos. Deus, segundo São Tomás, fez os anjos para sua própria glória, e a glória de Deus transcende a matéria. Transcende também a enumeração, e assim São Tomás insiste em que até o número dos anjos está além de nossa capacidade de cálculo.

O Cardeal Newman sugeriu, de forma cativante, que nossa espiritualidade deveria tornar os anjos menos misteriosos para nós que os animais. Há um maravilhoso pathos na observação de Newman, pois os animais são muito mais bem conhecidos para nossos cientistas do que o eram no tempo dele, enquanto os anjos parecem cada vez mais desconhecíveis. Se não reconhecemos nossa própria espiritualidade, como podemos estar atentos aos anjos? A grande intuição tomista é que os anjos têm perfeito conhecimento de sua espiritualidade, e portanto de sua liberdade. Nós andamos por aí aos tropeços, nada conhecendo além de fatos, enquanto os anjos são grandes platônicos, por assim dizer, com conhecimento direto das Idéias, mas também de todos os fatos. Nossa capacidade de amar muitas vezes se baseia no romance, que é necessariamente o reino do conhecimento imperfeito; os anjos, como Deus, amam com perfeito conhecimento. São Tomás dificilmente visava a ironia, mas fere-nos agora denunciando todo eros como irônico. Quando impõe limites ao conhecimento angélico, esses limites são temporais: Deus conhece o futuro, mas os anjos talvez não, pois o pathos deles é que talvez eles próprios não sejam eternos. Para mim, a mais surpreendente das advertências tomistas é que os anjos, ao contrário de Deus, não podem conhecer a interioridade de mulheres e homens, embora sejam soberbos no fazer suposições. Pode-se pensar nas limitações de todos esses anjos da guarda, hoje queridos na América, se eles não conhecem o coração daqueles a quem buscam proteger.

São João da Cruz, o maior dos místicos espanhóis, disse muito bem que Deus só para si mesmo não é nem estranho nem novo; mesmo os mais sagrados dos anjos são perpetuamente surpreendidos por Ele. Um estudioso católico francês, P. R. Régamey, justapõe à observação de São João da Cruz a grande frase de Bossuet, famoso por sua eloqüência, que disse de Cristo, em relação a homens e anjos, que o Salvador "é mais nosso chefe que deles". São Paulo e São Pedro, como observei várias vezes neste livro, enfatizavam que a vitória de Cristo era uma derrota dos anjos, uma severa afirmação fundamental para a doutrina católica sobre os anjos. Régamey tenta descartá-la, mas isso parece ter sido parte crucial da luta de Paulo e Pedro contra os judeus cristãos chefiados por Tiago, que podem ter sido gnósticos cristãos. Os sectários dos Manuscritos do Mar Morto, antes julgados essênios, hoje parecem ter sido um grupo que tinha mais em comum com os cristãos judeus e primeiros gnósticos, e que certamente se viam como aliados dos anjos, que travariam as batalhas finais a seu lado. O Islã, que se desenvolveu a partir desse cristianismo judeu, deu a Cristo o status de anjo, que não podia ser crucificado; logo, o Islã rejeitou a Encarnação. Embora exegetas católicos modernos tendam a fugir desse problema, há visivelmente uma oposição entre a Encarnação e qualquer angelologia exuberante, uma oposição que encontra sua clássica declaração de princípios em São Paulo. Não parece demasiado dizer que, para São Paulo, todo anjo é potencialmente caído até prova em contrário; o apóstolo não gostava dos anjos, nem confiava neles. Como a Lei de Moisés, que achava fora dada pelos anjos, estes pareciam-lhe pertencer mais à Velha Aliança que à Nova.

Em grande parte por causa de São Tomás, a doutrina católica romana dos anjos é a mais racional e ordenada, embora menos imaginativa que as visões dos gnósticos, sufistas e cabalistas. O que a doutrina católica partilha com as tradições de gnose é uma ênfase, inteiramente ausente de nosso momento, que é a terribilidade ou grandeza aterrorizante dos anjos. Essa diferença é uma das que eu repito, porque nossa atual domesticação dos anjos os torna insípidos.
 Não só os espíritos caídos são anjos de destruição, como a própria

morte, afinal, é um anjo. Contudo, a suavização dos anjos foi um longo processo, e popular, durante todos os muitos séculos católicos. No século 16, eles eram freqüentemente confundidos com crianças, até mesmo com bebês. Isso praticamente encerrou a tradição aquiniana de que os anjos se manifestavam em "corpos assumidos"; a forma de um guerreiro ou mensageiro adulto podia ser mais imediatamente julgada uma ficção que a de um bebê humano. A imaginação popular alcançou poucos triunfos mais impressionantes que a total transformação dos querubins do Gênesis, seres que barravam o caminho de volta ao Éden, nos querubins bebês da pintura ocidental.

São Tomás, um tanto comovedoramente, tinha uma espécie de nostalgia platônica pela imagem do puro espírito, da inteligência não obstruída pela carne e seus impulsos. Seus anjos ocupam o fosso entre a mente humana e a mente de Deus, e ele raciocinava que sem os anjos um tal abismo não poderia ser transposto. A hierarquia exigia uma cadeia de seres, com diferenças de espécie, além de grau, distinguindo anjos e humanos. Como, sutilmente, Aquino afirmava que Deus era (e é) livre para criar outros universos além do nosso, e na verdade mais perfeitos que o nosso, o grande teólogo, pela honra de nosso cosmo, também afirmava que elementos de puro espírito haviam sido criados por Deus para o nosso mundo. Os anjos, apesar de apavorantes e terríveis, são, portanto, elogios feitos a nós, e realçam nossa dignidade.

Por trás de Aquino, havia um quadro geral de realidade quase universal na Era Medieval, visivelmente caracterizado por C. S. Lewis como "a Imagem Descartada", sem a qual a angelologia católica careceria de coerência. Essa imagem ou modelo de realidade começa com Deus no paraíso dos paraísos: o poder desce de Deus através das esferas até a lua, e desse poder irradia-se influência (ou influxo), que em sua forma desimpedida é o amor de Deus por nós. As distintas esferas são encaradas como Inteligências, uma forma superior de anjos. As nove diferentes categorias de anjos, aceitas por São Tomás de Aquino, nos levam de volta a um dos três ou quatro grandes escritores deslocados na tradição oriental, um neoplatônico do século 5 ou 6 da E.C. que escreveu sob o pseudônimo de Dionísio Areopagita. No Novo Testamento (Atos dos Apóstolos 17:34), São Paulo fala em Atenas e é mal recebido pelos ouvintes estóicos e epicureus, alguns dos quais zombam de sua versão da ressurreição dos mortos. Uns poucos, no entanto, se convertem, incluindo um chamado Dionísio Areopagita. Num espírito que não podemos saber exatamente, o pseudo-Dionísio assumiu a identidade desse honrado convertido, e seus textos não muito cristãos adquiriram enorme prestígio para muitos teólogos, entre eles Tomás de Aquino. Só em 1457, quase dois séculos após a morte de Aquino, o estudioso Lorenzo Valla denunciou a falsificação, mas a essa altura o falso Areopagita já dera forma à hierarquia católica dos anjos com rara permanência. Essa é sem dúvida uma das grandes ironias da história religiosa, uma vez que muito pouco há de cristão na estrutura celeste do pseudo-Dionísio, e tudo de platônico ou neoplatônico. Jaroslav Pelikan diz que Tomás de Aquino citou o pseudo-Dionísio 1.700 vezes, o que simplesmente não teria acontecido se o grande escolástico soubesse que o autor escrevera cinco séculos depois de São Paulo converter o por assim dizer original Dionísio Areopagita! A obra crucial do anônimo neoplatônico é *A hierarquia celeste*, inquestionavelmente o texto mais importante de toda a história da angelologia. "Hierarquia" parece ser uma palavra inventada pelo pseudo-Dionísio, que segue o Proclus neoplatônico dividindo tudo em tríades hierárquicas. Há três hierarquias, cada uma de três ordens, em categorias descendentes:

1. *Serafins*
2. *Querubins*
3. *Tronos*

4. *Dominações*
5. *Virtudes*
6. *Poderes*

7. *Principados*
8. *Arcanjos*
9. *Anjos*

Embora Aquino seguisse essa ordenação, Dante inverteu os lugares de Principados e Arcanjos. Os Serafins tradicionalmente cercam o trono de Deus, cantando interminavelmente: "Santo, Santo, Santo". E no entanto só há uma referência aos Serafins na Bíblia hebraica, o magnífico sexto capítulo do profeta Isaías:

> No ano em que morreu o rei Uzias, eu vi o Senhor assentado sobre um alto e sublime trono; e as orlas do seu manto enchiam o templo.

> 2. Serafins estavam por cima dele: cada um tinha seis asas: com duas cobriam os seus rostos, com duas cobriam os seus pés, e com duas voavam.
> 3. E clamavam uns aos outros, dizendo: Santo, Santo, Santo é o Senhor dos Exércitos: toda a terra está cheia de sua glória.
> 4. E os umbrais das portas se moveram com a voz do que clamava, e a casa se encheu de fumo.
> 5. Então disse eu: Ai de mim! Que vou perecendo, porquanto sou de lábios imundos, e habito no meio dum povo imundo de lábios, porque os meus olhos viram o rei, o Senhor dos Exércitos.
> 7. Porém um dos serafins voou para mim, trazendo na sua mão uma brasa viva, que tomara do altar com uma tenaz:*

Não há Serafins no Novo Testamento, mas eles são importantes em Enoque 2 e Enoque 3, e sua chefia é às vezes atribuída a Metatron ou Miguel, e às vezes a Lúcifer, Satanás antes da queda. Os Querubins são importantes na Bíblia hebraica, desde os guardas postos para impedir nossa reentrada no Éden até as criaturas douradas que ladeiam a Arca da Aliança em Êxodo 25:18, e depois os quatro seres da visão de Ezequiel (10:4), e os anjos de madeira de oliveira do Templo de Salomão em Reis 6:23. Apocalipse 4:8, baseado na profecia de Ezequiel, apresenta os querubins como animais de seis asas cheios de olhos espalhados por todo o corpo. Gabriel e Rafael estão entre os mais destacados querubins, e às vezes Lúcifer-Satanás também é incluído entre eles. Os Tronos, que completam a primeira tríade celeste, não ocorrem na Bíblia, mas figuram largamente no legendário rabínico, embora sua função tenda a ser obscura, talvez porque um número substancial deles seguiu Satanás na Queda.

As Dominações, que iniciam a segunda tríade, têm a honra de ser os anjos antigos, ou originais, porém jamais despertaram grande interesse. As Virtudes, no entanto, o grau seguinte abaixo, fascinam porque sua função é fazer milagres em nosso mundo, e atuar como os anjos da guarda que Jesus cita em Mateus 18:10. Têm a honra de ser os dois anjos que ladeiam Jesus na Ascensão, talvez por causa do

---

* *Tradução do Padre João Ferreira d'Almeida. [N.T.]*

texto em Mateus. Os Poderes, que completam a segunda tríade, em geral são vistos como guardiães da ordem, uma espécie de polícia celeste, e eram particularmente detestados por São Paulo, ao que se supõe porque ele os associava com a Lei que Jesus substituíra.

A terceira tríade começa com os Principados, defensores da religião e freqüentemente associados a determinados continentes ou países. Em *Angels in America*, de Tony Kushner, o anjo feminino é o Principado Continental da América, e o dramaturgo diz maldosamente que ela apareceu a Joseph Smith, o profeta mórmon, que no entanto entendeu errado seu nome e identidade. Os Arcanjos, segundo Enoque 1, são sete, a saber, Uriel, Raguel, Miguel, Seraqael, Gabriel, Haniel e Rafael, supostamente também os sete anjos de Apocalipse 8:2. Mas isso significa Arcanjos no sentido geral de anjos chefes; a categoria hierárquica está pouco acima dos anjos comuns, simples mensageiros que chegam trazendo os decretos de Deus. A ordem final, dos anjos propriamente ditos, está tão distante de Deus que sua proximidade conosco reforça ironicamente a frieza neoplatônica do sistema dionísico. São Paulo, com sua antipatia pelos anjos, sempre afirmou que Jesus era o único mediador entre Deus e os homens, o que é pragmaticamente contradito por uma estrutura hierárquica dos anjos em nove categorias.

E) Os Anjos Caídos

Embora os anjos, os do nosso tipo, se tenham originado na Pérsia e Babilônia, qualquer história dos anjos caídos provavelmente deve começar com o autor helenista do século 2 da E.C. Apuleio, mais conhecido por seu esplêndido romance *O asno de ouro*, porém no fim mais influente como autor de um ensaio, "Do Deus de Sócrates". O "deus" de Sócrates era seu *daimon*, um espírito nem humano nem angélico, que mediava entre os deuses e o filósofo. Apuleio identifica os *daimons* como habitantes do ar, com corpos tão transparentes que não podemos vê-los, só ouvi-los, como ouvia Sócrates o seu. Apesar disso, os *daimons* são materiais, como são os deuses; foi inovação de Tomás de Aquino encarar os anjos, equivalentes dos deuses, como puros espíritos. Segundo Apuleio, cada um de nós tem um guardião e gênio individual. No fim da Idade Média, esses *daimons* foram também identificados com os anjos caídos, ou "demônios", como certamente o eram por Aquino. C. S. Lewis aventurou que São Paulo, em última análise, estava por trás disso, pois em Efésios 2:2 escreveu sobre "o príncipe do poder do ar, que agora atua nos filhos da desobediência", o que foi entendido como uma referência aos *daimons* como seres satânicos.

Embora seja sempre surpreendente compreender que a Bíblia hebraica não tem anjos caídos, eles na verdade não são uma idéia judaica durante o longo período de composição da Bíblia. O Satanás do Livro de Jó é "o adversário", ou advogado de acusação, um servo de Deus em boa posição, e de modo nenhum mau. Também em Isaías 14:12-15, quando o profeta canta a queda de *Helel ben Shahar*, a estrela da manhã, a referência indubitavelmente é ao Rei da Babilônia, e não a um anjo caído, como têm acreditado intérpretes católicos:

> 12. Como caíste desde o céu, ó estrela da manhã, filha da alva do dia? Como foste cortado por terra, tu que debilitavas as nações?
> 13. E tu dizias no teu coração: Eu subirei ao céu, por cima das estrelas de Deus exaltarei o meu trono, e no monte da congregação me assentarei, na banda dos lados do norte.
> 14. Subirei sobre as alturas das nuvens, e serei semelhante ao Altíssimo.
> 15. E contudo derribado serás no inferno, aos lados da cova.*

Por mais magnífico que seja o estilo do Rei James,** distorce radicalmente o texto hebraico, uma vez que "Lúcifer" quer dizer apenas o "Luzente", e "inferno" é o um tanto diferente "Sheol", uma espécie de Hades. Do mesmo modo, a interpretação cristã seguiu a literatura apócrifa na leitura de *b'ne ha Elohim*, ou filhos dos Elohim, em Gênesis 6:1-4, como sendo os pecadores anjos caídos, ou "filhos de Deus", que nos livros de Enoque se casam com mulheres terrenas e geram gigantes monstruosos. O texto javístico real de Gênesis 6:1-4

---

* *Tradução do Padre João Ferreira d'Almeida. Na primeira frase da citação, no texto inglês do autor, em lugar de "ó estrela da manhã", está "Ó Lúcifer, filho da manhã". [N.T.]*

** *A referência, claro, é ao texto original citado pelo autor, a famosa "Bíblia do Rei James", de James I, da Inglaterra, autor da primeira tradução autorizada do texto bíblico para a língua inglesa (1611). [N.T.]*

não tem conotação moral, e ao contrário faz um elogio talvez irônico aos "poderosos homens de antanho, homens de nomeada", como sendo o resultado desses casamentos desiguais. Alguma coisa do mesmo tipo de má leitura surge na compreensão cristã do Salmo 82, um poema curiosamente contraditório que parece alegorizar os maus governantes das nações como os Elohim que Deus condena a morrer como homens mortais. A ambigüidade entra em Ezequiel 28:12-19, uma visão do Príncipe de Tiro caindo da posição de "Querubim de Cobertura", guarda do Éden, e sendo expulso "da montanha de Deus", uma vez mais, visivelmente, uma profecia política, porém interpretada pelos cristãos como outra referência à queda de Lúcifer para Satanás. A maior e mais famosa ampliação cristã está na metamorfose da sutil serpente do Éden em Satanás, o que não tem, é claro, a mais leve base no texto javístico. Os únicos trechos da Bíblia hebraica mesmo que se referem a anjos pragmaticamente maus ou perversos ocorrem em Daniel 10:13-21 e 12:1, onde Gabriel e Miguel, como anjos guardiães de Israel, são lançados contra os anjos opostos da Pérsia e Grécia. Mesmo aí não nos dão uma profecia explícita de que os anjos guardiães de nações gentias estão condenados a cair, ou talvez já sejam "anjos caídos".

O surgimento do Satanás cristão e sua hoste caída foi um processo complexo, mas com fontes muito ecléticas. *The Old Enemy* [O velho inimigo], de Neil Forsyth, remonta o Demônio a Huwawa, adversário do herói sumério Gilgamesh, e ao igualmente nojento Humbaba, entre os assírios. Muitos outros entram na mistura, incluindo Tiamat, o dragão marinho babilônico, e Ahriman, o adversário segundo Zoroastro. Contudo, sente-se que há um elemento radicalmente novo no Satanás cristão, porque não há espaço algum para ele na literatura javística, embora textos apocalípticos judaicos posteriores lhe abram espaço, sobretudo nos livros de Enoque, a Sabedoria de Salomão e a Vida de Adão. Mas ainda há um salto destes para o Novo Testamento, onde Satanás é de fato uma invenção original, pois concentra pecado em escala muito mais total e poderosa do que seria de esperar. O poeta romântico inglês Shelley gostava de dizer que Satanás devia tudo ao poeta puritano inglês do século 17 Milton, mas desconfio que Shelley concordaria comigo em que a verdadeira dívida do Demônio é com Santo Agostinho, teólogo cristão do século 4 da E.C., na verdade até hoje o maior teólogo nos dois mil anos de história do cristianismo. Intelecto soberbo, Agostinho tem a responsabilidade última pela modelação do Satanás cristão, que ocupa uma posição vital na *Cidade de Deus*, a obra-prima agostiniana. É na *Cidade de Deus* que ficamos sabendo da história central da rebelião de Satanás, provocada pelo orgulho, e que *precede a criação de Adão*, de modo que a sedução de Adão e Eva por ele vem depois da queda dos anjos. Em outra parte de Santo Agostinho, encontramos sua idéia mais original, a doutrina altamente não hebraica de que Adão e Eva e seus descendentes foram criados por Deus com o propósito único de substituir os anjos caídos. Isso leva à idéia menos hebraica no cristianismo; com sua própria queda, Adão e Eva e sua progênie são eternamente culpados e predispostos ao pecado, sobretudo em relação a obediência e sexualidade. Só o sacrifício expiatório do Cristo encarnado, como definido por São Paulo, precursor de Santo Agostinho, pode libertar-nos de nossa culpa.

Satanás e seus subordinados foram assim permanentemente postos no âmago da história cristã, o que me parece um distanciamento tão radical da religião javística quanto a própria Encarnação. Mas como são os anjos caídos que me interessam aqui, tenho de retornar às fontes judaicas posteriores e do início do cristianismo para fazer quaisquer distinções que haja entre os anjos não caídos e seus parentes pecadores. São João Evangelista, no Capítulo 12 de seu Apocalipse, diz que caiu um anjo em cada três, enquanto Gustav Davidson, em seu delicioso *A Dictionary of Angels* [Dicionário de anjos], cita um bispo do século 15 que estabelece o número dos caídos na substancial soma de 133.306.668. Essa cifra teria apavorado os primeiros rabinos, pois eles seguiam a Bíblia hebraica ao não atribuir nenhum impulso mau aos anjos, para os quais nenhuma lei divina teria sido demasiado severa, sem dúvida outro motivo por que São Paulo tanto detestava os anjos. O problema certamente é: como veio a maldade habitar em tantos anjos na literatura apócrifa judaica? Norman Cohn culmina duzentos anos de especulação apontando a influência das doutrinas de dualismo zervanita (zoroastrianas revisadas) sobre os judeus da época macabéia. Eu não duvido da precisão de Cohn: os nomes dos anjos vieram da Babilônia, e a natureza má dos anjos caídos, da Pérsia. Ironicamente, Zoroastro, e não o Javista ou Isaías, é o autêntico ancestral de São Paulo e Santo Agostinho.

Como São Paulo, em relação até mesmo aos anjos caídos, era extremamente ambivalente, arrisco a hipótese de que a Encarnação do Cristo como Jesus tornou os anjos meio supérfluos, pois perderam quase toda função como mediadores entre o homem e Deus, assim que Cristo ressuscitou. Paulo entendeu implicitamente, muito antes de Agostinho, que a diferença entre judaísmo e cristianismo era entre uma crença em que a imagem de Deus sobrevive em nós, mesmo que parcialmente oculta pelo pecado, e uma fé em que a imagem foi apagada pelo pecado, a não ser pela obra da Expiação. Os anjos, sendo também criaturas de Deus e parte do cosmo, são portanto afirmados em sua bondade pelos judeus. Mas Paulo tinha um senso tão aguçado da perda da imagem de Deus, a não ser em Cristo, que, para ele, mesmo os maiores dos anjos são seres equívocos, sobre os quais Cristo triunfou.

Na medida em que o cristianismo é essencialmente paulino, pouco uso tem para anjos virtuosos. O que Paulo e o cristianismo precisavam era de anjos caídos, em particular do chefe deles, Satanás. Não devemos esquecer nunca que, na Bíblia hebraica, "Satanás" não é um nome próprio. No Livro de Jó, o leitor encontra *ha-Satan*, "o Satanás", que é um título da corte, equivalente ao nosso "promotor público". Como um dos *b'ne Elohim*, "filhos de Deus", o Satanás é um ser divino ou anjo, um *malak Javé*, ou representante diplomático de Deus. Seu título significa alguma coisa como "agente barrador": é um adversário autorizado dos seres humanos. Em grego, o agente barrador é um *diabolos*, e assim Satanás se tornou diabólico. Forsyth, em *The Old Enemy*, reconstitui o curioso desenvolvimento de Satanás entre os judeus, pelo qual um obstáculo se tornou um escândalo, e o agente de Deus foi transformado num adversário independente da humanidade, passando de promotor a perseguidor, por assim dizer. Essa metamorfose foi estranha, em vista de como pouco servia a um monoteísmo tão severo. Os apócrifos livros de Enoque se tornaram populares durante a helenização dos judeus provocada pelas conquistas de Alexandre o Grande, e pelo resultado das longas guerras travadas entre os generais rivais que buscavam herdar o império alexandrino. No Pequeno Gênesis, ou Livro dos Jubileus, provavelmente escrito no século 3 A.E.C., e influenciado pela literatura de Enoque, o diabólico adversário é chamado de Mastema, cuja raiz se relaciona com "Satanás", e que tem uma ambígua relação com a autoridade de Deus, pois é ao mesmo tempo um anjo rebelde e ainda assim parte do plano cósmico. Um salto à frente dessa ambigüidade é dado nos livros protognósticos do século 1 da E.C., onde Satanás, identificado com a serpente no Éden, é um anjo rebelde responsável pela queda de Adão e Eva, que começam com um status *superior ao dos anjos*, e sofrem o ressentimento destes, caídos e não caídos.

Um salto maior, em espécie e em grau, ocorre no Novo Testamento, onde o Satanás do Apocalipse de São João Evangelista é o arquétipo em escala total de todos os anjos rebeldes desde então. A guerra no céu, não mencionada em nenhuma outra parte do Novo Testamento, resulta na queda de um terço das estrelas ou hostes celestes, varridas por um serpentino Satanás, que agora desfruta de autonomia em relação a Deus. A história no Apocalipse é a primeira fase da queda em três etapas dos anjos rebeldes, em que a visão de São Paulo domina a segunda fase, e as doutrinas de Santo Agostinho proporcionarão a terceira e definitiva etapa do desenvolvimento. A antipatia de Paulo pelos anjos, eu já observei; sua manifestação mais notável vem em I Coríntios 11:14, onde o Apóstolo adverte que "o próprio Satanás é transformado num anjo de luz". Todo anjo de luz era suspeito para Paulo, que atribuía a todos os seus rivais, cristãos judeus e gnósticos, a influência herética de Satanás. Essa atribuição, original em Paulo, jamais irá deixar-nos, pois se incrusta profundamente em todas as variedades de cristianismo. E como Paulo interpretava a Lei dos judeus e dos cristãos judeus como a lei do pecado e da morte, era simplesmente natural que identificasse seus adversários com o Demônio. Assim, em Efésios 6:11-12, ele faz a mais eloqüente de todas as suas denúncias dos anjos, que parecem ser tanto os caídos quanto os não caídos:

> Revesti-vos de toda a armadura de Deus, para que possais estar firmes contra as astutas ciladas do diabo.
> Porque não temos de lutar contra a carne ou sangue, mas sim contra os principados, contra as potestades, contra os príncipes das trevas deste século, contra as malícias espirituais nas regiões celestes.*

A influência de Paulo sobre os Padres da Igreja ia resultar na imagem de Satanás como o irmão caçula invejoso de Jesus, e que busca usurpar de Cristo o reino de Deus. Agostinho culmina essa tradição fazendo retroceder a divisão entre Cristo e Satanás até o

---

* *Tradução do Padre João Ferreira d'Almeida. [N.T.]*

primeiro dia da criação, quando Deus separou a luz das trevas, e parte dos anjos preferiu as trevas, num pecado inicial de orgulho. Mais sutil que Paulo, Agostinho teve a originalidade de inventar a psicologia satânica, centrando-a na inveja e no orgulho, e criando assim a tradição que iria resultar no Iago do *Otelo* de Shakespeare e no Satanás do *Paraíso perdido* de Milton. Contudo, interessa-me menos o orgulho satânico agostiniano que a ambivalência paulina em relação aos anjos, quando nada porque a ambigüidade angélica desapareceu quase por completo de nossa atual obsessão nacional com os anjos. Mesmo cristãos devotos parecem ter reprimido a incessante desconfiança de Paulo para com os anjos, que apesar disso está no âmago de sua polêmica contra os cristãos judaizantes e os gnósticos cristãos. Ele receava o culto dos anjos, e da Lei por eles dada, como partilhava, ironicamente, das tradições gnósticas de desconfiança e rivalidade entre Adão e os anjos. Talvez Paulo preferisse entender mal os anjos, como preferiu entender mal a Lei; a observância da Torá jamais foi justificação (como ele dizia), mas apenas obediência à vontade de Javé, e os anjos jamais foram justificados, a não ser como manifestação dessa vontade.

O retorno do angelicismo nos Estados Unidos não é sequer um fato novo; reflete antes uma tradição que predomina desde o século 19, quando culminou na mais americana das religiões, o mormonismo. Paulo e Agostinho teriam franzido o cenho para nossas obsessões angélicas, e tanto os católicos quanto os protestantes normativos devem estar nervosíssimos com essa corrente em nossa espiritualidade popular. Contudo, é muito americana, e representa outro retorno a uma gnose antiga que o cristianismo oficial lutou para aniquilar.

F) Anjos, Milagres e a América

Como é que Ezequiel e Daniel, e os sábios gnósticos, sufistas e cabalistas, e São Francisco, Santa Teresa e Joseph Smith podiam ver anjos, e nós não? As histórias contemporâneas de visões angélicas não convencem, seja a personagem avistada um anjo tradicional ou um alienígena transportado por um OVNI. Cabeças mais sábias entre nossos angelologistas atuais resignam-se a sentir a presença de anjos, em vez de vê-los e ouvi-los. Eu não duvido que a longa sucessão dos que viram, de Zoroastro a Joseph Smith, na verdade viram e ouviram os anjos certos, mesmo sendo muitíssimo cético em relação às nossas modas atuais de encontros angélicos. Houve uma verdadeira mudança do Iluminismo para cá, com apenas alguns retrocessos como Swedenborg, William Blake e Joseph Smith. A natureza humana muda, e os milagres e anjos refluem. Como e por quê?

O fenômeno é de distanciamento, mais temporal que espacial. O que se distanciou não é nem empírico nem espiritual, mas todas as ligações intermediárias, e o tempo é o agente dessa separação. Os anjos violam a lei da natureza, uma lei que no entanto não vigorava até fins do século 17. Talvez a lei da natureza tenha sido descoberta então; talvez tenha sido imposta, como insistia William Blake. De uma maneira ou de outra, os anjos não são fatos aleatórios, e seja como for nenhum visionário a quem eles apareceram jamais os considerou assim.

Os mensageiros são inúteis se não têm mensagem para entregar, e ninguém para enviá-las. Lendo intermináveis histórias de aparições alienígenas, nós nos perguntamos por que as pessoas que dizem ter sido seqüestradas ou invadidas invariavelmente não são lá muito talentosas ou inteligentes. A mesma pergunta melancólica é provocada pelos mais benignos e tradicionais anjos da guarda das histórias recentes. Os anjos só tinham importância porque os seres humanos que os viam eram muito importantes. Gabriel buscou o profeta Maomé, que tinha a imaginação criadora de um Dante ou um Milton. Moroni escolheu Joseph Smith, um extraordinário gênio religioso. Se visitas angélicas autênticas acompanham a aproximação do segundo Milênio, serão feitas a verdadeiros profetas, que ainda não surgiram entre nós. Esses são ao mesmo tempo o pathos cômico efetivo e a fraqueza estética última de *Angels in America*, de Tony Kushner, onde seu valente e *gay* profeta não tem profecia nenhuma a nos dar.

Os anjos, na nossa perspectiva, têm de ser fatos mais humanos que divinos. Deus não precisa acreditar em anjos; se nós precisamos, temos de ampliar essa crença, para que a lei da natureza seja violada com alguma finalidade. De outro modo, os anjos seriam apenas blasfêmias, insultos à criação. O Corão ensina mais abertamente essa lição crucial que a Bíblia, e esse ensinamento revive verdades judaicas e cristãs, como insistiu Maomé. Um anjo não pode intervir, ou ser invocado, por capricho, dele ou nosso: tem de ser uma vontade maior, que não será usurpada por crente ou cético. Em nosso momento tardio, à sombra do Milênio, os anjos necessários serão anjos muito sutis, porque os milagres brutos não mais nos servem. O psiquiatra holandês J. H. Van Den Berg, em sua arguta introdução a uma "psicologia histórica", *A mudança da natureza no homem*, é meu mentor neste ponto:

> Mas se o milagre é um fato *contra naturam* depende em última análise de nossa concepção da natureza. Se se entende que a natureza é a realidade da ciência — em outras palavras, uma realidade destilada da outra realidade total, geral, diária, por um ponto de vista estreitamente circunscrito, incomum, adquirido e sob todos os aspectos artificial — na verdade os milagres envolvem coisas tão distantes de sua natureza comum que não mais podem mostrar a presença de Deus... Deus foi tão completamente removido da realidade que lhe é impossível aparecer. Se dentro desse conceito da realidade ainda se espera que Deus apareça, ter-se-á de supor que Ele pode aparecer como um fato físico entre outros fatos físicos, como uma criança, por exemplo: como a criança Jesus, que brinca entre o carvalho e o bordo, e que pode ser vista do mesmo modo biológico que as árvores. Acreditar no milagre assim, na verdade, é não acreditar nele. Pois, em primeiro lugar, a realidade — que é, acima de tudo, uma realização de nosso entendimento com Deus — foi reduzida a um sistema de fatos científicos; isso significa que Deus foi removido dessa realidade. E em segundo lugar, se se exige que Ele, afinal, reapareça nessa realidade, que se tornou estranha a Ele, na forma de um fato "objetivo" entre outros fatos "objetivos", isso quer dizer que Deus morre. O conceito de que o milagre é *contra naturam* não apenas significa que, como milagre, perturba a natureza; também implica em que o milagre que aparece na fenda resultante se mostra como fato (pseudo) natural, (pseudo) físico e (pseudo) químico. Crer em milagre... é crer em (pseudo) ciência.

É só substituir "milagre" por "anjo" em todo esse parágrafo, que se chega a uma irrespondível intuição que explica por que é melhor só crermos em visões angélicas, agora e de agora em diante, quando forem comunicadas por profetas, visionários e reveladores, ou por grandes poetas. Crer em anjos, para a maioria de nós, é crer em falsos milagres, e uma ofensa a Deus, a menos que se espose realmente uma visão mágica, ou espiritual, ou metafórica, da natureza. Joseph Smith viveu numa América onde a visão mágica do mundo ainda era comum entre o povo, como mostrou Vincent Quinn. Sem dúvida, vai aparecer outro gênio religioso americano, embora não o reconheçamos (a princípio) quando o fizer. Por enquanto, eu exortaria todos os interessados em anjos, sonhos proféticos, experiências de quase morte e no próximo Milênio a medir nossos atuais encontros com esses fenômenos pelo que de melhor se sabe e se escreveu sobre eles no passado. Este é o objetivo básico deste livro: levantar e iluminar essas aparições, a fim de salvá-las, devolvendo-as à sabedoria interpretativa dos gnósticos cristãos, sufistas muçulmanos e cabalistas judeus. Sem um contexto que possa servir como padrão de medida espiritual, nos afogaremos em enstusiasmos e auto-satisfações da Nova Era.

A Igreja Católica, fiel às suas tradições, insiste sempre em que os anjos estão mais próximos de Deus que do homem, e também tende a enfatizar a alteridade dos anjos. Na América protestante e pós-protestante, essa alteridade desbotou-se, e agora ameaça desaparecer completamente. Na vívida epifania de Gabriel a Daniel, o profeta primeiro perde a consciência em choque e terror, e só se recupera quando benignamente tocado pelo anjo. Eu justaponho ao trauma espiritual de Daniel o melaço de nossos manuais populares de anjos, um dos quais sugere mesmo a existência de anjos-gatos, que supostamente se manifestam aos nossos gatos. A domesticação dos anjos os torna chatos e melosos, e me lembra a explosão teológica da atriz Jane Russell na televisão, quando, num momento do fim de sua carreira, passou a cantar *spirituals*, e definiu Deus assim: "Acho que Deus é simplesmente uma boneca viva."

Quer os interpretemos como mensageiros de Deus, quer como seus guerreiros, ou mesmo administradores, os anjos não têm sentido separados de Deus, mesmo quando se rebelam contra ele. Para o ateu ou cético, os anjos podem não ter realidade alguma, e no entanto o mais conhecido dos poetas americanos modernos, o descrente Wallace Stevens, invoca em sua obra o que chama de "anjo da realidade". Avicena, o grande médico, místico e filósofo persa do século 11, transfigurou a angelologia numa doutrina altamente imaginativa, que tem curiosas afinidades com os poetas seculares do século 20 que celebram os anjos, Stevens e o visionário alemão R. M. Rilke em particular. Na angelologia de Avicena, o cosmo monoteísta do Corão tende a dispersar-se numa espécie de politeísmo pragmático, muito ressentido pela ortodoxia literalista do Islã, hoje e na época. A tensão em toda a angelologia, então e hoje, é entre o monoteísmo e a elevação de outros seres celestes a um status que parece rivalizar com o de Deus. E no entanto, os grandes monoteísmos — zoroastrismo, judaísmo, cristianismo e Islã — estão todos impregnados de anjos.

É um antigo padrão entre os monoteístas os deuses de outras fés e países serem rebaixados ao status de anjos (ou demônios). Como anjos da guarda de Estados rivais, esses ex-deuses podem facilmente ser associados com o mal e com a pestilência. A solitária eminência de Javé impediu os judeus de criarem uma mitologia em escala plena e aberta, embora haja muitos traços dessa inventividade politeísta antes do ressurgimento do espírito de "só Javé", que parece começar com o profeta Oséias, no século 8 A.E.C. Quando esse espírito triunfou no Deuteronômio, estava preparado o caminho para uma religião de Javé quase expurgada de qualquer angelologia. Só quando os macabeus se levantaram contra os sírios helenizados, a angelologia retornou com toda fúria, no livro de Daniel, e depois nas obras não canônicas; mas a revivescência da angelologia judaica foi iniciada muito antes, durante o exílio babilônico. Aqui, é o profeta Ezequiel a figura decisiva; sua visão da Carruagem, "as Rodas e sua Obra", é o verdadeiro ponto de partida de toda angelologia e esoterismo judaicos posteriores, e deve qualificar-se como suprema entre todas as epifanias de anjos.

Há, como veremos, uma antiga tradição de inimizade entre os anjos caídos e Adão, e uma rivalidade ainda mais arcaica entre os anjos bons e o primeiro homem. São Paulo pode ser a figura na qual todas as tensões entre anjos e seres humanos se reuniram. Como Agostinho depois, Paulo é tão fundamental para o cristianismo, católico e protestante, que o atual predomínio do culto aos anjos entre nós é um fenômeno ainda mais extraordinário do que inicialmente parece. Esquecemos as advertências paulinas porque, lenta mas maciçamente, está se desenvolvendo entre nós uma angelologia americana, e não apenas entre as redes de mórmons, pentecostais e da Nova Era, mas entre católicos romanos, batistas do sul, judeus, e por todo o espectro religioso. Sempre fomos um país religiosamente fecundo, sobretudo a partir de cerca de 1800. Como nossa religião tende a ser experiencial e pragmática, tem-se afastado cada vez mais do cristianismo europeu, onde os aspectos institucionais, históricos e teológicos da fé permaneceram relativamente fortes. Como tendemos a ser heterodoxos, mesmo quando dizemos o contrário, os anjos nos retornam da repressão espiritual inaugurada por São Paulo. Para nós, tornam-se imagens de nossa liberdade: do passado, da autoridade, da necessidade de morrer. E para muitos de nós, desconfio, os anjos são quase independentes de Deus. Como o Jesus americano, que é basicamente o da Ressurreição, mais que o da Crucificação ou da Ascensão, nossos anjos são versões do Anjo Cristo cristão, judeu, gnóstico e muçulmano. Cada anjo de guarda sugere a possibilidade de uma Ressurreição pessoal, senão no início do próximo Milênio, talvez num terço de século depois.

No Capítulo IV deste livro, sobre a gnose, eu detalho um padrão semelhante entre os sufistas e cabalistas. Como não há ligações diretas entre as obsessões angélicas contemporâneas e os primeiros esoteristas, precisa-se buscar alguma explicação para esses paralelos. Sendo-se junguiano, o que eu não sou, não haveria nada a explicar: estaríamos lidando com arquétipos do inconsciente coletivo. A interpretação mais provável é que as gnoses antigas, medievais e modernas buscam todas responder a uma necessidade autêntica e duradoura, que é reconciliar o tempo e a morte com nossos prenúncios de imortalidade.

Há um Midrash anônimo em que Jacó diz a Moisés: "Eu sou maior que vós; enfrentei um anjo e venci-o." Ao que Moisés responde: "Enfrentastes um anjo em vosso domínio, mas eu ascendi aos Anjos Ministradores no domínio deles, e eles me temeram..." Suponhamos que Jacó tenha vencido Sammael, Anjo da Morte, o Anjo da Guarda de seu lesado irmão Esaú, e suponhamos também que Moisés, não morrendo mas trasladado para o céu pelo beijo de Javé, tenha enfrentado os anjos, como o não caído Adão e Enoque-Metatron os assustaram. Como Enoque e Elias (que se tornou Sandalphon), Moisés ascendeu para prestar serviço a Javé, mas não há nome para o Moisés angélico. Eu sempre me perguntei por quê; os rabinos às vezes chamavam Moisés de anjo, mas alguns textos lhe atribuem uma categoria acima de todos os anjos, até mesmo de Metatron. Pode ser essa a resposta; assim como o Novo Testamento lembra aos anjos que o status deles é abaixo do de Jesus, também a Bíblia hebraica implicitamente homenageia Moisés acima dos anjos. Há uma tradição esotérica de que Jesus foi um anjo, um dos dois que apareceram com Javé sob os terebintos em Mamre, para ali aceitar a hospitalidade de Abraão. Jacó, que se tornou Israel, é às vezes identificado como ou com o anjo Uriel (com o qual Emerson teve a audácia de buscar identificação). Há uma tradição franciscana, altamente heterodoxa e esotérica, de que só São Francisco partilhou a distinção de Enoque, Elias e Jacó, como um quarto mortal transformado em anjo. Rhamiel, o anjo da misericórdia, é a forma final de São Francisco, contendo os ventos da destruição até que todos os redimidos estejam reunidos no céu.

Há visivelmente uma tensão entre essa imagem de quatro patriarcas e profetas — Enoque, Jacó, Elias e São Francisco — trasladados para o status angélico e as advertências dos rabinos e São Paulo contra uma religião dos anjos, advertências particularmente adequadas na época atual. E no entanto a América milenar sempre acolheu os anjos, uma acolhida manifestada sobretudo nas tradições da Igreja de Jesus Cristo dos Santos dos Últimos Dias, dos mórmons de Joseph Smith. Este, profeta, visionário e revelador mórmon inaugural, recebeu três visitas noturnas de Moroni, um anjo até então desconhecido, a 21 de setembro de 1823, em Palmyra, Nova York. A mensagem do anjo referia-se a um livro "escrito em folhas de ouro, dando uma versão dos antigos habitantes deste continente, e as fontes de quando brotaram". Contudo, passaram-se quatro anos até que Moroni julgasse Smith digno da missão de traduzir o novo livro sagrado, que só foi publicado no início de 1830. Como o próprio *O livro dos mórmons* é obra de autoria angélica, o mormonismo por força está profundamente envolvido em angelologia. Quer se tome a visão dos anjos como revelação divina recebida por Smith, ou como produto de seu indubitável gênio religioso, a doutrina mórmon dos anjos é de extraordinário interesse, tanto por seu poder intrínseco quanto pela iluminação que lança sobre o anseio americano por realidades angélicas. Minhas principais fontes aqui são um útil volume, *Angels* [Anjos], de Oscar W. McConkie, Jr. (1975), e as pesquisas de D. B. Timmins, um estudioso-diplomata mórmon. Timmins observa que Joseph Smith dividiu os anjos em três classes:

> 1) Espíritos pré-mortais enviados à terra com mensagens aos verdadeiros crentes; esses espíritos depois passam por nascimento humano.
> 2) "Homens justos tornados perfeitos": os justos que viveram e morreram na terra, e que são enviados em missões que os espíritos pré-mortais não teriam experiência para entender. Esses justos se dividem em dois subgrupos: os

ainda não ressuscitados e os com um consubstancial corpo pós-ressurreição de carne e osso (mas não sangue, que é meramente mortal).

3) Lúcifer e seus enganadores, que (como em Paulo) se disfarçam de "anjos de luz".

Moroni, evidentemente, pertencia ao segundo subgrupo na classe 2, um ser ressuscitado. Todos os quatro tipos de anjos se parecem: o aparecimento de Moroni a Smith lembra-me o de Gabriel no Livro de Daniel, e é paralelo ao aparecimento de Gabriel ao profeta Maomé. Assim como Maomé é "o selo dos profetas", o mensageiro final, para o Islã, o mesmo se dá com Smith para seus Santos dos Últimos Dias. Embora Maomé continue sendo apenas isso para o Islã, o mormonismo é uma doutrina mais radical, e Joseph Smith sem dúvida a esta altura é um anjo ressuscitado, outro homem-deus, trabalhando para o bem-estar dos mais ou menos dez milhões de mórmons do mundo. Entende-se por que Smith ficou fascinado com Enoque, e na verdade se identificou com esse ser extraordinário. Em sua fase final, Smith evidentemente estudou a Cabala, e veio a entender que, como o ressuscitado Enoque, sua transformação última seria o anjo Metatron, o "Javé menor", que é também o anjo Miguel e o Adão ressuscitado. Embora o Islã ortodoxo recuse uma tal identificação para Maomé, os sufistas insistiram nela, e Joseph Smith assim reúne (quer o tenha sabido ou não) as três grandes tradições esotéricas do gnosticismo cristão, sufismo e Cabala.

Oscar McConkie detalha alguns dos vastos monumentos mórmons a visitações de anjos; talvez por serem modelados pela tradição, parecem-me a exceção que perturba meu profundo ceticismo em relação a histórias contemporâneas americanas de manifestações angélicas. Joseph Smith produziu o muito americano e pragmático princípio de que os anjos podem e devem fazer apenas o que não podemos fazer nós mesmos. Como sempre, comove-me a sabedoria do profeta, que muito faria para corrigir os excessos e indulgências de nossa exploração, induzida pelos meios de comunicação e comercializada, de imagens angélicas. O princípio operacional em nosso momento parece ser o exato inverso da advertência de Joseph Smith: legiões de almas iludidas hoje imploram aos anjos que façam por nós o que deveríamos fazer por nós mesmos.

CAPÍTULO 2

SONHOS

A) O ANJO RESPONDEDOR

Na cidadezinha de Safed, no norte da Palestina, a Cabala floresceu durante todo o século 16. As grandes figuras foram Moses Cordovero, um fecundo sistematizador da Cabala, e seu aluno Isaac Luria, inquestionavelmente o mais original especulador já aparecido entre os cabalistas. Luria pertencia à tradição oral; escreveu pouco, e o que tinha de mais vital não entrou em seus escritos, e sobreviveu apenas porque os discípulos preservaram as concepções dele em suas obras. Depois de Cordovero e Luria, o mais famoso místico do círculo de Safed foi Joseph Karo, que dedicou seu maior esforço ao que ainda é a codificação da Lei judaica, o *Shulhan "Arukh"*. O lado místico de Karo concentrou-se em seu longo relacionamento com a voz angélica, ou *maggid*, que funcionava como um eu alternativo. Há um eminente estudo de Karo, feito por R. J. Zwi Werblowsy (1962), que se concentra no *maggid*, o "Anjo Respondedor" de Karo, que ditou um diário místico ao douto estudioso. Esse diário, escrito no aramaico do *Zohar*, obra-prima da Cabala, foi preservado apenas em fragmentos, e é um documento espantoso, que confunde todas as idéias preconcebidas sobre a natureza do judaísmo normativo. Karo, afinal, é quase tão definidor do judaísmo quanto Maimônides; os dois estabelecem o padrão de observância da Lei. Contudo, o *maggid* de Karo é quase o mais louco de todos os fenômenos cabalísticos, pois é *um anjo de fabricação humana*, embora de modo nenhum único no mundo espiritual da Safed do século 16.

Que o *maggid*, ou "o Anjo Respondedor", seja criação humana, parece-me a chave oculta para a Cabala posterior de Isaac Luria. A Cabala, como especulações anteriores judaicas, fala de anjos criados pelo Verbo divino só para realizar uma breve função específica, de uso ou louvor, após o que cessam de existir. Em parte nenhuma pôde a tradição judaica (até onde eu sei) conceber o que Hasyim Vital, discípulo de Luria, chamou de anjos nascidos da Torá ou de atos santos:

> E agora expliquemos a questão da profecia e do Espírito Santo... É *impossível* que alguma coisa saída de boca humana seja em vão, e não há nada completamente ineficaz... pois cada palavra que se diz cria um anjo... Conseqüentemente, quando um homem vive uma vida justa e pia, estuda a Lei e reza com devoção, anjos e espíritos santos são criados dos sons que ele emite... e esses anjos são o mistério dos *maggidim*, e tudo [quer dizer, a qualidade e dignidade dos *maggidim*] depende da medida de nossas boas obras.
>
> Há *maggidim* que enganam um pouco, pois embora sejam santos e tenham raízes do lado da santidade, ainda assim [a imperfeição do] ato humano [que lhes deu existência] os fez [ser imperfeitos].
>
> Tudo depende da qualidade do ato humano. Às vezes os *maggidim* são fiéis, e às vezes alguns dizem mentiras. Assim, está dito em Samuel [I Sam iii: 19] "e o Senhor estava com ele e não deixou que nenhuma de suas palavras caísse no chão"; é assim quando [o *maggid*] pode substanciar suas palavras... Outro critério é que todas as suas palavras sejam em favor do céu [ou seja, levem à perfeição]... outro critério é que ele explique doutrinas e mistérios cabalistas. Mas o motivo pelo qual um anjo pode contar mentiras é o seguinte: como sua criação resulta de ações do homem, por conseguinte sua natureza será de acordo com essas ações. Se alguém estuda a lei com intenção pura e sem segundos motivos, então, correspondendo, o anjo com isso criado será excessivamente santo, exaltado e fiel em todas as suas palavras; do mesmo modo, se se ler a Lei sem cometer erros.

Werblowski caracteriza agudamente as especulações de Vital como baseadas "numa realmente aterrorizante convicção sobre a potência e significado de cada ato humano". Esses anjos tardios da

Cabala de Safed são fascinantemente instáveis, de uma maneira bem própria aos domínios de sonho que governam. Os Anjos Respondedores dão respostas de sonho a questões de vigília, mas irrompem inteiramente na dimensão da vigília quando falam pela boca do profeta, independentemente da vontade dele. A diagnose de possessão demoníaca ou manifestação esquizóide me parece absurda quando aplicada aos santos místicos de Safed, e dificilmente é tão convincente quanto a especulação deles próprios sobre a possessão por um *maggid* ou Anjo Respondedor. Os grandes rabinos de Safed, pessoas de cultura e gênio, interrogavam intelectualmente cada *maggid*, para estabelecer confiabilidade e veracidade angélicas. De maneira um tanto cativante, o Anjo Respondedor tinha de passar por um exame severo para estabelecer credenciais na erudição cabalista, a busca de santidade e boa vontade com todos "em favor do céu". Contudo, apesar de todas as salvaguardas, o Anjo Respondedor continua sendo a inovação de mais impacto em toda a história da angelologia. Avançamos para fenômenos diferentes apenas em grau, mas não em espécie, que culminarão na criação do Golem, atribuída ao rabino cabalista de Praga, Judah Loew ben Bezalel, que se supõe tenha antecedido de muito o Dr. Victor Frankenstein de Mary Shelley na criação de um demônio ou monstro. O princípio envolvido certamente é o mesmo, e nos maravilhamos com a audácia dos grandes cabalistas de Safed, que sem dúvida arriscaram o pecado de deslocar Deus como o criador. Talvez esse risco explique tanto a associação, pelos rabinos de Safed, dos Anjos Respondedores com o domínio do anjo Metatron quanto a misteriosa substituição, por eles, do profeta Elias por Enoque como o humano transformado no "Javé menor", Metatron.

Como as palavras da Torá eram as de Deus, o choque de que os anjos nascem das palavras desses livros poderia ser um tanto amortecido, só que os cabalistas lêem não apenas as palavras, mas as letras *e* os espaços entre as letras e as palavras, e as interpretações desses vazios produziram anjos. Os místicos de Safed dificilmente distinguiam atos de interpretação e boas obras, sem dúvida uma tendência alarmante quando os intérpretes profissionais param para pensar nas conseqüências de seus labores. Anjos sobre anjos, anjos em toda parte, enxameavam a atmosfera de Safed no século 16, e os mais notáveis entre eles, como o *maggid* de Joseph Karo, faziam "poderosas promessas" como interpretadores de sonhos profetizando o futuro pessoal, inclusive o martírio que Karo estranhamente desejava: ser queimado para a santificação do nome de Deus. Felizmente, o *maggid* estava errado, e Karo morreu de causas naturais na substancial idade de oitenta e sete anos. O Talmude diz que um sonho tem apenas uma sexta parte de profecia, logo, presumivelmente, mesmo o mais santo dos Anjos Respondedores que governam o reino dos sonhos pode errar ao predizer o futuro. O judaísmo normativo, de qualquer modo, sempre insistiu em que não se pode atribuir autoridade a fenômenos sobrenaturais, e os cabalistas de Safed eram todos talmudistas de fama, Karo acima dos demais. Assim, torna-se uma questão muito sutil saber até onde Karo podia confiar ou dar crédito ao seu *maggid* sem ficar ele próprio muito nervoso.

Werblowski sugere que isso não era problema para Karo: sem dúvida há uma diferença tão vasta entre qualquer espiritualismo que tenhamos e Safed em sua grande era, que nos é muito difícil recuperar plenamente a perspectiva de Karo. A fala quase automática de um *maggid* não é inteiramente diferente do atual pentecostalismo, mas isso não é um fenômeno judaico, e o *maggid* de Karo é ferozmente intelectual, em contraste com os pentecostalistas que falam com as línguas de homens e de anjos. O paradoxo de um modo racional (em vez de racionalizado) de possessão pelo Anjo Respondedor ainda está por investigar.

Menos radical que Vital, que se supõe aderia estritamente às doutrinas de Luria, o grande sistematizador Cordovero (sem dúvida o melhor intelecto a surgir entre os cabalistas) jamais se permitiu escrever que os anjos eram criação humana. Contudo, mesmo ele diz que "o mistério de Metatron" governa os Anjos Respondedores, querendo dizer que quanto mais alguém se assemelha ao profeta Elias em palavras e atos, mais provável será que um anjo esteja falando através dele, dando respostas de sonho a perguntas de vigília. Isso ainda é intervenção de um *maggid*, e portanto uma manifestação singular, por mais atestada que seja a sua santidade. Sente-se que o mais imaginativo Luria era psicologicamente mais arguto que seu mestre Cordovero, ao atribuir um estado de possessão a um espírito criado pelo próprio homem. A responsabilidade, assim, retorna ao indivíduo, e portanto, num certo sentido, o narrador do sonho e seu intérprete acabam sendo um só.

Isso nos leva de volta às fontes de toda interpretação de sonhos judaica, a José, no Gênesis. Ele inicia sua carreira de intérprete com o perigoso procedimento de contar seus sonhos aos irmãos e depois explicar os significados aos ciumentos rivais. Freud não reconheceria José como seu precursor, mas os paralelos são bastante claros: nos dois mestres da interpretação de sonhos, a força motora e o significado da ação do sonho se reúnem sob o disfarce da ambição do próprio sonhador. Tanto José quanto Freud são o que Freud chamou, de maneira cativante, de conquistadores. Ironicamente, o ateu Freud parece tão favorecido pelos céus quanto o carismático José, do qual a tradução de Tyndale da Bíblia diz, também encantadoramente: "Ora, José era um sujeito de sorte, e Deus estava com ele." Os irmãos de José, sensatamente, o odiavam ainda mais "por seus sonhos e suas palavras", porque reconheciam a arguta autoridade em suas interpretações proféticas, que predisseram com precisão o eventual domínio dele sobre eles. Resumirei uma história de José na parte final deste capítulo, "Profecia e sonhos", pois aqui preciso retornar à ambivalente figura do Anjo Respondedor.

Um anjo-intérprete de sonhos cuja capacidade de logro depende da virtude relativa de seu criador humano é uma imagem notável para a natureza equívoca dos sonhos, e para os perigos da previsão por intermédio dos sonhos. Como estudiosos talmúdicos, os cabalistas de Safed necessariamente baseavam suas idéias de interpretação de sonhos no Talmude babilônico, e sobretudo no tratado *Berakhot*, pois ele reúne um imenso volume de material sobre o significado dos sonhos. Ken Frieden, em seu lúcido *Freud's Dream Interpretation* [A interpretação dos sonhos de Freud] (1990), observa que muitos dos rabinos citados em *Berakhot* discordam uns dos outros sobre as origens dos sonhos, alguns insistindo em que eles são concedidos por anjos, enquanto outros os atribuem a espíritos maus. Contra essas duas teorias, que encaram igualmente os sonhos como profecias falhas e menores, vão as opiniões de outros rabinos antigos: que o sonho de qualquer pessoa lhe é mostrado apenas a partir dos "pensamentos em seu próprio coração". Poucas declarações sobre a profecia do sonho são mais pungentes que o ceticismo do Rabino Chrisda: "A tristeza de um sonho ruim já lhe é bastante, e a alegria de um sonho bom já lhe é bastante." Frieden comenta apropriadamente: "Surge a impressão de que a reação a um sonho é ainda mais decisiva que o próprio sonho: *Berakhot* vai aos poucos refutando a suposição de que os sonhos são intrinsecamente bons ou ruins."

Mas como então podem os sonhos ser proféticos, uma vez que a verdadeira profecia, afirma o Talmude, vem sempre de Deus? Os antigos rabinos entendiam, pelo menos tão bem quanto nós, que faltam aos sonhos verdade literal e poder de imaginação irrestrita. Não somos profetas nem poetas quando sonhamos, mas apenas o material que se deve submeter a interpretação. O sonho em si *pode* ser um tipo de profecia menor, mas mesmo então está sujeito a um sábio adágio rabínico: "Não há sonho sem coisas indignas." Mais sábia é a história contada no *Berakhot*, em que o Rabino Bana'ah leva seu único sonho a duas dúzias de intérpretes distintos: "Cada um interpretou diferente, e todas as suas interpretações se cumpriram... Todos os sonhos seguem a boca." Que teria respondido Sigmund Freud a uma sugestão de que seu *A interpretação dos sonhos* tivesse como epígrafe essa maravilhosa ironia talmúdica: *Todos os sonhos seguem a boca*? Há muito escrevi esta frase na página de rosto de toda edição do extraordinário livro de sonhos de Freud, ao mesmo tempo sua obra-prima e também uma revoltante imposição a um material que não cedia nem mesmo à sua vontade faustiana. Freud, como mostrarei mais adiante neste capítulo, era seu próprio Anjo Respondedor, e suas interpretações que se autocumpriam, proféticas, se desvanecem ao nos aproximarmos do Milênio, quando mais que nunca todos os sonhos seguirão a boca.

B) A Natureza dos Sonhos

Aristóteles, em seu breve tratado *Da profecia pelos sonhos*, declina de rejeitar ou aceitar esses sonhos divinatórios ou proféticos, mas observa que "é absurdo combinar a idéia de que quem envia esses sonhos deve ser deus com o fato de que aqueles a quem ele os manda não são os melhores e mais sábios, e sim apenas pessoas comuns". O status ou qualidade do sonhador é um fator instável em toda narração e interpretação de sonho, desde os antigos até hoje. Mais de uma antologia de sonhos citou o sábio pré-socrático Heráclito, que enfatizou o elemento idiossincrático no reino do sonhador: "Quando estamos despertos, temos um mundo comum; mas quando dormimos, cada um se volta para um mundo próprio." Isso é semelhante à sua insistência em que, embora o verdadeiro caminho seja um só, apesar disso a massa da humanidade mantém, cada um, sua própria opinião privada; logo, Heráclito não dá nenhum crédito aos sonhos. Artemidoro, autor da mais antiga *Interpretação de sonhos* (cerca de 150 E.C.), inicia a outra tradição, de honrar o sonho, que se pode dizer que culmina em Jung, assim como Freud retorna a Heráclito. Freud trata o sonho como seu adversário, com o qual deve lutar e vencer. Em status, um sonho e uma alucinação são praticamente idênticos para Freud, de modo que (o que é meio curioso) ele é pragmaticamente obrigado a encarar o sonho como uma doença que precisa curar. Não posso pensar num maior afastamento das tradições de sonho mundiais do que essa atitude freudiana, mas vou adiar o seu exame até a próxima parte deste capítulo.

O talmúdico Rabino Hisda dissera: "Um sonho não interpretado é como uma carta não lida." Isso já é bastante freudiano, e está num pólo oposto à visão neoplatônica, que insistia em que os sonhos vinham das esferas superiores, e tinham valor transcendental. Se se tratava de uma diferença que fazia diferença, não está claro para mim, uma vez que os neoplatônicos também insistiam em que todos devemos submeter-nos à interpretação dos sonhos. É fascinante que parte tão grande da tradição teológica — judaica e católica — tenda a concordar com a desvalorização freudiana do sonho. Maimônides citava os sábios ensinando: "O sonho é o fruto verde da profecia", e São Tomás de Aquino é altamente ambivalente sobre a adivinhação por sonhos. Em contraste, o protestante João Calvino advertiu-nos que não ignorássemos os sonhos que tendíamos a não lembrar, pois *podiam* vir de Deus. Um subtom cético em relação a tudo que se relaciona com os sonhos, mesmo em Calvino, domina a tradição protestante. A mais eloqüente expressão disso é de Sir Thomas Browne, médico e especulador, cético e crente do século 17:

> Se alguns desmaiaram, também podem ter morrido em sonhos, pois que a morte é apenas um desmaio confirmado. Se Platão morreu num sonho, como dizem alguns, deve tornar a erguer-se para informar-nos. Que alguns jamais tenham sonhado, é improvável, como o é que alguns jamais tenham rido. Que as crianças não sonhem no primeiro meio ano, que os homens não sonhem em alguns países, com muitos outros, são para mim sonhos de homens doentes, sonhos do portão de Marfim, e visões de antes da meia-noite.

Essa maravilhosa mistura de credulidade e desconfiança interpretativa reaparece muitas vezes na tradição filosófica, e culmina no encantador emprego por Nietzsche do sonho para solapar o que normalmente chamamos de consciência desperta. Com sua costumeira argúcia aforística, Nietzsche informou-nos que *os próprios sonhos são um modo de interpretação*, e que a consciência comum é nada mais, nada menos que:

> A vida real não tem a liberdade de interpretação que tem a vida do sonho; é menos poética e menos ilimitada — mas terei eu de mostrar que nossos instintos, quando estamos despertos, igualmente apenas interpretam nossas irritações nervosas e determinam suas "causas", de acordo com suas exigências, que não há na verdade diferença necessária entre a vigília e o sonho? Que mesmo comparando diferentes graus de cultura, a liberdade da interpretação consciente de uma não é de modo algum inferior à liberdade em sonhos da outra? Que nossos julgamentos e valorações morais são apenas imagens e fantasias relativas a processos fisiológicos que nos são desconhecidos, e uma espécie de linguagem habitual para descrever certas irritações nervosas? Que toda a nossa chamada consciência é um comentário mais ou menos fantástico sobre um texto desconhecido, que talvez seja incognoscível, mas ainda assim sentido?
>
> — *A aurora do dia*

Num certo sentido Freud, como intérprete de sonhos, retirou-se prudentemente desse subversivo perspectivismo nietzschiano, que tem mais em comum com Shakespeare, sobretudo com Hamlet, do que com qualquer outro. Heróis da consciência, Hamlet e Nietzsche questionam igualmente a autoridade dela. Freud também sabia como a consciência era traiçoeira, em parte porque conhecia Hamlet e Nietzsche, mas nele esse conhecimento é em última análise empregado para fortalecer a consciência contra o mundo dos instintos ou impulsos. Dizer da consciência que é um fantástico comentário a um texto desconhecido nega necessariamente toda autoridade à nossa própria perspectiva; não há lugar seguro onde nos firmarmos. Freud recusou esse abismo hamletiano, porque seu projeto ostensivo era tão terapêutico quanto supostamente esclarecedor, mas também porque seu livro de sonhos era uma autobiografia espiritual disfarçada, em cujo centro estava a espantosa ambição intelectual dele próprio.

Contudo, esse é o tema da próxima parte deste capítulo: mais relevante para a natureza dos sonhos seria a compreensão de que Freud pouco sabia sobre o sono, e se importava menos ainda. Acreditava que a única função do sonho era impedir-nos de despertar, e pouco sabia dos diferentes níveis de sono e sua relação com o sonho.

O sono, em essência, é um relaxamento dos músculos e da mente, e vale a pena lembrar que várias tradições antigas fazem do sono irmão da morte. O especulador pré-socrático Empédocles explica o sono como um esfriamento do sangue causado pela separação do fogo dos três outros elementos. A moderna pesquisa do sono na verdade começou com Nathaniel Kleitman e Hans Berger, que juntos estabeleceram as duas verdades mais notáveis sobre o sono. Berger, na década de 20, descobriu que o sono é acompanhado pelo aumento de ondas elétricas cerebrais (chamadas de eletroencefalogramas, ou EEGs como abreviação). Kleitman, em 1952, descobriu o fenômeno do sono de Movimento Ocular Rápido (*Rapid Eye Movement* — REM), durante o qual ocorrem nossos sonhos. O sono REM é fundamentalmente diferente de todos os quatro estágios de sono não REM, nos quais o sono vai se tornando progressivamente mais profundo. Tende a haver dois períodos de sono REM por noite, numa média de entre uma e duas horas juntando-se os dois. A maioria dos sonhos, segundo pesquisadores dignos de crédito, é bastante chata e esquecível: não é verdadeiro o adágio de que, dormindo, somos todos gênios e poetas. Os sonhos memoráveis tendem a ser ansiosos ou infelizes, embora menos nas crianças, que sonham por períodos mais longos. Alexander Boberly, em seu *Secrets of Sleep* [Segredos do sono] (1986), diz-nos, surpreendentemente, que o período de tempo abrangido por um sonho, e o tempo real passado a sonhar, muitas vezes coincidem, o que teria espantado Freud. Talvez ele também se perturbasse se soubesse que não há distinção de fato entre "sono sem sonhos" e "sono com sonhos". O sono REM produz sonhos mais intensos e vívidos, e sem dúvida mais prolongados, mas todo sono é marcado por sonhos.

Seria difícil conciliar Freud com as mais interessantes teorias de sonhos hoje correntes, primeiro a dos pesquisadores suíços Lehmann e Koukkou, que afirmam que quando dormimos estamos trabalhando, revisando nossos conceitos de infância com formulações posteriores. Os sonhos, assim, tornam-se produto de um processo revisionário, sem o qual não poderíamos sobreviver. Mais drástica é a teoria neurológica de Francis Crick. Ele sugere que os sonhos são um processo de desaprendizado, pelo qual o cérebro se livra de material que julgou irrelevante no dia anterior. Enquanto Freud exorta o paciente a lembrar o sonho, Crick nos exorta a esquecer, assim cooperando com o cérebro. Borbely observa que nem Lehmann-Koukkou nem Crick são verificáveis, mas não podem ser refutados, enquanto grande parte da reprimida auto-realização de Freud já é uma peça histórica.

Em Homero, o sonho é uma pessoa ou um deus, freqüentemente buscando desviar uma tragédia iminente de um herói. Essa identificação cultural é irrecuperável, embora continuemos obcecados pela aura admonitória de certos sonhos. Como mensageiros, como guardiães, como limiares da transcendência, alguns de nossos sonhos parecem indistinguíveis dos anjos, e bem podem ser vistos como tais. Assim eram vistos no sufismo de Ibn'Arabi (1165-1240), como será explicado em meu Capítulo IV sobre a "Gnose", mas nenhuma exposição geral da natureza dos sonhos deve afastar a mais forte das tradições universais, orientais e ocidentais, que associa anjos e sonhos. O *Avesta* zoroastriano, a Bíblia, o Corão e os gnósticos, sufistas e cabalistas concordam todos com os textos sagrados indianos e chineses ao tratarem os sonhos como epifanias divinas. Freud, que combateu isso em nível aberto, cedeu em suas preocupações com a parapsicologia, e ainda não resolvemos os mistérios do sonho. Nossa interpretação de sonhos, seja entre os freudianos ou os pesquisadores neurológicos do sono, é sempre redutiva, buscando interpretar o sonho para baixo, por assim dizer. Contudo, nossos sonhos manifestamente trafegam em nossos medos e esperanças para o futuro; fazemos livres associações com o máximo vigor em nossos sonhos, e a menos que sejamos empedernidos materialistas metafísicos, iremos enfrentar sinais de transcendência em nossos mundos de sonho. O modo de Freud era a especulação, e também o de Ibn'Arabi; preferir entre um e outro como intérprete de sonhos não é preferir o irracionalismo ao racionalismo, mas antes um tipo de especulação a outro. Preferi Ibn'Arabi neste livro, embora eu não seja mais místico nem crente normativo do que algum dia foi Freud. Sem cair nos *arcanos* dos nova-eristas, ainda buscamos uma versão imaginativamente coerente e humanamente adequada da natureza dos sonhos, e Freud não a oferece. Shakespeare, claro, oferece, mas de uma maneira tão rica que lutamos por acompanhar suas complexidades. Cleópatra diz a Dolabella que sonhou com Antônio morto, mas conclui tão ambivalentemente sobre o status de seu sonho quanto contra a natureza:

Mas se há, ou se já houve um assim,
Está além da dimensão do sonho; a natureza quer matéria
Para combater formas estranhas com fantasia, mas imaginar
Um Antônio foi obra da natureza, contra a fantasia
Condenando inteiramente as sombras.

Shakespeare, num nível profundo, associava sonhos com representação no palco, já que "sombras", para ele, são ao mesmo tempo regras para os atores e formas que aparecem em sonhos, ou qualquer imagem de fantasia, como em "uma sombra como um Anjo". De todos os sonhos shakespearianos, provavelmente o mais memorável é o do Duque de Clarence em *Ricardo III*, cheio de ironia dramática, que prenuncia seu iminente e grotesco assassinato. Será afogado numa "ponta de Malmsey", um barril de vinho, para ser liquidado, depois de ter sido esfaqueado. O sonho, por sua extensão, talvez seja o mais abrangente e universal de toda a literatura, e exemplifica agudamente muitos dos cruciais elos associativos entre profecia e sonho. Começa com sua fuga da Torre, após o que ele se vê num navio com destino à Borgonha, em companhia de seu monstruoso irmão, o Duque de Gloucester, que se tornará o Rei Ricardo III. O sonho, como Shakespeare supõe que saiba a platéia, lembra assim a viagem anterior de Clarence e Gloucester à Borgonha, quando buscavam segurança após o assassinato de seu pai, o chefe da Casa de York. Fantasticamente preciso nas premonições, o sonho de Clarence vara a hipocrisia de Gloucester, o que Clarence é incapaz de fazer conscientemente. Gloucester "tropeça", o desgraçado Clarence tenta firmá-lo e é empurrado por sobre a amurada como recompensa. E então começa sua grande visão:

Ó Senhor, pensei que sofrimento era afogar-me!
Que terrível barulho de água em meus ouvidos!
Que visões de feia morte dentro de meus olhos!
Pensei ver mil naufrágios pavorosos;
Mil homens que os peixes roíam;
Cunhas de ouro, grandes âncoras, montes de pérolas,
Inestimáveis pedras, jóias inavaliáveis,
Tudo espalhado no fundo do mar:
Alguns em caveiras, e para os buracos
Onde antes habitavam olhos haviam-se arrastado

(Como em desprezo pelos olhos) gemas reluzentes,
Que cobriam o limoso leito das profundezas,
E zombavam dos ossos mortos que jaziam espalhados.

Que fazem as cunhas de ouro e pedras preciosas neste trecho? No mínimo, representam a condição de não morrer de Clarence, sua "experiência de quase morte" no jargão de hoje, e ironicamente são um símbolo de sua incapacidade de morrer de e por sua própria vontade:

... e muitas vezes lutei
Para entregar a alma; mas ainda a invejosa vaga
Detinha minha alma, e não a deixava sair
Em busca do vazio, vasto e errante ar,
Mas esmagava-a dentro de meu corpo arquejante,
Que quase explodia para arrotá-la no mar.

Há sinais aqui de que Clarence não pode afogar-se com água, e a sinistra imagem do "explodia para arrotar" também insinua sua morte por imersão em vinho, uma fantástica paródia do sacramento da comunhão. Em seguida Clarence vê-se num Hades tornado um inferno, onde encontra o Príncipe de Gales, a quem ajudou a assassinar. Essa "sombra parecendo um anjo, de cabelos claros / Pincelados de sangue", guincha alto para que as Fúrias peguem seu assassino, e os gritos uivantes dessas vingadoras diabólicas literalmente despertam Clarence para a cena de seu assassinato de fato. O elemento oculto é o duplo afogamento, ser poupado pela água mas imolado pelo vinho, e a narrativa de Clarence é em si uma interpretação de seu sonho profético, na verdade o seu "sonho de interpretação". Schopenhauer disse certa vez, sem dúvida com ironia, que "todo mundo, em seus sonhos, é um Shakespeare". Se tirarmos a ironia, veremos o elemento chave na natureza dos sonhos, e da interpretação dos sonhos, que é o processo de associação. Citei extensamente o sonho de Clarence porque demonstra que Shakespeare, mais que Freud, é o profeta da associação como base tanto do sonho como de sua análise. Isso foi curiosamente transformado por Freud no método da chamada "livre associação", que ele impôs a seus pacientes. Freud negava decididamente qualquer ligação entre a psicologia da associação do século 18 e sua livre associação, mas ele próprio traduzira

John Stuart Mill, cuja psicologia continuou sendo associacionista, e absorveu permanentemente a idéia de representação de objeto de Mill, que vinha de John Locke, a origem última da associação. Muito simplesmente, segundo Freud, todos os sonhos dependem de cadeias associativas de imagens e idéias, modificações fantásticas de dados empíricos. As idéias e imagens, em série ou simultaneamente, parecem evocar umas às outras bem automaticamente. A memória, como o hábito, é um modo repetitivo que liga as idéias de uma maneira fixa à dor ou ao prazer. Os hábitos e a memória refinam-se até premonições intuitivas, ajudando a dar as dimensões ansiosas dos sonhos. Mais adiante neste capítulo, vou mostrar que Freud, rejeitando a função profética dos sonhos, mas depois readmitindo pragmaticamente o futuro do sonhador pela livre associação, assim como pelo fenômeno da telepatia, racionalmente rejeitava mas não podia descartar inteiramente suas próprias intuições misteriosas.

Será nosso hábito ocidental (de modo nenhum universal) de encarar os sonhos como ilusórios ou fantasiosos uma posição realmente pragmática? Wendy Doniger (O'Flaherty), grande estudiosa das antigas tradições religiosas indianas, oferece um maravilhoso corretivo para nossas transigências, em seu *Dreams, Illusion and Other Realities* [Sonhos, ilusão e outras realidades] (1984). Ela mostra que a medicina e a filosofia indianas rejeitam nossa distinção entre imagens com sentido dentro do sonho e a questão da realidade dos sonhos em contraste com o mundo empírico. Segundo o *Atharva Veda*, na versão de Wendy, "o sonhador pode sonhar os sonhos de outras pessoas; isto é, pode ter sonhos que simbolizam os fatos futuros que vão acontecer não a ele, mas à sua família". Numa cultura em que os eus se sobrepõem mais facilmente que na nossa, os sonhos também parecem sobrepor-se, e no entanto os sonhos partilhados (no sentido literal) também ocorrem entre nós, seja por telepatia ou por outros laços que ainda não compreendemos. Platão e toda a tradição neoplatônica depois dele contestam a dura posição de Heráclito, que era que acordados partilhamos de uma realidade, mas sonhando entramos num mundo puramente privado. Sócrates, nos *Diálogos*, rompe a distinção entre sonho e vigília; não podemos saber "se estamos dormindo e nossos pensamentos são um sonho, ou se estamos acordados e falando uns com os outros em condição de vigília". Na verdade, para Sócrates, a maioria de nós está essencialmente sonhando o tempo todo, e só uns poucos filósofos estão de fato acordados. Platão, talvez mais que Sócrates, temia o sonho, com suas energias mais que racionais, mas seu respeito pelos sonhos influenciou os seguidores neoplatônicos (incluindo os sufistas) mais que sua cautela em relação às visões da noite. Wendy Doniger observa que muitos sábios indianos concordam mais com Platão do que com Freud:

> *Podemos* aplicar leis científicas ao conteúdo dos sonhos, *pace* Freud, mas não ao processo do sonho — à questão de ser um sonho ou não, ou se estamos acordados ou não.

Wendy segue os sábios hindus ao conceder "realidade psicológica" ao sonho; como veremos, Freud rejeita fazer precisamente isso. Contudo, como acrescenta Wendy, a ênfase indiana é mais sobre os sonhos partilhados que sobre os privados, que bem podem ser ilusões. Os sonhos partilhados de amor que levam a relacionamentos de fato são muito menos um fenômeno ocidental que indiano. Contudo, há sonhos genéricos ou quase universais na maioria das culturas, senão em todas, embora lhes falte a qualidade perturbadora, telepática, dos sonhos indianos em que dois amantes potenciais invocam simultaneamente um ao outro. Wendy Doniger é muito arguta ao dizer que, num contexto psicanalítico, essa telepatia é induzida pela manipulação do analista (talvez inconscientemente) de transferência e contratransferência, que faz dele o que, na Índia, se poderia considerar um médium ou mesmo um deus. Sonhar um sonho também sonhado por outro, embora distintamente estranho em nossa "realidade" social, é um elemento crucial em muitas tradições, incluindo indiana e aborígine australiana. Aqui chegamos a uma fronteira onde Freud nervosamente se desviou, pois não podemos nem provar nem desmentir (ainda) a realidade dos sonhos partilhados.

Wendy encerra seu maravilhoso livro ponderando sobre a tendência indiana a acreditar na idéia um tanto cativante de que nosso cosmo é ao mesmo tempo o sonho e o corpo de Deus, em essência a idéia chamada *maya*. Embora ela seja sem dúvida exata no dar à Índia o primado nessa exaltação do sonho, alguma coisa parecida tem um forte lugar na gnose ocidental, como vou ilustrar no Capítulo IV. O sonho pertence a um reino angélico no gnosticismo cristão, no sufismo islâmico e na cabala judaica. Entre o aspecto de sonho desse reino e nós, ao se aproximar o Milênio, o grande agente bloqueador é Freud, para cujo livro dos sonhos me volto agora.

C) O Livro dos Sonhos de Sigmund Freud

Pode dizer-se que *A interpretação dos sonhos*, publicado em fins de 1899, foi a obra intelectual individual mais influente do século 20. Infelizmente, o grande livro de Freud é estorvado por seu cientificismo, ou por tornar a ciência um fetiche, mas mesmo essa falha não impediu seu duradouro triunfo como modelo interpretativo e como uma espécie de autobiografia espiritual. Concluído inicialmente quando Freud tinha quarenta e quatro anos, o livro sofreu quase quarenta anos de revisão, e desafia mesmo o mais detalhado e responsável dos comentários. Recomendo particularmente *Freud's Wishful Dream Book* [O esperançoso livro de sonhos de Freud], de Alexander Welsh (1994), um estudo recente que é uma maravilha de clareza e equilíbrio. Welsh acentua que a realização positiva, apesar do mero cientificismo de época de Freud, e de a tendência à ideologia psicanalítica prevalecer sobre a fidelidade, continua indiscutível em duas áreas: a idéia de que cada um de nós é preso pelas contingências da história pessoal, e um método muito convincente de analisar a narrativa pessoal. Nenhuma dessas contribuições é o que Freud afirmou com mais vigor estar oferecendo, que era uma teoria universal dos sonhos.

Um sonho, apesar de Freud, não é sempre de modo algum a disfarçada realização de um desejo reprimido, e a obsessiva insistência dele nessa formulação foi corretamente julgada pelo filósofo Ludwig Wittgenstein como uma especulação meio confusa. Mesmo a mais clara especulação teria mais em comum com o mito do que com a ciência, e a psicanálise sem dúvida era precisamente o que Wittgenstein a chamou: "uma poderosa mitologia". Contudo, toda teoria de sonhos se revelou mitologia, e a de Freud pelo menos é a mais poderosa de todas. A ambição dele era profética; embora imensamente secular, ansiava por ser o profeta de uma nova revelação, possivelmente até mesmo de uma nova judeidade embora dificilmente um novo judaísmo. Numa maravilhosa ironia, pretendia estabelecer seu status de profeta negando aos sonhos qualquer função profética que fosse. Essa mais antiga das associações humanas com o sonho era difícil de morrer mesmo em Freud, uma vez que, no sentido amplo, ele devia tudo à paixão judia pela interpretação, que encontrou um necessário paradigma para a interpretação profética dos sonhos nos aspectos proféticos da interpretação das Escrituras.

Já indiquei antes a curiosidade da atitude ambivalente de Freud em relação à telepatia, uma vez que ele se opõe a ela em bases empíricas, mas secretamente era cativado por suas possibilidades. Ernest Jones, o hagiógrafo de Freud, dedica todo um capítulo ao "ocultismo" de seu mestre. Jung, claro, acreditava no oculto, e também outro discípulo de Freud, o grande Sandor Ferenczi. Como Jones era de fato muito obstinado, seu capítulo sobre Freud e questões como a telepatia e a clarividência apresenta um desempenho muito incômodo, culminando, no entanto, numa justa avaliação:

> O desejo de acreditar lutava arduamente com a advertência para desacreditar. Representavam dois traços fundamentais de sua personalidade, ambos indispensáveis para suas realizações. Mas aqui ele estava realmente dilacerado; pouco admira que se lamentasse de que a questão "o deixava tão perplexo que o fazia distrair-se".

Eu sugiro que a perplexidade de Freud vinha do mesmo conflito nele que sempre impediu a composição de um muito prometido ensaio sobre a contratransferência. A telepatia, no círculo de Freud, era um fenômeno que em geral se dava entre analista masculino e paciente feminina, o campo da ligação pseudo-erótica ou falsa de transferência analítica. A práxis freudiana supunha que a paciente sentiria uma ilusória paixão pelo seu médico, que então exploraria esse eros apenas para fins terapêuticos. A contratransferência é a mina explosiva da psicanálise, embora no próprio Freud sua forma apavorante esteja melhor exposta em *Totem e tabu*, onde o pai-totem, tendo-se apropriado de todas as mulheres da tribo, é por fim assassinado e devorado pelos filhos ciumentos e rivais. Ao contrário de Ferenczi e tantos outros entre os discípulos, Freud não era particularmente susceptível de ser seduzido por pacientes mulheres, mas tinha um pavor, talvez só em parte consciente, de que intermináveis Jungs e Adlers se levantassem contra ele na horda tribal que gerara. A telepatia e a clarividência, sobretudo nos sonhos previsores, tomaram assim sua ameaça e sua atração do superaquecido contexto de transferência e contratransferência.

Numa conferência sobre "Sonhos e o Oculto", Freud pediu aos ouvintes que "notassem que não eram os sonhos que pareciam ensinar-nos alguma coisa sobre a telepatia, mas a interpretação dos sonhos, o tratamento psicanalítico deles". Essa talvez seja apenas mais uma expressão da falta de respeito de Freud pelos sonhos, em oposição à sua paixão por suas próprias interpretações. Os sonhos, sombrios e irracionais, mesmo mágicos para tantos de nós, eram para Freud bastante claros nos pensamentos deles, embora essa clareza houvesse sofrido repressão. Richard Wollheim, o mais lúcido exegeta de Freud, observa que o elemento de desejo *nos* sonhos não é expresso *pelos* sonhos (segundo Freud), de modo que o disfarce ou ação do sonho resulta da repressão do desejo muito *antes* de esgueirar-se no sonho. Isso permite a Freud insistir mais convincentemente em que o pensamento-sonho oculto é idêntico às severas racionalizações de suas incessantes interpretações. Contudo, as narrativas de sonho que constituem a prova de Freud são ou dele próprio, ou surgem da panela-de-pressão erótica das transferências de seus pacientes *para ele*. Grande carismático, com extraordinários e quase hipnóticos poderes de sugestão, Freud deve ter reconhecido, às vezes "inconscientemente", que tinha um acentuado efeito clarividente ou telepático sobre os pacientes. Os sonhos deles, coitados, podiam ser deles mesmos, mas o *contar* esses sonhos já era freudiano, mesmo antes de iniciar-se a interpretação. As livres associações de Freud tornavam-se as associações obrigadas dos pacientes, e uma autêntica relação oculta governava a sessão analítica.

Os sonhos proféticos obcecavam Freud, porque para ele a mais profunda realização dos desejos tinha de ser sua ambição intelectual plenamente realizada. *A interpretação dos sonhos* julga necessário dizer-nos que, quando Freud nasceu, uma velha camponesa proclamou que um grande homem chegara ao mundo. Ele observa modestamente que tais profecias são abundantes, mas não se engana nem a si mesmo nem a nós. Embora fosse o maior dos desmistificadores, superando Nietzsche e Marx, Freud sempre se permite insinuar que ele é um messias secular. Sua motivação última como intérprete de sonhos era disfarçar sua própria ambição, sendo o disfarce a "ciência". Esse cientificismo obsessivo, que agora nos perturba extremamente, era também uma defesa contra o anti-semitismo. Freud esperava desviar as acusações de que sua psicanálise era um modo de interpretação puramente judeu. Contudo, a psicanálise era e é um xamanismo;

suas afiliações com o ocultismo ou parapsicologia são muito mais autênticas que suas supostas ligações com a biologia, como disciplina. Freud continuou esperando que a psicanálise desse uma contribuição à biologia, mas era um desejo absurdo. Embora seja uma ideologia que exalta o fato, a criação de Freud é uma mitologia, erguida sobre o mito central dos impulsos de Amor e Morte. Na perspectiva mais longa, suas mais profundas afinidades são com o xamã pré-socrático Empédocles, cuja visão de luta incessante torna a surgir na trágica visão de Freud de uma guerra civil na psique do indivíduo. A mais negra intuição freudiana, mitológica mas inteiramente convincente, é que cada um de nós é seu pior inimigo, uma intuição que, desconfio muitíssimo, ele devia mais fortemente aos trágicos protagonistas de Shakespeare.

Parece inicialmente estranho, mesmo para mim, que um livro sobre anjos, a "experiência da quase morte" e o Milênio trate do racionalista e racionalizante Sigmund Freud, mas o sonho é um contexto inevitável como análogo para os domínios dos anjos, corpos astrais e expectativas messiânicas. Para mim, e creio que para a maioria de nós, Freud tentou uma usurpação extremamente bem-sucedida (embora não permanente) do mundo do sonho, sobretudo no Ocidente. Em última análise, prefiro o gnóstico Valentino, o sufista Ibn'Arabi e o cabalista Moses Cordovero a Freud como autoridades sobre a interpretação dos sonhos, mas creio que devemos *passar* por Freud, a fim de voltar ao que ele tão convincentemente rejeitou, que em primeiro lugar era a autoridade ou valor do sonho *em si*. Em alguns aspectos, o sonho constituía para Freud não tanto o que ele o chamava, a estrada real do inconsciente, mas uma estrada real que se afastava do inconsciente, no sentido mais antigo, primal, na verdade gnóstico, do Abismo original.

Contra o Livro dos Sonhos de Freud, quase tudo disseram partidários de todos os credos. Creio que se pode admitir toda objeção, e ainda assim acho a obra magnífica, contanto que se descarte, de uma vez por todas, a infeliz afirmação de que Freud foi um cientista. Como observa ironicamente Francis Crick, Freud foi um médico com notável estilo literário. O mesmo, claro, foi Sir Thomas Browne no século 17, autor do *Religio Medici*, mas Freud tinha mais que estilo. Foi um grande escritor, tão romancista do eu quanto Santo Agostinho e Dante, tão grande ensaísta moral quanto Montaigne e Emerson, e um considerável dramaturgo, embora não exatamente no nível de

Molière e Ibsen, quanto mais do deus mortal, William Shakespeare. O verdadeiro lugar de Freud é o de um rival dos escritores centrais do século 20: Proust, Joyce, Kafka, Beckett, Pirandello, e o punhado de seus pares. Freud queria ser Darwin, mas, como mostra Alexander Welsh, tinha afinidades mais autênticas com Dickens.

Deixei claro que entre os sábios — vedantas, talmúdicos, sufistas e outros — dos sonhos e Freud, aprendi sem hesitação a seguir os sábios. E, no entanto, a de Freud é a maior teoria mais ou menos racionalizada de interpretação dos sonhos já tentada. Com o Milênio se aproximando, há muito saímos da Era de Freud, mas ele ainda é o melhor e o último representante que temos de um empirismo aberto à especulação imaginativa, e sua presença neste livro pretende ser antitética à gnose que, para mim, melhor explica a persistência das grandiosas imagens dos anjos, profecias em sonhos, aparecimentos do corpo astral na quase morte e outros augúrios do Milênio. Freud não é o que ele disse que era, ou o que podemos ter pensado que fosse, mas a quem mais podemos recorrer como nosso Platão, nosso Montaigne, nosso Emerson?

Ludwig Wittgenstein, muito mais que Martin Heidegger o filósofo iluminado de nossa era, manifestou o que chamaria de precisa ambivalência em relação à teoria freudiana, que ele nem encarava como teoria, mas como *especulação*: "uma coisa anterior até mesmo à formação de uma hipótese". A sabedoria, que Wittgenstein encontrava em Tolstoi, ele não conseguiu encontrar em Freud, o que acho surpreendente, pois Freud disputa com Proust como o escritor sábio de nossa busca do tempo perdido. Wittgenstein, uma consciência intensamente espiritual, buscava uma sabedoria mais antiga do que Freud *parecia* exemplificar, talvez uma sagacidade popular. Apesar disso, Freud perturbava Wittgenstein, como perturbava Franz Kafka e Gershom Scholem, que abertamente o rejeitaram, e como perturbava Borges e Nabokov, ambos positivamente violentos e grosseiros em relação ao fundador da psicanálise. De uma maneira muito mais discreta e convincente, o ceticismo de Wittgenstein era mais interessante:

> A teoria dos sonhos de Freud. Ele quer dizer que descobriremos que qualquer coisa acontecida num sonho estará relacionada com algum desejo que a análise pode trazer à luz. Mas esse processo de livre associação e assim

por diante é esquisito, porque Freud jamais mostra como saberemos onde parar — onde está a solução certa. Às vezes diz que a solução certa, ou a análise certa, é a que satisfaz o paciente. Às vezes diz que o médico sabe qual é a solução ou análise certa do sonho, ao passo que o paciente não; o médico pode dizer que o paciente está errado.

O motivo pelo qual ele chama uma espécie de análise a certa não parece ser uma questão de prova. Nem o é a proposta de que as alucinações, e portanto os sonhos, são realizações de desejos. Suponhamos que um homem morrendo de fome tenha uma alucinação com comida. Freud quer dizer que a alucinação com qualquer coisa exige uma tremenda energia; não é algo que possa acontecer normalmente, mas a energia é fornecida nas circunstâncias excepcionais em que o desejo de comida do homem é dominante. Isso é uma *especulação*. É o tipo de explicação que nos inclinamos a aceitar. Não é apresentada como resultado de um exame detalhado das variedades de alucinações.

Wittgenstein é ainda mais sugestivo sobre a *Freier Einfall* [livre associação] de Freud.

O que se passa na *Freier Einfall* é provavelmente condicionado por toda uma legião de circunstâncias. Parece não haver motivo para dizer que ela deve ser condicionada apenas pelo tipo de desejo em que o analista está interessado, e do qual tem razão de dizer que deve estar desempenhando um papel. Se se quer completar o que parece ser um fragmento de um quadro, talvez se receba o conselho de desistir de tentar pensar muito em qual é a forma mais provável do quadro, e em vez disso simplesmente olhá-lo e fazer o que primeiro lhe vier à mente, sem pensar. Esse pode em muitos casos ser um conselho frutífero a dar. Mas seria espantoso se *sempre* produzisse os melhores resultados. Qualquer palpite que tenhamos, é provável que seja condicionado por tudo que se passa à nossa volta e dentro de nós. E se eu conhecesse um dos fatores presentes, isso não poderia me dizer com certeza que palpite a pessoa ia ter.

O que Wittgenstein quer dizer é que há muitas variedades de livre associação, e outras tantas de sonhos: não há *essência* do sonho. "Uma poderosa mitologia", foi o julgamento final dele a todo Freud, incluindo a interpretação dos sonhos. Para ser justo com Freud, eu contraponho Richard Wollheim a Wittgenstein, uma vez que Wollheim, famoso filósofo analítico ele próprio, faz a melhor defesa de um Freud não basicamente especulador. Ele pergunta: qual é a prova da teoria dos sonhos freudiana, mantendo a teoria em sua essência? Que um sonho é a realização disfarçada de um desejo suprimido ou reprimido, e que o elemento de disfarce é explicado pela idéia central de Freud: "a elaboração do sonho". A versão de um sonho tem um "conteúdo manifesto" de que nos lembramos, mas também há um "conteúdo latente", ou "pensamentos-sonhos", que pela "elaboração do sonho" é transformado em conteúdo manifesto. A "elaboração do sonho", sem dúvida um dos mitos ou metáforas mais poderosos de Freud, passa por quatro processos: condensação, deslocamento, representação e revisão secundária. A condensação é simplesmente a compactação de conteúdo latente em conteúdo manifesto. O deslocamento é a substituição por associação, de modo a produzir disfarce. A representação é apenas o encadeamento de pensamentos em imagens. Mas a revisão secundária é mais um forte (e meio duvidoso) mito freudiano, pois envolve o esforço da mente para remodelar o sonho em "inteligibilidade" (no sentido do próprio Freud). Mesmo ele começou a sentir o exagero dessa metáfora oportunista, e acabou retirando-a de sua versão da obra do sonho.

A defesa da "elaboração do sonho" por Freud, como mostra Wollheim, depende completamente de outra metáfora freudiana, "a censura", uma agência da mente que mais tarde será chamada de superego, e que obriga os sonhos a disfarçar seus verdadeiros intentos. Wollheim vê corretamente que Freud tentou salvar sua teoria dos sonhos equiparando sonhos com sintomas neuróticos, ou pelo menos vendo-os como fortes análogos. Antes de sermos tentados a descartar Freud por sua arbitrariedade neste ponto, é melhor voltarmo-nos para Philip Rieff, outro clássico expositor dele:

> Deve-se manter em mente a inclusividade da idéia de Freud de um sintoma: em última análise, todo ato é sintomático. Há sintomas "normais", como o sonho, assim como sintomas somáticos, como um tique facial ou uma perna paralisada.

Para Freud, todo ato é sintomático, porque tudo já aconteceu, todo ato está no passado, e jamais poderá haver nada absolutamente novo. O que nos aconteceu quando bebês superdetermina absolutamente todo o curso posterior de nossa existência. É uma visão muito sombria, difícil de aceitar, e de refutar. Para Freud não existe nenhum "ruído branco"; tudo tem um sentido, ou pelo menos *teve* um dia um sentido. Uma visão tão superdeterminista da vida humana tem sua intensidade trágica e sua dignidade; e também consideráveis limitações. Percebe-se porque Freud escolheu a interpretação dos sonhos como seu primeiro grande campo de batalha: o que quer que fossem os sonhos para ele, tinham de ser isolados do futuro, do inesperado. Tudo já estava no passado; nada novo de importância podia acontecer-nos. Não devemos esquecer nunca que, para Freud, a interpretação dos sonhos é válida *apenas no contexto de sua terapia*. Sua terapia fracassou, a não ser na medida em que se reuniu à antiga práxis carismática do xamanismo. Pelos padrões do próprio Freud, portanto, sua mitologia da elaboração do sonho é hoje apenas uma peça histórica: brilhante, antiquada, mais especulativa que científica. Arrisco-me a dizer agora que a contribuição mais duradoura de Freud como intérprete de sonhos não é terapêutica nem mesmo narrativa, mas está inteiramente na alta qualidade da resistência de sua teoria às imemoriais tradições de interpretações de sonhos proféticas. Sem dúvida, os anjos são sintomas no mais amplo sentido freudiano, e o que eu procuro determinar neste livro é: sintomas do quê?

D) Profecia e Sonhos

Ao dar as costas à interpretação de sonhos judaica — bíblica, talmúdica, cabalista — Freud também as deu a todas as tradições antigas que ligavam a previsão ao sonho. O que foi descartado terminou voltando sob o título de "telepatia", para ele aliada do sobrenatural e do demoníaco. Abertamente, Freud jamais vacilou em sua atitude contra os sonhos proféticos, que expressou com clássica elegância já em 1899:

> Assim, a criação de um sonho após o fato, que só ela torna possíveis os sonhos proféticos, nada mais é que uma

forma de censura, que possibilita ao sonho entrar na consciência.

Advertindo seus seguidores para que se afastassem de qualquer aliança com ocultistas, em 1934, ele reafirmou seus princípios:

> Os psicanalistas são fundamentalmente mecanicistas e materialistas irredimidos, embora se recusem a privar a mente e a alma de suas qualidades ainda não detectadas. Estudam matérias ocultas apenas porque esperam que isso lhes possibilite eliminar de uma vez por todas do domínio da realidade material as criações dos desejos humanos.

Além da desagradável e contínua atividade dos freudianos americanos ortodoxos como mecânicos de automóvel da psique (erguer o capô, limpar o carburador, mandar a máquina humana de volta para o batente, a infelicidade de sempre), este trecho também profetiza a continuada presunção analítica em relação ao "domínio da realidade material", ou ao modo como são as coisas. O próprio Freud travou uma guerra mais digna, contra o que qualificava de a maior das ilusões narcisistas: "a onipotência do pensamento", ou da mente sobre a matéria. A parapsicologia, qualquer que seja a sua validade, não o impressionava. Seu exegeta, Philip Rieff, segue a lição do mestre num descarte de que Freud teria gostado:

> Entre seus mais extremos proponentes, a parapsicologia é uma espécie de religião, e na verdade suscita a mesma promessa última que nossas religiões ocidentais históricas: a de que, afinal, jamais morremos inteiramente...

O narcisismo último recusa a morte, e o único vestígio de platonismo de Freud era seu culto ao Princípio da Realidade, ou aceitação da necessidade de morrer. A "psicologia do inconsciente" tinha de ser a explicação para telepatia, clarividência e todos os fenômenos semelhantes.

Pode-se duvidar que o descarte constitua uma explicação, e o próprio Freud sem dúvida tinha seu próprio quinhão de superstições privadas, muitas delas tão fantásticas quanto a telepatia. Vimos de quanta coisa o seu dogma de interpretação dos sonhos foge,. e eu sugiro que o deserto da "livre associação", em conjunção com o abismo da transferência analítica, oferece amplo espaço para acomodar a parapsicologia. A livre associação inevitavelmente desperta sexualidade, e a transferência não é mais que a invocação de um eros artificial que logo logo se torna real, pelo menos da parte do paciente. O futuro sexual ou erótico é quase sempre um elemento, por mais deslocado que seja, em nossas versões secularizadas dos sonhos proféticos. O que quer que significasse a telepatia para o intérprete de sonhos Freud quase todo um século atrás, seu atual significado é hoje um tanto diferente. A influência dos sonhos sobre o próprio Freud era, como mostrei, em grande parte reprimida ou evitada por ele, embora seu livro dos sonhos pareça um hino a suas enormes ambições. A previsão pessoal no sonho ou pelo sonho é uma das subtramas de sua obra-prima, e o aspecto oculto ou telepático dessa previsão é um elemento considerável nela.

Como poderia deixar de ser? Durante milhares de anos, todas as culturas na terra dependeram de sonhos proféticos e alguma versão de interpretação angélica. Shakespeare abunda em tais sonhos: suas peças dificilmente poderiam ser o que são sem enigmas e prenúncios proféticos, dos quais o sonho do pobre Clarence em *Ricardo III* foi oferecido por mim como representativo de muitos outros. Mas para Shakespeare tudo não estava já no passado; ainda viriam mudanças e ações importantes. Em Freud, todo sentido está no passado; muito antes de sermos crianças, o pavoroso já aconteceu; na infância, somos predeterminados. Tudo tem sentido porque tudo já aconteceu. Os sonhos só podem repetir dores passadas; *não há nada a ser previsto.* A profecia cessara em Israel, assim como em todas as outras partes. A "ciência" de Freud é o selo dos profetas; é como o Corão, ou o Novo Testamento, que torna outros sonhos supérfluos. *A interpretação dos sonhos* foi publicado em dezembro de 1899, mas pós-datado para 1900, de modo a inaugurar o novo século. Freud teve enorme sucesso; o século 20 pertenceu à psicanálise, de um modo que está agonizante. No século 21, Freud será lembrado não como um médico, mas como um grande escritor e especulador apenas. Nós o consultaremos sobre outras questões, em busca de sabedoria, assim como buscamos Montaigne, Emerson e Nietzsche, seus pares. Mas nos voltaremos para outra parte, como faço agora, se estivermos em busca de uma autoridade sobre o elemento profético no sonho. Freud jamais deixou de ver o sonho como um agonista, mais fraco que ele. O sonho é ele próprio um intérprete, a ser vencido pelo Verdadeiro intérprete, Freud. Para ele, o sonho é o Anjo da Morte, e Freud é Jacó (nome de fato de seu pai), lutando até o raiar do dia para tornar-se Israel, e depois partir, claudicando no quadril. "Mas não é pecado mancar", escreveu jovialmente Freud/Israel numa carta, triunfante por ter usurpado a interpretação dos sonhos, em sua época.

O adágio talmúdico de que os sonhos seguem a boca, ou seja, a boca de seu intérprete, é um princípio muito perigoso, e o Talmude o entendia como tal. Deus nos enviava mensageiros em sonhos, mas nem todos os anjos-sonhos vinham de Deus, pois alguns eram demônios. Se se acreditava, como os talmudistas e cabalistas, que um sonho era profético *precisamente como interpretado*, a aceitação ou rejeição de uma interpretação não era brincadeira. Mas a *primeira* interpretação dada tinha sempre uma autoridade peculiar, por isso a escolha do intérprete do sentido se tornava crucial. Joshua Trachtenberg, em seu *Jewish Magic and Superstition* [Magia e superstição judias] (1939), enfatiza a invocação direta dos anjos para solicitar deles tanto os sonhos quanto as interpretações. O mais fascinante material de sonho em Trachtenberg trata de contrabalançar ou neutralizar os sonhos sinistros ou maus, por meio de "jejuns de sonho" e rituais de conversão de pesadelos em melhores premonições, rituais de "anulação".

A adivinhação entre os judeus, como entre a maioria dos povos, é em geral promovida por um senso de fatalismo, e pelo medo do superdeterminismo, que talvez seja um fenômeno particularmente judeu. O judaísmo tradicional afirmava ao mesmo tempo o determinismo e o livre-arbítrio, como observa Trachtenberg, uma situação muito tensa, mas também comum ao cristianismo e ao Islã. Por mais livres que mesmo os mais seculares entre nós nos sintamos da superstição, podemos apesar disso nos ver recorrendo, de um modo inteiramente involuntário, à leitura de augúrios. A adivinhação, no sentido mais amplo, é necessariamente o tema deste livro, uma vez que tento ler alguns dos nossos prenúncios no fim de uma era. A adivinhação mágica e a necromancia não me emocionam muito, mas de que há uma relação entre sonhos e profecia, eu não duvido, seguindo nisso as mais elevadas tradições. O *Zohar*, num trecho imensamente complexo sobre sonhos proféticos (I, 183a-183b), nos diz que Deus fez diferentes níveis em tais sonhos, tantos que não podem ser revelados diretamente mesmo aos verdadeiros profetas, mas devem ser vistos através do "espelho que não brilha", quer dizer, a *Shekinah*, a presença feminina residente de Deus no mundo. Dificilmente se vai pensar na *Shekinah* como passiva; sua força maciça está em que ela reflete todas as luzes coloridas que brotam das *sefirot*, de todas as emanações, poderes ou potências de Deus. Gabriel, segundo o *Zohar*, exerce autoridade sobre os sonhos proféticos, mas apenas teoricamente, uma vez que, ao contrário de Maomé, o visionário cabalista pragmaticamente não trata com Gabriel, mas com a própria *Shekinah*.

David Bakan, em seu estimulante mas certamente discutível *Sigmund Freud and the Jewish Mystical Tradition* [Sigmund Freud e a tradição mística judaica] (1958), sugere que a *Shekinah*, uma imagem ao mesmo tempo divina, materna e inteiramente sexual, pode ter informado a ampliada compreensão de Freud da natureza da sexualidade, como "uma complexa metáfora em que de alguma forma está envolvido todo significado humano". Eu próprio suspeito que Shakespeare, uma obsessão de Freud, era uma fonte muito mais provável que o *Zohar*, mas Bakan me parece correto ao observar que a "livre associação" de Freud está mais próxima da liberdade de todo literalismo do *Zohar* do que das técnicas associativas mais estritas do Talmude. Mesmo que, como me parece provável, Freud não tivesse o mais leve interesse pela Cabala, é a Cabala, e o sufismo, que para mim oferecem o caminho de volta do bloqueio freudiano da interpretação profética do sonho. Não consigo ver um princípio melhor para a interpretação profética que a grande imagem conceitual da *Shekinah*, cujo poder de "refletir" abarca todo significado possível do termo. Gershom Scholem, em seu estudo definitivo da *Shekinah* (que se encontra mais facilmente em seu *On the Mystical Shape of the Godhead* [Da forma mística da divindade] (1991), diz que a Cabala criou uma nova compreensão da *Shekinah*:

> Nesse mundo das *Sefiroth*, cada um dos quais pode ser visto como uma hipóstase de uma faceta particular de Deus, a *Shekinah* recebe seu novo significado como a décima e final *Sefirah*. O fator crucial nesse novo status é inquestionavelmente seu caráter feminino, que, como dito acima, não se encontra em nenhuma fonte pré-cabalista, mas que agora absorve tudo capaz de uma tal interpretação na literatura bíblica e rabínica. Essa apresentação da *Shekinah*

> como elemento feminino — simultaneamente mãe, noiva e filha — dentro da estrutura da divindade constitui um passo muito significativo, de conseqüências de longo alcance, um passo que os cabalistas tentaram justificar com interpretação gnóstica. Não surpreende que os adversários da Cabala reagissem a essa idéia com grande suspeita. A enorme popularidade desfrutada por essa nova compreensão mística do conceito é ilustrada precisamente pelo fato de que se sedimentou na forma de confusas distorções apologéticas, em que a *Shekinah* era identificada e comparada com a própria Providência Divina. Esse fato é prova indiscutível de que os cabalistas, aqui, tocaram uma das perenes imagens religiosas latentes também no judaísmo.

Eu acho que a mais profunda intuição dessa nova visão, como diz Scholem em outra parte, é "que a forma de cada uma e todas as coisas individuais está pré-formada na *Shekinah*". Isso sem dúvida inclui os sonhos e nos devolve à ambivalente atitude de Freud contra os sonhos proféticos. Se todos os sonhos se refletem da *Shekinah* (ou, como disseram os sufistas, de Fátima, filha do Profeta, ou do Anjo Cristo, como dizem os gnósticos cristãos), não podem ser simples rearrumações do passado. É ao mesmo tempo pragmatismo e argúcia dos místicos afirmar o paradoxo de que nossos sonhos são menos individuais do que nós. Temos mortes solitárias, mas sonhos comunais, o que é o verdadeiro tema deste livro, como esboçarão os capítulos posteriores. O que a *Shekinah*, ou Fátima, ou o Anjo Cristo dá no sonho, em última análise, é a imagem do corpo astral, um homem ou mulher de luz. Nossas "experiências de quase morte" são apenas o sonho propriamente dito, ou fenômenos telepáticos, no modo que ao mesmo tempo perturbava e fascinava Freud.

Freud não podia resolver sua tensão em relação aos sonhos telepáticos. Se *eram* sintomas predeterminados de um único indivíduo apenas, teriam de ser notavelmente mais isolados do que as grandiosas mitologias universais de Freud: os impulsos, os mecanismos de defesa, os conceitos limítrofes como o ego corporal. O maior poder de Freud é convencer-nos de que somos habitados por forças além de nossas vontades, por desejos que talvez jamais reconheçamos, e por imagens que internalizamos. A atração do mito da elaboração do sonho desaparece quando tentamos assemelhá-lo a um cosmo psíquico igualmente compulsivo. Freud quer comer e guardar ao mesmo tempo: somos habitados por outros, mas não sonhados por outros. Concedendo relativa autonomia ao sonhador, quer tornar cada um de nós mais poeta que ator, mais Shakespeare escrevendo o sonho de Clarence do que o desgraçado Clarence sofrendo a narração dele. Contudo, Freud teme profundamente que sejamos sonhados por outros, ou como diria a tradição, pelo anjo, o outro, o *alter ego*. Se há uma elaboração do sonho, todos os antigos estavam certos: é elaboração dos anjos. Pondo tudo, com exceção de nossas mortes, no passado, Freud viola a profunda verdade humana da imagem cosmológica da *Shekinah*: ela reflete necessariamente a vida futura, assim como a necessidade de morrer.

Alguma coisa desesperada em Freud o fazia insistir em que "um sonho sem condensação, distorção, dramatização, acima de tudo sem realização, não merece este nome". Se se deseja excluir os sonhos proféticos da categoria do sonho, que se vai fazer com eles? A transferência de pensamentos entre sonhadores não é inteiramente diferente da transferência psicanalítica: nos dois fenômenos, tudo depende de interpretação. Freud deve ter meditado sobre a eterna pergunta de Nietzsche: "Quem é o intérprete, e que poder ele ou ela tenta conquistar sobre o texto?" Ken Frieden observa: "Com a transferência neurótica firmemente redirigida para a cura, Freud esquece o papel dela na manipulação dos sonhos e atribui uma função quase exclusivamente cognitiva à interpretação dos sonhos." E, no entanto, que é a psicanálise, de qualquer forma, se não busca melhorar o futuro do paciente, sugerindo interpretações que funcionem de modo a profetizar e alterar um futuro que irá, no mínimo, melhorar o passado?

Freud recusava-se absolutamente a ver que *interpretar é profetizar*. A elaboração do sonho, mesmo no sentido freudiano, manifesta poderes que necessariamente transcendem a psique do sonhador individual. Que ia fazer Freud, diante de entidades transcendentais? O sonho mais notável narrado no livro dele é o fantástico sonho da criança pegando fogo. Um pai, cujo filho acabou de morrer, adormece em outro aposento, enquanto um velho faz sentinela para a criança morta. No sonho do pai, o filho lhe vem e diz: "Pai, não vê que estou em chamas?" Despertando do sonho, o pai entra no aposento ao lado e descobre que o velho adormeceu, e por isso não viu nem impediu uma vela de atear fogo às roupas da criança morta.

Freud interpreta essa visão pungente como realização do desejo do pai, que traz a criança de volta à vida, em grande parte no mesmo extremo de Lear segurando a morta Cordélia nos braços. Dificilmente seria preciso o mistagogo francês Jacques Lacan para indicar que o cuidadoso minimalismo de Freud é aqui insuportável, e indigno da grandeza moral e estética da empresa psicanalítica. O conquistador Freud pisca os olhos para a criança em chamas, que arde com a culpabilidade do pai, ou da própria paternidade. Nenhum sonho em nosso tempo poderia ser mais profético, no preciso senso de exigir, reivindicar a interpretação profética que Freud lhe recusa. Pois a criança ardente é o corpo astral, e não lê-la como uma imagem profética é não vê-la. Não podemos saber que a criança está ardendo, por isso temos de imaginá-la, ou depender da autoridade do pai. Mas é nessa imagem, nessa escolha de dependências, que nós próprios somos compelidos a profetizar. O sonho de Freud da criança em chamas é uma parábola de limitações, da recusa das possibilidades telepáticas, que apesar disso se erguem sobre a superfície mesma do sonho. Nenhum pai pode deixar de responder a "Não vê que estou em chamas?" No extremo limite de sua racionalizada usurpação da autoridade interpretativa, Freud recusa-se escandalosamente a interpretar, porque não aceita o ofício de profeta.

CAPÍTULO 3

NÃO MORRER

A) A "EXPERIÊNCIA DA QUASE MORTE"

A maior parte de nossas celebrações contemporâneas da "quase morte" tem dívida direta com *Life After Life* [Vida após a vida], de Raymond A. Moody Jr. (1976), uma "carinhosamente razoável" pesquisa com cerca de cento e cinqüenta depoimentos de cidadãos comuns que afirmavam haver retornado da quase morte, trazendo benignos prenúncios de imortalidade. "Experiência de quase morte" é expressão do próprio Moody, pretendendo abarcar não apenas os que reviveram após serem declarados clinicamente mortos, mas também sobreviventes de acidentes ou de extremo perigo. "Como é morrer?", é a pergunta que abre o livrinho meio trêfego de Moody, que passa a responder com listas bastante abrangentes; em cada um dos subcapítulos seguintes, o primeiro termo é dele, e o segundo meu:

1. INEFABILIDADE OU INEXPRESSIVIDADE?

Isso parece significar uma escassez de vocabulário da parte dos que quase morreram; por que Moody presumiu que a experiência era inefável, em vez de sondar as limitações de seus entrevistados, não fica claro.

2. RECEBENDO A NOTÍCIA OU ERRO DE DIAGNÓSTICO

Se ser erradamente declarado morto deve ser considerado parte do "Como é morrer?", parece-me pelo menos discutível, mas não foi problema para o crédulo Moody.

3. Sentimentos de Paz e Silêncio, ou Não Dói Mais

Isso dificilmente merece comentário, mas suscita o problema das ambigüidades do "quase" em "quase morte".

4. O Ruído: Desagradável ou Agradável

A maioria dos informantes de Moody queixou-se de zumbido, tinido, estalido, ronco, batidas ou assobios quando morria; outros porém ouviram sinos agradáveis ou música tranqüilizante. Não se sabe se os temperamentos individuais são responsáveis por essas diferenças.

5. O Túnel Escuro (ou Gruta, Poço, Buraco, Cercado, Funil, etc.)

Os moodystas, ouvindo o ruído, são rapidamente arrastados por uma escuridão a dentro, evidentemente algum tipo de vazio. A metáfora do "túnel escuro" de Moody talvez deva alguma coisa ao vívido filme de Jean Cocteau, *Orfeu*; os interlocutores pouco concordam sobre o lugar de passagem.

6. Fora do Corpo, ou Sendo Espírito

A experiência fora do corpo é quase sinônimo de "experiência de quase morte", pois está no centro do fenômeno. Os homens e mulheres de Moody comparam seus corpos espirituais a névoas, nuvens, fumaça, vapor, etc., e na maior parte contemplam seus cadáveres com admirável distanciamento, embora isso seja muitas vezes seguido pela angústia da solidão ou isolamento. Mas, como a "experiência de quase morte" na América contemporânea tem o cuidado de permanecer sendo uma coisa boa, essa angústia logo é seguida por:

7. Encontros com Outros, ou os Anelantes

Esses amorfos inefáveis podem ser velhos chapas que se foram primeiro, ou simplesmente entidades anônimas e invisíveis. Eu próprio gostaria de chamá-los mais de "Anelantes" que de Espíritos Guardiães, para acentuar sua delicada ineficácia.

8. O Ser de Luz, ou o Anjo Cristo

"O Anjo Cristo" é termo meu, não de Moody; mas esse termo gnóstico descreve com precisão a pessoa de Luz que todos os moodystas encontram, e com quem se comunicam telepaticamente. A função desse Ser de Luz não parece salvadora nem julgadora, mas antes apenas iniciadora de:

9. O Exame ou FLASHBACK

Esse processo de memória também parece ser mais educacional que judicial, embora tenda a ser vulgar.

10. A Fronteira, ou Limite, ou Salvaguarda

Como a "experiência de quase morte" de Moody é, em essência, um conforto e tranqüilização, deve apresentar um limite, lembrando-nos de que o "quase" é mais importante que a "morte".

11. A Volta, ou Falsa Ressurreição

Os entrevistados de Moody, em sua maioria, insistiram em que relutaram para voltar, depois de descobrirem que a morte era uma coisa tão boa.

Embora Moody acrescente "Contar aos Outros", "Efeitos sobre as Vidas", "Novas Visões da Morte" e "Corroboração", de modo a perfazer quinze fases, estas quatro finais me parecem irrelevantes. Para ser justo com ele, cito por extenso os dois parágrafos em que resume sua "experiência de quase morte" como paradigma:

> Um homem agoniza, e quando chega ao ponto de maior aflição física, ouve-se declarado morto pelo médico. Come-

ça a escutar um barulho incômodo, um alto tinido ou zumbido, e ao mesmo tempo sente-se deslizando muito depressa por um túnel escuro. Depois disso, sente-se de repente fora de seu corpo físico, mas ainda no ambiente físico imediato, e vê o próprio corpo de longe, como se fosse um espectador. Observa a tentativa de ressuscitação de sua extraordinária posição privilegiada, e acha-se em estado de perturbação emocional.

Depois de algum tempo, recompõe-se e acostuma-se mais à sua estranha condição. Observa que ainda tem um "corpo", mas de um tipo muito diferente e com poderes muito diferentes do corpo físico que deixou atrás. Logo começa a acontecer outra coisa. Outros vêm ao seu encontro, para ajudá-lo. Ele vislumbra os espíritos de parentes e amigos que já morreram, e surge à sua frente um espírito amoroso e bondoso, de um tipo que jamais viu antes — um ser de luz. Esse ser faz-lhe uma pergunta, não verbalmente, para levá-lo a avaliar sua vida, e ajuda-o mostrando-lhe uma panorâmica instantânea dos grandes fatos que viveu. A certa altura, ele se vê aproximando-se de algum tipo de barreira ou fronteira, aparentemente representando o limite entre a vida terrena e a próxima. Contudo, descobre que tem de voltar à terra, que ainda não chegou a hora da sua morte. Neste ponto, ele resiste, pois a essa altura está apaixonado pelas experiências na vida futura e não quer voltar. Sente-se tomado por intensos sentimentos de alegria, amor e paz. Apesar de sua atitude, porém, de algum modo torna a unir-se a seu corpo físico e vive.

Como estudioso da influência, sobretudo na literatura e na religião esotérica, desconfio que o paradigma de Moody não apenas afetou a curiosa indústria conhecida como "pesquisa da quase morte", mas também muitas "experiências de quase morte". Ele cita São Paulo, *O livro tibetano dos mortos* e Swedenborg como análogos de suas especulações, mas eu mostrarei análogos muito mais próximos na gnose: no gnosticismo cristão, no sufismo xiita e na Cabala. Mas, ai, assim como vimos uma vasta diferença em dignidade espiritual e força cognitiva quando comparamos nossa atual preocupação com anjos a visões passadas nesse campo, também há um senso de perda ainda mais grosseira quando comparamos o corpo astral ou figura de luz das tradições da gnose com as manifestações da Luz na "experiência de quase morte" pós-moodyana. Mas vou oferecer esses contrastes e comparações em meu próximo capítulo, "Gnose", e na Parte C deste capítulo, sobre o "Corpo Astral". Aqui, preciso continuar a saga popular do moodysmo, como conduzida por uma plêiade de pesquisadores, dos quais o mais eminente é Kenneth Ring, que resumiu suas descobertas em *Life After Death* [Vida após a morte] (1980). Embora sempre fiel a Moody, Ring substitui os onze elementos de seu modelo por um muito mais simples paradigma de cinco estágios: paz tranqüila, separação do corpo, entrada no negro vácuo ou túnel, visão de "uma luz forte e magnética", e finalmente entrada nessa luz. Moody evitou modestamente a profecia religiosa, mas Ring entrou na Nova Era e insiste em que os sobreviventes da "experiência de quase morte" são por isso seres humanos mais avançados que o resto de nós. Em vez de comentar esse julgamento de valor ringuiano, prefiro citá-lo no que tem de mais interessante:

> Moody falou de um "ser de luz", e embora nenhum dos que responderam usasse essa expressão, alguns pareceram conscientes de uma "presença" (ou "voz") em associação com a luz. Muitas vezes, mas não sempre, essa presença é identificada com Deus. Seja como for, quero examinar o que representa a luz quando combinada com o senso de uma presença ou com uma voz não reconhecida.
>
> Creio que aqui devemos dar um salto especulativo. Sugiro que essa presença/voz é na verdade — nós mesmos! Não se trata apenas de uma projeção de nossa personalidade, mas do nosso *eu total*, ou o que em algumas tradições se chama de *eu superior*. Nessa visão, a personalidade individual é apenas um fragmento lascado do eu total, com o qual se reúne no ponto da morte. Durante a vida comum, a personalidade individual funciona de uma maneira aparentemente autônoma, como se fosse uma entidade separada. Na verdade, porém, está invisivelmente presa à estrutura do eu maior da qual é parte. Uma analogia seria a de que a personalidade individual é como uma criança que, quando adulta, esquece completamente a mãe e não a reconhece quando se encontram depois.

Como especulação, isso não deixa de ser confuso, mas o interesse vem de sua gnose aquariana, ou *made in USA*. Ring, como seu precursor Moody, sabe dos análogos antigos e esotéricos, e no entanto é impedido de entender as analogias por um estranho literalismo sobre a "experiência de quase morte", em que mais uma vez segue Moody. Chamo esse literalismo de "estranho" porque se recusa a enfrentar o absurdo ou desesperança de todos os nossos atuais envolvimentos pela Luz americanos. Os ávidos por tais envolvimentos estão desesperados por garantias de imortalidade, com o que na verdade querem dizer não morrer jamais. Mas mesmo centenas de milhares de experiências de *quase* morte não nos dizem necessariamente *nada* sobre a sobrevivência *após* a morte, de qualquer tipo. A morte, nossa própria morte, é infelizmente uma coisa meio diferente mesmo da mais simpática e tranquilizadora escapada da morte.

Minha "experiência de quase morte" se deu quando eu me aproximava dos sessenta anos; eu ignorara, na verdade negara estupidamente, uma úlcera supurada, e entrei no Hospital de Yale-New Haven depois de perder sessenta por cento do sangue do meu corpo falstaffiano. Antes de adormecer na sala de pronto-socorro, enquanto outros tantos quartilhos de sangue começavam a fluir de volta para dentro de mim, fiz minha própria peregrinação aos limites extremos, ouvindo semiconscientemente as reconfortantes observações de meu filho caçula, até cruzar as fronteiras do sono. Não encontrei os onze elementos de Moody, nem os cinco estágios de Ring, mas me vi em alguma coisa parecida ao cinematográfico reino de quase morte de Jean Cocteau, *Orfeu*, e vaguei meio desligadamente por lá, talvez um pouco menos em pânico por estar perdido do que de hábito. Houve de fato uma luz forte quando afundei, mas era mais importuna que reconfortante. Certamente pareceu uma experiência menor que a "revelação anestésica" de William James, que experimentei sob a influência do óxido nítrico, quando um dentista de Londres me arrancou habilmente três sisos inclusos, um quarto de século antes de minha provação ulceral. Como tantos dos informantes de James, tive uma grande revelação religiosa, desvelando os segredos da Eternidade, e exultei por estar voltando para trazer boas novas, só para descobrir, ao emergir de tudo aquilo, que a verdade me abandonara da maneira mais absoluta.

Não pretendo fazer pouco da "experiência de quase morte" de
 ninguém, mas antes sugerir que nossa obsessão popular por ela é

impressionantemente semelhante a nosso atual apequenamento do mundo angélico. Estou convencido de que uma considerável realidade espiritual envolve as duas preocupações obsessivas, mas nossa comercialização dessas questões resultou numa caricatura de verdades antigas. Ler o estudioso Henri Corbin sobre a visão sufista do "Homem de Luz" é encontrar um senso muito mais desafiador e urgente de viver e morrer do que o que emerge das "pesquisas" da indústria Moody-Ring. Indústria foi o que se tornou sem dúvida, do mesmo modo como os traficantes de anjos são um subproduto. Agora temos a IANDS (International Association for Near Death Studies — Associação Internacional de Estudos da Quase Morte) que utiliza camisetas marrons e um logotipo entrelaçando o túnel de Moody com o símbolo taoísta do Yin e Yang. A publicação produzida chama-se *Vital Signs* [Sinais vitais]; há oficinas, convenções, grupos de estudos, e muito mais. *Parece* mais um romance de Aldous Huxley ou mesmo de Evelyn Waugh, mas é apenas mais um exemplo da histeria americana com o Milênio.

Declaro mais uma vez que não acho que a "experiência de quase morte" de ninguém seja o que um cético chamou de "psicose tóxica", mas a exploração do fenômeno seria digna de um satirista maior, se tivéssemos um. "Fique feliz porque quase morreu", o lema implícito dos moody-ringuianos, tem lá o seu charme, mas se esfuma quando os membros da IANDS tentam extrair saber teológico ou teosófico de seus onze elementos e cinco estágios. Carol Zaleskie, cujo *Otherworld Journeys* [Viagens ao outro mundo] (1987) é o mais bem informado e equilibrado estudo de questões de quase morte, conclui seu livro dizendo: "A literatura da quase morte é melhor quando modesta e anedótica; forçada a entrar a serviço da filosofia ou profecia, soa insípida." *É* insípida, assim como o são nossas atuais narrativas populares de anjos . Os moody-ringuianos, com os entusiastas de anjos e os veteranos de encontros com e seqüestros por alienígenas, não estão mais bem equipados para conferir e interpretar suas supostas experiências do que Moody e Ring. Volto-me para os xamãs, profissionais permanentes de experiências fora do corpo, cujas viagens ao outro mundo são o verdadeiro ponto de partida para a compreensão dos fenômenos de quase morte. Quase morrer é nossa atual e morna evasão contemporânea da gnose e sua visão de ressurreição, ou não morrer, a visão do Ser todo Luz que liga o gnosticismo cristão, o sufismo e a Cabala, tradições vitais da experiência visionária e sua interpretação.

B) XAMANISMO: VIAGENS AO OUTRO MUNDO

Todos os xamanismos se baseiam na idéia de que outrora não havia barreira entre céu e terra; o xamã é a pessoa que pode romper nossos limites, e conquistar a liberdade de reabrir o caminho de volta a maiores poderes humanos, hoje aparentemente perdidos. A profecia do sonho é um desses poderes, e voltarei a ela mais tarde para ajudar a explicar não tanto as origens do xamanismo, que como fenômeno mundial desafia qualquer versão simples dos primórdios, mas sua entrada específica na tradição ocidental. Como palavra (em tungus), "xamã" quer dizer feiticeiro, uma pessoa que emprega os métodos do êxtase, incluindo experiências fora do corpo, para invocar o mundo dos espíritos.

A profecia extática, seja em oráculos orais ou em sonhos e suas interpretações, é um dos principais resultados da invocação de espíritos, e parece ter sido praticada em todas as culturas. E. R. Dodds, em seu soberbo livro *The Greeks and the Irrational* [Os gregos e o irracional] (1951), interpretou a clássica religião de Apolo como de profecia extática, apresentando "as bênçãos da loucura". Como os sonhos gregos arcaicos eram *vistos* (mais que "tidos"), se eram proféticos, então o futuro era de fato visível, em geral na forma de um deus, ou mesmo de um amigo morto ou ausente substituindo um deus. Essa substituição nos leva ao mundo dos xamãs gregos, cuja influência Dodds centra na distinção entre a *psique* ou "alma" e um "eu oculto", a princípio também chamado de *psique*, mas que foi aos poucos sendo chamado de *pneuma* ["alento"], ou *daimon*, para o qual não temos equivalente em português.

O eu oculto era de origem divina, ao contrário da alma, que para os gregos se achava muito à vontade no corpo; o mesmo não se dava com o novo eu dos xamãs, importado para a Grécia da Trácia, ao norte, e, portanto, em última análise, da bárbara Scítia, para onde asiáticos centrais haviam descido. A luta entre o eu divino e a alma, antes desconhecida dos gregos, é fundamental para o xamanismo, e um elemento básico nos xamãs gregos Pitágoras e Empédocles, homens divinos ou semidivinos, pelo menos para seus seguidores. O mítico Orfeu pode ter começado como uma figura em grande parte semelhante a Pitágoras e Empédocles, como mais um xamã que, segundo Dodds, ensinou que temos um eu destacável, "que com técnicas adequadas pode ser retirado do corpo mesmo durante a vida, *um eu mais antigo que o corpo e que lhe sobreviverá*" (itálico meu).

Um eu mais velho e que é a melhor parte de nós, um eu divino e mágico: essa crença xamanista, que também chamamos de órfica, me parece a origem de todo gnosticismo — judaico, cristão ou islâmico — do gnosticismo secular, alexandrino, chamado Corpus Hermeticus, que se tornou a base de Bruno e outros mistagogos do Renascimento italiano. O xamanismo é universal, e isso talvez explique o curioso universalismo do que os crentes normativos de todas as eras chamam de "heresia gnóstica". O fenômeno de que trato neste livro — angelicismo, sonhos proféticos, experiências de quase morte, receios do Milênio e anseios apocalípticos — não se manifestam a nós hoje como normativos, mas como tendências gnósticas, embora em geral numa forma degenerada, não apenas popularizada, mas também comercializada. No seu âmago está o antigo surgimento do gnosticismo a partir do xamanismo, sobretudo do eu oculto ou mágico xamanista. Orfeu pode ter sido apenas um mito poderoso, mas Empédocles foi um sábio real, que negou que a *psique* fosse o eu verdadeiro, imorredouro, em cada um de nós, e afirmou ao contrário que o *daimon* era nosso destino, porque era o que havia de mais antigo e melhor em nós, e portanto, potencialmente, era divino.

O principal estudo erudito, *Xamanismo* (1951), do falecido Mircea Eliade, acentua que os xamãs, em todo o tempo e espaço, se originam de iniciações que fundem males patológicos e sonhos proféticos, de modo que dificilmente podemos distinguir a doença da profecia. Assim que se atingem os poderes xamanísticos, os xamãs, caracteristicamente, empreendem viagens a outros mundos, a todos os céus e infernos, a fim de exercer seus labores distintos de curar doenças, patológicas e psíquicas. Eliade arrisca "que o elemento específico do xamanismo não é a incorporação de 'espíritos' pelo xamã, mas o êxtase induzido por sua descida ao submundo". Esse "êxtase", tão raramente manifestado em nossas contemporâneas viagens a outros mundos, sejam do tipo "experiência de quase morte" ou "seqüestros por alienígenas", é a verdadeira marca ou estigma não apenas do xamã, mas do gnóstico de qualquer era ou tradição. Há, claro, um sentido vital em que esse êxtase xamanístico pragmaticamente é Gnose, o conhecer em que nos tornamos o mesmo que o conhecido. Poderemos definir esse êxtase, e, definindo-o, chegar a entender o que as viagens a outros mundos *devem* ser?

O êxtase xamanístico vem num estado de transe, em si mesmo necessário para a viagem do xamã. Freqüentemente, o transe é induzido por drogas, ou pelo menos auxiliado por um ou outro intoxicante, às vezes um cogumelo sagrado, alucinatório. R. Gordon Wasson e Wendy Doniger O'Flaherty, em seu *Soma: Divine Mushroom and Immortality* [Soma: cogumelo divino e imortalidade] (1968), identificam o soma como sendo, com toda probabilidade, o agárico mosqueado da Eurásia do norte, um cogumelo vermelho-vivo pontilhado de manchas brancas. Os hinos vedas antigos que celebram o soma e que estão nas origens do hinduísmo foram reunidos como o *Rig Veda*, mais de mil poemas em louvor aos deuses e seus feitos. Compostos sobretudo por volta de 1200 A.E.C., os hinos eram obra de um povo que invadiu a Índia, vindo do sul da Rússia, possivelmente em torno de 1500 A.E.C., ao que se supõe trazendo consigo sua cultura xamanista. Esses indianos védicos, que têm sido o povo básico do subcontinente desde então, adoravam a um deus da tempestade e guerreiro divino, Indra, como o chefe das divindades. Indra, poderoso em si, tornava-se imensamente mais forte com o soma (o cogumelo, não o deus), ou antes uma bebida extraída do cogumelo, ou de uma planta que chamamos arruda-brava, segundo autoridades que não aceitam a hipótese do cogumelo. O soma é encarado no *Rig Veda* como uma cura para tudo, aumentando a potência, e portanto a própria vida.

Os estudiosos do xamanismo, Eliade inclusive, tendem a usar o xamanismo siberiano como arquétipo, uma vez que, historicamente, nossos primeiros indícios de suas origens são da Ásia central, e a práxis siberiana parece não ter mudado desde os dias arcaicos. O transe ou êxtase xamanístico em geral tem um elemento narcótico nos tempos modernos, e muitas vezes apóia-se em cogumelos; Eliade supõe que o transe "puro" era mais verdadeiramente arcaico, mas os sufistas iranianos, os xamãs mais espirituais e intelectuais, seguiam o precedente védico ao confiar na intoxicação sagrada, como demonstra continuamente sua maravilhosa tradição poética. As técnicas arcaicas de êxtase apresentadas por Eliade tendem a ser mais drásticas que o mero soma. Seja iniciado por doença mental ou por sonhos sobrenaturais, o xamanismo logo passa a depender de viagens ao outro mundo que podem envolver, como preparação pragmática, a tortura até a morte. O alto preço da libertação do espírito para buscar espíritos pode ser uma drástica "libertação" do corpo. A ressurreição, infelizmente, exige a morte como condição, e as "mortes" xamanísticas nem sempre requerem colocação entre aspas. Sempre me intrigou o motivo de o catolicismo histórico e seus primeiros inimigos protestantes, o luteranismo e o calvinismo, terem evitado os quarenta dias que o Jesus ressuscitado passou em companhia de seus discípulos, antes de tornar a ascender ao céu. Eu responderia agora: Não é o Jesus dos gnósticos, e de uma multidão de fanáticos americanos, essencialmente um xamã? É por isso que os antigos gnósticos valentinos e tantos americanos cultuam basicamente *o Jesus ressuscitado*, não o Jesus que foi torturado até a morte na cruz, num terrível êxtase, mas o Jesus que ressuscitou num êxtase benigno, abrindo de novo a terra e o céu um para o outro. Os escolhidos do Jesus ressuscitado partilham desse segundo êxtase, e cultuam, portanto, o mais universal de todos os xamãs.

As "experiências de quase morte", quando xamanísticas, pouco têm em comum com nossos atuais recitais *soft* americanos de Moody-Ring. Embora feita em êxtase, a iniciação xamanista freqüentemente envolve a morte por mutilação, seguida de uma ressurreição que reintegra o corpo despedaçado. Que crédito se pode dar a essas violências mágicas, que desafiam os limites de nosso mundo empírico? O transe extático pode parecer uma espécie de morte, de uma maneira bastante convincente, mas o *sparagmos* xamanístico é visivelmente outra coisa, que presumo apoiar-se nos métodos persuasivos da feitiçaria, ou entrar em domínios difíceis de apreender: hiperespaço ou quarta dimensão. Onde quer ou o que quer que o xamã penetre, primeiro em sonho e depois numa realidade dele, nossa, ou de ambos, o que importa são os outros mundos da viagem. O xamã viaja para curar doenças, às vezes de uma só pessoa, às vezes de uma tribo, mas a cura só pode ser efetuada depois que o próprio xamã conhece a doença, seja um desarranjo ou um desmembramento. Fundamentais para o xamanismo são seus supostos mistérios: vôo, levitação, transformação de gênero sexual, bilocação e encarnação em animais e pássaros. Todos esses fenômenos, por mais espantosos que sejam, são apenas meios para um único fim no xamanismo: devolver a alma imortal dos mortos. Como o erguedor de almas Hermes, que tanto podia trazê-las de volta do Hades como conduzi-las para lá, o xamã é a exemplificação pragmática da verdade heraclitiana de que o caminho para baixo e o caminho para cima são um e o mesmo.

Não há relação simples entre os sonhos e as viagens a outros mundos, arcaicas ou modernas. A interpenetração das histórias de sonho e narrativas de buscas é a norma: ambas são formas de histórias de aventuras, no sentido técnico do conto maravilhoso, que depende, para ter efeito, de conhecimento incompleto, do encantamento do não encontrado. O terreno comum dos sonhos e viagens xamanísticos é o desejo humano último: a sobrevivência no confronto com a morte. Os teólogos atuam num nível superior, mas o Jesus do povo, em quase toda parte, é o xamã universal. Isso talvez não vá contra o gênio do cristianismo, mas certamente vai contra a doutrina do catolicismo e a maioria das Igrejas protestantes. A Ressurreição, para estes, *não* segue o padrão de Jesus, cuja ascensão era encarada como uma espécie de nota promissória para a vasta ressurreição algum dia no futuro, ou talvez mais como uma primeira prestação. Mesmo Dante, no arrogante orgulho de sua *Divina comédia*, não modela suas viagens a outros mundos segundo as de Cristo; parece ter entendido melhor sua obscura irmandade com Ulisses do que seus comentaristas. O espiritismo popular, que muito antes da Nova Era já se tornara nosso xamanismo urbano, entrou nessa brecha tão curiosamente deixada aberta pelo cristianismo.

O xamanismo que a Igreja Romana contemporânea agora tem pela frente é mais bem exemplificado pelas feministas católicas, as autênticas tropas de choque da Nova Era. Não me interessa tomar partido com a Igreja ou com suas rebeldes feministas, mas quero apenas indicar os padrões xamanísticos (e gnósticos) encenados por essas muitíssimo bem-sucedidas trabalhadoras em rede, que ainda podem tomar grande parte da Igreja americana por dentro. A "Igreja das Mulheres" [*Women-Church*], a maior das "comunidades litúrgicas" feministas, conscientemente ou não, trabalha para uma visão do xamã Jesus cujo espírito tutelar foi Maria Madalena. A androginização ritual é uma das raízes do xamanismo; xamãs homens tornam-se mulheres, e mulheres homens, no que pode ser uma variante da arte xamanista da bilocação, ou estar em dois lugares distantes ao mesmo tempo, aparecendo na forma de um gênero ou outro, ou como animal, ou pássaro. No gnosticismo, o Abismo primal é chamado tanto de Mãe Ancestral quanto de Pai Ancestral [*Foremother* e *Forefather*], e o Adão gnóstico original, Ântropos, é um andrógino. O xamanismo, ao contrário do gnosticismo, não é uma religião, mas uma série de modos de êxtase, alguns dos quais podem ser pontos de partida para a experiência da gnose, para um conhecer em que a própria conhecedora é conhecida, uma reciprocidade de eu profundo e espírito tutelar. Isso ajuda a explicar a natureza peculiar das viagens a outros mundos, xamanísticas e gnósticas. Parece fazer pouca diferença se o xamã sobe aos céus ou desce ao submundo. Subindo numa bétula após sacrificar um cavalo, o xamã experimenta um êxtase que destrói a distinção entre subida literal e simbólica. Ou então o xamã entra num buraco no chão, navega num mar subterrâneo e emerge na cabana do Rei dos Mortos. Também aqui o êxtase que acompanha funde o literal e o simbólico, de modo que não podemos ter certeza do que foi ou não foi a descida de fato. No domínio do xamanismo, o eu oculto estabelece as regras, que são necessariamente extáticas e arcaicas.

Podemos distinguir entre transe e possessão no xamanismo? Essa difícil questão é o tema de *Ecstatic Religion: A Study of Shamanism and Spirit Possession* [Religião extática: um estudo do xamanismo e da possessão por espíritos], de I. M. Lewis (1971), onde o autor afirma que o transe é em essência um estado de consciência radicalmente alterada, enquanto a possessão, que combina transe e doença, é sempre uma resposta a condições culturais, a pressões e expectativas mais que individuais. A antropologia social é, no entanto, um grande condicionador, e duvido da distinção de Lewis, que depende de sua aceitação da idéia de que o xamanismo nasce de condições sociais de mudança e incerteza. Ao contrário, os indícios são de que o xamanismo foi e é universal e primal: foi sempre o recurso de grupos e indivíduos que se recusam a entregar todo poder a Deus ou deuses. A divindade inata é o centro do xamanismo, como o é dos seus vários rebentos: pitagorismo, gnosticismo, entusiasmo espiritual. O transe xamanista está absolutamente fundido com a possessão por espíritos, e tenho dificuldade para saber o que significaria chamar tal possessão de doença. Doença de quem? Uma imensa sociedade governada pela psicofarmacologia não se acha em estado privilegiado para julgar a religião extática, a sua própria ou a de tempos e lugares passados. Mas isso me leva de volta aos aspectos do xamanismo mais importantes para este livro: os sonhos proféticos e as viagens a outros mundos. Nossas "experiências de quase morte" são paródias do xamanismo autêntico precisamente porque, com muito raras exceções, não têm senso algum de divindade inata, nenhuma convicção de que um eu mágico está voltando a seu domínio próprio. Nossos sonhos e encontros "fora do corpo" são empobrecidos por nossa incapacidade de êxtase espiritual.

Já foi observado, por E. R. Dodds e outros estudiosos, que as previsões de sonhos, viagens a outros mundos e doutrinas de reencarnação quase invariavelmente surgem juntas, como fizeram tanto na Grécia quanto na Índia antigas. A transmigração de almas e os sonhos proféticos de ascensão ou descida parecem ser manifestações diferentes do mesmo fenômeno, que é a iniciação xamanística, ou a morte que deve preceder a ressurreição para os poderes de um xamã. O sonho de morte, mesmo de ressurreição, é bastante comum; poucos de nós somos xamãs, e no entanto temos tais sonhos. É muito raro, porém, ficarmos espiritualmente convencidos de que um espírito anterior se reencarnou em nós, sobretudo quando o espírito nos era antes desconhecido. São os quase simultaneamente iniciatórios sonho e possessão por espírito que assinalam o xamã potencial, que então entra no transe extático que define a vocação divinatória. Um novo xamã deve ser sempre instruído por um velho, mas a escolha vem do espírito, e não do instrutor ou aspirante. Não me interessa muito rezar para que prouvesse a Deus que todo o nosso povo fosse de xamãs (em nossa atual atmosfera social, isso resultaria apenas em ainda mais xamãs politizados), mas alguns sinais de autenticidade em nossas supostas viagens espirituais não fariam mal nenhum. O sinal particular hoje mais freqüentemente popularizado e comercializado é um ser ou personagem que é só luz, a entidade tradicionalmente chamada de "corpo astral", para a qual me volto agora, buscando como antes alguns indícios da sobrevivência do espírito numa época em que abundam as falsas representações do espírito.

C) O Corpo Astral: o *Zelem*

As tradições ocidental e oriental igualmente abundam em variações da imagem do "corpo sutil", na maioria das vezes também chamado de "corpo astral". Podemos remontar — mais ou menos — uma ambientação provável da imagem ocidental ao neoplatonismo, mas a imagem oriental é tão multiforme que parece ter sempre estado presente. Os junguianos, sendo um culto redutivo, vêem o corpo astral como o que seu mestre chamava de "psique objetiva", uma idéia além do meu alcance. Prefiro o estudioso clássico E. R. Dodds, que nos manda de volta à antiga palavra grega *ochema*, que significa ao mesmo tempo o corpo astral e o veículo ou carruagem, comparado por Platão, em *Timeu,* ao semear de cada uma de nossas almas numa estrela, pelo Demiurgo, "como numa carruagem" (*ochema*), antes que algumas das almas fossem postas em corpos sobre nossa terra e algumas guardadas em planetas. Seguindo Platão e Aristóteles, o neoplatônico Proclus fez uma exposição completa do corpo astral em seu árido *Elementos de teologia*, onde somos informados de que esse invólucro luminoso é uma ponte entre alma e corpo, e portanto pertence a todos. Oposta a essa visão neoplatônica há a crença hermético-gnóstica de que o corpo astral, imortal, só é conquistado por uma gnose divinizante; e portanto só pode ser possuído por uma elite de iniciados.

Essas explicações conflitantes do corpo astral jamais foram resolvidas, e persistem hoje na diferença entre as intermináveis narrativas de experiências de quase morte e as, mais raras, visões registradas por alguns punhados de sábios contemporâneos. É de certa importância observar que a visão mais antiga, neoplatônica, e suas sobreviventes modernas são essencialmente determinativas: Proclus submete cada alma humana à influência de uma alma divina residente num ou noutro planeta. Existe assim uma autêntica ligação entre as semi-universais experiências de quase morte e a astrologia, com todos os seus superdeterminismos. O corpo astral iniciatório hermético-gnóstico é um fenômeno inteiramente diferente, e alcançou seu pleno desenvolvimento no sufismo e na Cabala, antes de sua sobrevivência, numa forma degenerada, nos modernos espiritismo e ocultismo. O comentarista indispensável do corpo astral no sufismo é, claro, Henry Corbin, cujo agudo senso de uma realidade a meio caminho entre os mundos empírico e divino é a principal influência sobre mim, aqui como em outras partes deste livro.

Em essência, podemos chamar o corpo astral por seus nomes alternativos de "corpo futuro" ou "corpo de ressurreição". Os sufistas iranianos foram excelentes nas descrições de suas visões do "homem de luz", do "corpo novo" ou do "Adão de nosso ser". Esse corpo de ressurreição é, ao mesmo tempo, nosso verdadeiro eu e nosso *alter ego*, ou contraparte angélica, uma conjunção que já encontramos antes. Corbin observa que, "em todos os casos, se refere ao mesmo mundo em que a alma liberada, em êxtase momentâneo ou pelo supremo êxtase da morte, encontra seu 'eu' arquetípico, seu *alter ego* ou imagem celestial, e rejubila-se com a felicidade desse encontro". O "em todos os casos" de Corbin é preciso: o "êxtase momentâneo" pertence ao adepto gnóstico, enquanto o "êxtase" da morte é um terror universal, ilustrando assim mais uma vez os dois aspectos do corpo astral.

A maior autoridade sufista sobre o corpo de ressurreição foi o Xeque Ahmad Ahsa'i, que morreu em 1826, e que desenvolveu idéias fundamentais de Avicena, o grande filósofo persa do Islã, no século 11. Avicena, em seus "recitais visionários", defendia o que chamava de "filosofia oriental", uma angelologia hermética que punha a realidade média entre as percepções comuns e o reino do Divino. Esse mundo médio de percepção angélica é comparado com o mundo humano da imaginação desperta, o lugar de morada de sábios e poetas, e de todos nós em alguns momentos elevados ou iluminados, quando vemos, sentimos e pensamos com a máxima lucidez. Esses momentos, segundo os sufistas, nos introduzem no que eles chamam de mundo de Hurqalya, o mundo angélico. Hurqalya é chamada tanto de cidade quanto de mundo, e às vezes também de "Terra Celestial", pois é nossa terra reimaginada. A imaginação angélica é um modo de difícil apreensão, e o sufismo é basicamente uma disciplina, além de uma gnose. Hurqalya tem um céu e um inferno, e é a cidade/país do inesperado, onde o passado ainda não se concluiu, e portanto pode ser alterado, e onde o presente e o futuro são sempre entremesclados, de modo que a ressurreição está tanto aqui quanto no futuro. Um estudo dos augúrios do Milênio é um lugar adequado para invocar a Hurqalya, pois todos os augúrios estão em casa aqui, se os trouxermos à mente, o que é uma das funções deste livro.

No século 9, o historiador islâmico Tabari descreveu uma estranha região, que hoje julgaríamos parte de um conto de Borges, um país da imaginação, a "Terra das Cidades de Esmeralda". Essas cidades (cujos nomes jamais foram explicados) são Jabarsa e Jabalqa, e também Hurqalya, o nome às vezes dado à terra visionária como um todo. Corbin segue Tabari numa lúcida descrição dessas cidades, onde ele se junta aos sufistas ao vê-las como bastante reais, mais reais que Paris, Londres e Nova York:

> Jabarsa e Jabalqa, diz-nos Tabari, são duas cidades de esmeralda que ficam logo após a montanha de Qaf. Como as da Jerusalém celeste, suas dimensões expressam quaternidade, o símbolo da perfeição e integridade. A superfície de cada uma delas é um quadrado, os lados medindo doze mil parasangas. Os habitantes não sabem da existência de nosso Adão, nem de Iblis, o Antagonista; sua comida consiste inteiramente de legumes; não precisam de roupa,

> pois sua fé em Deus os faz semelhantes aos anjos, embora não sejam anjos. Como não se diferenciam por sexo, não têm desejo de posteridade. Por último, toda a luz deles lhes vem da montanha de Qaf, enquanto os minérios de suas almas e as paredes de suas cidades... secretam sua própria luz.

Qaf é uma montanha de esmeralda que cerca nosso mundo; se se conseguir transpô-la, ver-se-ão as cidades visionárias que representam o que Corbin chama de "estado de Imagem" do corpo de ressurreição. Talvez influenciada pelo sufismo, a Cabala chama essa imagem de *Zelem*, a palavra usada em Gênesis quando nos diz que Deus nos criou à sua imagem. Hurqalya, às vezes também chamada pelos sufistas de "Oitavo Clima" (sete sendo da natureza), é a meta da busca gnóstica para conhecer a Ressurreição ainda nesta vida.

Ibn'Arabi, o mais destacado teosofista sufista (morreu em 1240), criou o maior mito para a compreensão da mística Terra de Hurqalya. Depois que Deus criou Adão de barro vermelho úmido, restou uma quantidade de barro. Deus emprega o barro para fazer a palmeira, "irmã de Adão", e a Terra da Verdadeira Realidade, que contém para cada uma de nossas almas um universo correspondente a essa alma. Cada alma tem uma Imagem em que pode contemplar-se, e assim por fim ressuscitar-se. Freqüentemente, a imagem será personificada como Idris-Hermes, o Homem de Luz ou Corpo Astral, o nosso *alter ego*. O Xeque Ahmad Ahsa'i acrescenta sugestivamente: "O mundo de Hurqalya é um mundo material (o mundo da matéria em estado sutil), que é *outro*." Ser material mas *outro* é uma metáfora para o *alter ego*, para o fantástico de um anjo da guarda que apesar disso é nossa própria alma. Somos levados de volta à estranheza de Gênesis 1:26, onde Deus disse: "Façamos o homem à nossa própria imagem e semelhança." Gershom Scholem, explicando o conceito cabalista de *Zelem*, imagem ou corpo astral, observou que isso "servia aos cabalistas como uma deixa para uma idéia que tem apenas uma frouxa ligação com a idéia bíblica". E, no entanto, Deus devia ter alguma coisa semelhante a uma "imagem" ou "semelhança" própria, como também disse Scholem. Deus, por mais transcendente que seja, é também alguém que, em algum sentido, tem a forma de um homem, uma imagem em três dimensões, material e ao mesmo tempo *outra*. Embora as origens do corpo astral, como imagem, sejam neoplatônicas, logo se amalgamaram com as tradições judaica, cristã e islâmica. O *Zelem* cabalista, em particular, veio a ser encarado como o princípio de individualismo em cada um de nós. Pode parecer um longo caminho do corpo astral à forma definidora pessoal, mas a identidade entre o ser angélico que guia nossa "estrela" e a essência interior persiste por todas as misturadas tradições monoteístas. O corpo astral, por mais esotérico que pareça, é por fim a metáfora que torna o eu verdadeiramente o eu, e não o eu de outra pessoa.

Em nossa atual epidemia de "experiências de quase morte", a imagem crucial quase sempre é a pessoa-de-luz que por fim abraça o eu aparentemente de partida. Meu favorito entre os muitos livros admiráveis de Henry Corbin, *O Homem de Luz no sufismo iraniano*, é a mais completa exposição que conheço dessa imagem predominante do corpo de ressurreição. Ele cita uma história de Abul-Barakat, de Bagdá, um sábio judeu que morreu por volta de 1165, depois de converter-se ao Islã aos noventa anos:

> É por isso que os sábios antigos, iniciados em coisas que as faculdades sensórias não percebem, afirmam que para cada alma individual, ou talvez para várias juntas com a mesma natureza e afinidade, há um ser no mundo espiritual que por toda a existência delas vigia essa alma e grupo de almas com especial solicitude e ternura, as conduz ao conhecimento, as protege, guia, defende, conforta, leva à vitória; e esse ser é o que chamamos de *Natureza Perfeita*. Esse amigo, defensor e protetor é o que na terminologia religiosa se chama de *Anjo*.

A *Natureza Perfeita* é Hermes, o Anjo Idris, ou Enoque-Metatron. Scholem, comentando Abul-Barakat, pega o centro dessa doutrina: "O esvaziamento do profeta do seu eu cotidiano permite-lhe absorver esse eu angélico." Mas e os outros de nós que não somos profetas? Todos nós, segundo quase toda tradição esotérica, temos um corpo astral. Os sufistas, na verdade, achavam que tínhamos quatro corpos astrais, e várias outras tradições nos atribuem alguma coisa entre dois e cinco. Se os corpos de dois a cinco são ou não algum dia *percebidos*, pode depender de nosso status como profeta, que é um reconhecimento que aproxima mais o corpo astral e seus companheiros de considerações psicológicas que de ocultismo ou filosofia esotérica.

Scholem diz do *Zelem* cabalista que é o princípio de individuação de cada pessoa, de modo que, em alguns sentidos, deve ser nosso corpo mais autêntico, mesmo que só o encontremos no momento de nossa morte. Moshe Idel, o sucessor revisionista de Scholem, um tanto surpreendentemente chega perto de equiparar o *Zelem* com o *golem*, a figura do "antropóide artificial" construída pelo Rabino Yehudah Loew, de Praga. Isso faria do *golem*, como o *daimon* ou "monstro" do Dr. Frankenstein, o duplo ou "fantasma" do cabalista Loew. Às vezes a Cabala se refere ao corpo astral como a "sombra", de modo que Idel proveitosamente nos adverte, embora de maneira implícita, que o *Zelem* ou corpo astral tem um duplo potencial: pesadelo e corpo de ressurreição. A antítese é com demasiada pressa ignorada em nossas atuais "experiências de quase morte", mas fica para ser examinada mais adiante neste livro.

D) Imortalidade e Ressurreição

Se a ênfase deste livro não fosse quase exclusivamente na tradição ocidental, a imortalidade, mesmo sob as sombras do Milênio, dificilmente seria um tema discutível. As tradições orientais, sobretudo indianas, são muito decisivas sobre o que é, para muitos de nós, na melhor das hipóteses, uma perplexidade. A psicologia indiana, por mais dividida que seja em outras questões, tende a insistir em que o eu interior é indestrutível. Esse eu interior é também inativo: segundo o *Baghavad-Gita*, ele não mata nem pode ser morto. Contudo, pode *parecer* ativo, porque está ligado ao corpo sutil ou astral (*linga*), que não é adiado até a agonia e a morte, como tendeu a ser em outras tradições. O corpo sutil age, e parece matar ou ser morto, mas sempre pode voltar de novo. No *Gita*, o guerreiro Arjuna tem um agônico diálogo com o condutor de sua carruagem, Krishna, que é uma espécie de deus mortal. Relutando a entrar em combate contra os seus parentes, amigos e mestres, Arjuna é convencido pelo conselho de Krishna:

> Quem julga esse eu um assassino
> e o que o pensa morto,
> deixam ambos de entender;
> ele não mata, nem é morto.

Não nasce,
não morre;
tendo sido,
jamais deixará de ser;
não nascido, resistente,
constante e primordial,
não é morto
quando o corpo é morto.

Arjuna, quando um homem sabe que o eu
é indestrutível, resistente, não nascido,
imutável, como mata ele
ou faz alguém matar?

O eu individual parece ser aqui misturado, por Krishna, com Brahma, o eu último, universal, mas o que a mente ocidental toma por uma confusão ou amálgama não constitui enigma para Krishna, nem para grande parte do hinduísmo. A morte, para o hinduísmo, leva ao longo e quase interminável processo de transmigração, uma roda de existências. As tradições ocidentais têm seus análogos, quando nada por causa das influências iranianas sobre o judaísmo e depois o Islã, uma vez que os iranianos e indianos têm uma origem comum. *Cosmos, Chaos and the World to Come* [Cosmos, caos e o mundo a vir], de Norman Cohn, que citei antes, defende convincentemente que as visões religiosas iranianas do Milênio e da ressurreição vêm do profeta iraniano Zaratustra (mais conhecido pela forma grega de seu nome, Zoroastro). Certamente, essas visões não brotam diretamente das obras centrais que compõem a Bíblia hebraica, que não fala de imortalidade de uma alma ou eu até que os profetas e salmistas do Cativeiro babilônico cantam seus hinos de Sião. Há só um livro apocalíptico na Bíblia hebraica — Daniel — e esse, como os apocalipses de Enoque nos *Apocrypha*, reflete claramente influências iranianas. As crenças indo-iranianas num eu indestrutível simplesmente não eram fenômenos israelitas. As crenças farisaicas na ressurreição do corpo tomam parte de suas bases de Ezequiel e do Segundo Isaías, porém mais, desconfio, de influências helenísticas. Vimos alguma coisa dos sinais de imortalidade indo-iranianos; as concepções gregas eram um tanto diferentes, e tiveram um efeito mais sutil sobre as opiniões judaicas, e, por conseguinte, sobre as convicções cristãs e islâmicas. Mas essas foram opiniões posteriores ou helenísticas; as opiniões homéricas ou judaicas iniciais são quase igualmente sombrias, e as diferenças entre o Hades e Sheol dificilmente são de arrasar. Há um estudo admirável, publicado postumamente, do erudito virgiliano W. F. Jackson Knight, concluído e editado para publicação por seu irmão, G. Wilson Knight, meu favorito entre todos os críticos literários modernos. Os dois Knights eram espiritualistas convictos, e sua fé peculiar contamina *Elysion: On Ancient Greek and Roman Beliefs Concerning Life After Death* [Elysion: das antigas crenças gregas e romanas sobre a vida após a morte] (1970). E, no entanto, o livro continua sendo admiravelmente esclarecedor, sobretudo do período helenístico em diante, em seus indícios da tendência da tradição clássica em manter uma comunicação praticamente incessante com os mortos. No mínimo, os Knights prestaram o serviço de devolver-nos ao grande livro de E. R. Dodds, *The Greeks and the Irrational* (1951), onde a doutrina do renascimento é vista como o elemento xamanístico na religião grega. O *daimon*, eu oculto ou mágico, é distinguido da psique ou alma, e é o *daimon* que sobrevive para passar por uma seqüência de renascimentos.

Qual a relação entre imortalidade e milênio? Ou, colocando em outros termos, em termos do argumento central deste livro: por que é "não morrer" um dos primeiros augúrios do próximo milênio? Norman Cohn atribui a Zoroastro a responsabilidade última pela criação da consciência milenária, que estaria conosco hoje mesmo que o fim do século 20 não fosse tão iminente. Os Estados Unidos, como mostrarei em meu capítulo final, são inevitavelmente o mais milenarista de todos os países, embora até agora tenham evitado os dois extremos do moderno milenarismo — o fascismo e o marxismo-leninismo.

Mas toda angelologia ocidental me parece, em última análise, dever mais a Zoroastro que a qualquer outro gênio religioso.

A imagem fundamental de Zoroastro é uma separação de toda realidade em duas forças, a sublime Luz de Ohrmazd ou Deus e o abismo de Escuridão associado com Ahriman, a Morte ou o Demônio. O Demônio, embora sendo um compósito de várias tradições, quase nada deve à Bíblia hebraica, e quase tanto a Zoroastro quanto Shelley sugeriu que deve a John Milton.

Nós vivemos numa condição mista, entre a Luz e as Trevas, mas esse dualismo cósmico não é o aspecto crucial do zoroastrismo, embora seja essa a visão popular. Cada um de nós, segundo Zoroastro, tem o que hoje se chama de anjo da guarda, um ser de luz celestial que é nosso protótipo. Nosso confronto com o anjo não é nem empírico nem transcendental; em vez disso, se dá num mundo médio que Henry Corbin chama de "imaginal", que não é nem imaginário nem o que em geral chamamos de "imaginativo", no sentido estético ocidental. Para os zoroastrianos, como para seus descendentes iranianos, os sufistas xiitas, o mundo imaginal, Hurqalya, ou "Terra de Ressurreição", é onde se dá a ressurreição. Apresenta o que Corbin chama de "uma física e fisiologia da ressurreição", que explicarei mais adiante neste capítulo. O que Corbin não se dá o trabalho de dizer parece-me exigir maior ênfase, quando nos aproximamos do Milênio: é esse mundo imaginal ou do meio, e não o supra-sensível reino de Deus, que oferece nossos sinais de imortalidade e a promessa de Ressurreição. Não há, na verdade, diferença pragmática entre essa visão de imortalidade e ressurreição no zoroastrismo ou no Islã iraniano. Há um deslocamento tão grande entre essa visão e nossos modos costumeiros de expectativa e fé em relação ao que queremos chamar de "vida após a vida", que esse contraste exige consideração se quero ir adiante nesta explicação do que se poderia chamar de gnose do mundo a vir. Sei da ironia que é ser o Irã hoje, politicamente, o mais implacável inimigo do Ocidente, e assim a compreensão religiosa de seu legado espiritual pode ter alguma importância pragmática.

Há uma perpétua ambigüidade na relação entre duas idéias que tendemos a identificar numa sociedade cristã ou pós-cristã: imortalidade e ressurreição. Essa ambigüidade nos leva de volta a uma ambivalência fundamental, tanto na história ocidental quanto na teologia cristã: nossas formas de pensar são gregas, nossa moralidade e fé, em última análise, são hebraicas, e muita coisa nas visões grega e hebraica antigas era profundamente antitética. A imortalidade da alma, como geralmente a apreendemos, é uma idéia platônica: seu heróico exemplar é Sócrates. A ressurreição parece ter começado como uma idéia zoroastriana, mas seu desenvolvimento crucial veio com os judeus intertestamentais, e seu grande exemplar é Jesus. A alma socrática não exige ressurreição, porque não pode morrer. Jesus, como os fariseus, acredita que essa alma deve ficar diante de Deus para julgamento, e também como os fariseus, Jesus acredita que seu corpo ressuscitará. Embora a imortalidade grega e a ressurreição judaico-cristã fossem e ainda sejam abundantemente confusas, não me parecem crenças compatíveis. Sigo nisso o teólogo suíço Oscar Cullmann, que, numa famosa conferência em Harvard em 1955, estabeleceu rigorosas distinções entre as idéias socráticas e as cristãs primitivas.

Cullmann lembra-nos que no Novo Testamento somos informados de que a morte é "o inimigo último", enquanto Sócrates saúda a morte como amiga. Para os primeiros cristãos, acrescenta Cullmann, "a alma não é intrinsecamente imortal", mas só se torna imortal pela ressurreição de Jesus Cristo, e pela fé nessa ressurreição. Finalmente, insiste ele, a ressurreição plena virá, mas só quando, no "último dia", o corpo for para sempre ressuscitado. Contudo, nesse meio tempo, a morte é o inimigo de Deus, para Jesus, mas não para Sócrates, e Jesus e Sócrates enfrentam a morte de maneiras de fato bastante diferentes. São Paulo, como os judeus helenistas, parece ter absorvido idéias platônicas de imortalidade, mas não parece haver influência platônica no próprio Jesus, com sua crença inteiramente farisaica na ressurreição: "Ele não é Deus dos mortos, mas dos vivos." Os textos intertestamentais judeus que fundem imortalidade e ressurreição são eles próprios platonizados, mas Jesus, apesar da polêmica do Novo Testamento contra os fariseus falsamente feita em seu nome, parece menos platonizado ainda que os fariseus. Ele está na tradição de "só Javé", mesmo sendo sua visão de Javé extraordinariamente benigna, pelo menos nos trechos dos Evangelhos (e no Evangelho de Tomé) que têm a aura autêntica de sua voz.

Por que os judeus, por mais de mil anos antes dos fariseus, não têm doutrina alguma de imortalidade ou ressurreição? O Javista ou Autor J, o original e mais poderoso (nos sentidos literário e cognitivo) dos escritores hebreus, aceita a morte individual como um fim. Como Homero, os autores bíblicos vêem a existência após a morte como um mero adejar de sombras, seja no Hades de Homero ou no Sheol hebraico. Contudo, houve Enoque, que não morreu, mas foi levado por Javé, e Elias, que também ascendeu, sem a necessidade de morrer. O judaísmo pós-exílio só podia contar com a visão de Ezequiel dos ossos secos tornando a viver, e desconfia-se da ação de um estímulo zoroastriano sobre Ezequiel no exílio. Na época de Judas Macabeu, na luta judia contra os sírios helenistas, a idéia de ressurreição estava em disputa entre os judeus, e Macabeus 2 claramente indica que os macabeus defendiam a ressurreição. Até onde esse interesse era intenso, não está claro para mim: o próprio Jesus (a não ser nos textos gnósticos) não nos diz muita coisa sobre a ressurreição. Os cristãos judeus de Jerusalém, adversários de São Paulo, podem ter tido muito em comum com os cristãos gnósticos um século depois, e assim podem ter visto a ressurreição mais como interior do que como um fato histórico paulino. Como eu já disse, é um dos muitos enigmas extraordinários do Novo Testamento canônico o fato de não nos dizer quase nada do que Jesus disse e fez quando andou com seus discípulos no intervalo entre a Ressurreição e a Ascensão. O gnosticismo, como a gnose americana do mormonismo, tem alguma coisa a dizer desse intervalo, mas evidentemente isso era de pouco interesse para Paulo e os que o sucederam. Sempre me pergunto como os primeiros cristãos podem ter deixado de preservar o texto aramaico de fato dos ditos de Jesus, uma pergunta semelhante ao meu pasmo diante da falta de curiosidade paulina sobre as palavras e atividades do Cristo ascendido.

O primitivo teólogo cristão Orígenes observou que Cristo aparecia não só em seu traje de sempre e de forma transfigurada, mas também "a cada homem como este homem merecia". Orígenes oferece uma entrada à mais complexa pergunta que acompanha a ressurreição de Jesus: ele voltou como fantasma ou como o dogma institucional do cristianismo, uma Encarnação de ressurreição que funde carne e imagem? A visão gnóstica, adotada pelo Corão, é que a Ressurreição foi "docética", quer dizer, aparicional e subjetiva, vista segundo o mérito do observador. Henry Corbin afirma que a manifestação do Jesus ressuscitado depende da capacidade da alma de cada indivíduo de ver uma figura divina: "A intuição dominante é que a alma não é testemunha de um fato externo, mas o meio *no qual* se dá o fato." Como ele diz, o docetismo não é uma doutrina (como a Encarnação), mas uma tendência, que "pode conceber a realidade de um corpo intermediário entre o sensível e o inteligível". Esse Cristo gnóstico foi chamado, em tempos antigos, de "o Anjo Cristo", aparecendo como homem para os homens, como anjo para os anjos, segundo Orígenes. Um Cristo assim exclui quase toda possibilidade de dogma: o parto virgem de Cristo pode ser aceito, ou rejeitado, observa Corbin, porque desapareceu a distinção entre literal e simbólico. O dogma cristão é paulino e pós-paulino; o Jesus do Evangelho pós-gnóstico de Tomé não pode reconciliar-se com o dogma, e jamais entendi por que os estudiosos cristãos quase invariavelmente tendem para Paulo, em vez da igreja de Jerusalém chefiada por Tiago o Justo, irmão de Jesus e, claro, herdeiro de seu legado. Os estudiosos, eles próprios dogmatistas, parecem adorar o lado vencedor da história, e Paulo venceu.

O Islã, em suas origens, representou em parte um retorno da fé dos ebionitas, descendentes dos judeu-cristãos encabeçados por Tiago o Justo. Uns poucos estudiosos, sobretudo Oscar Cullmann e H. J. Schoeps, demonstraram que a primeira igreja de Jerusalém, tão próxima de um autêntico cristianismo primitivo quanto podemos chegar, não precisou do dogma paulino da Encarnação, em que Jesus é ao mesmo tempo Deus e homem, e assim constitui um segundo Adão em substituição ao caído primeiro Adão. Contra isso, os judeu-cristãos, e muitos cristãos gnósticos e místicos muçulmanos, se apegaram à visão de que Adão era um profeta autêntico, não caído, na verdade superior aos anjos, e portanto incapaz de pecado. Em algum ponto por trás disso, e agora indetectável, houve uma primeira gnose judaica, talvez em grande parte uma tradição oral, que iria florescer mais de mil anos depois na Cabala medieval provençal e espanhola. Essa visão última de Adão, preservada depois em textos herméticos e cristãos heterodoxos, foi chamada de doutrina do Deus-Homem, o primevo Ântropos. Às vezes esse Deus-Homem era visto como idêntico ao próprio Deus das alturas, de modo que o Adão terreno parecia uma cópia ou reflexo desse original. Mas outras vezes Deus faz um "Filho do Homem" que é a cópia, e esse Filho do Homem torna-se o paradigma de um terceiro Adão, o protagonista de Gênesis. Também aqui, em algumas versões do mito, o segundo Adão cai (ou é atraído) no terceiro, e assim se torna o *pneuma*, "espírito", "centelha" ou "homem interior", que os gnósticos sempre identificam como o eu profundo.

O Jesus gnóstico, portanto, não exige descendência do Rei Davi, nem precisa de Maria como mãe. Num Evangelho judeu-cristão, Jesus fala do Espírito Santo como sua mãe, que o tomou pelos cabelos e subiu com ele ao Monte Tabor. Só o Anjo Cristo é preexistente, e é a figura capturada pelo Espírito Santo. Não há assim Paixão alguma, só uma Iluminação que é um conhecimento da verdade. Estamos muito perto do Jesus do Corão, quase identificado com o Anjo Gabriel, que deu a Maomé sua revelação. Gabriel, Jesus e Adão são todos formas de Cristo ("o ungido"), e representam todos o Espírito Santo da Profecia. É nessa matriz que a distinção entre "imortalidade" grega e ressurreição hebraico-cristã perde realmente toda persuasão. O Adão do mito de Ântropos *é* imortalidade, e nosso retorno a ele, e dele a nós, é a ressurreição. A ressurreição do corpo é a restauração de Adão.

E) O Corpo de Ressurreição

No eloqüente "Epílogo" de seu *The Body and Society: Men, Women, and Sexual Renunciation in Early Christianity* [O corpo na sociedade: renúncia sexual de homens e mulheres nos primórdios do cristianismo] (1988), o historiador Peter Brown resumiu a ligação entre ascetismo e esperança de ressurreição no fim do século 5 e no 6:

> O corpo humano achava-se à beira de uma poderosa mudança. Nos círculos cristãos, a preocupação com a renúncia sexual jamais se limitara apenas a uma ansiosa luta para maximizar o controle sobre o corpo. Estava ligada a uma heróica e continuada tentativa, por pensadores de formações e estados de espírito amplamente diferentes, de mapear os horizontes da liberdade humana. A luz de uma grande esperança de transformação futura fulgia por trás mesmo das mais austeras declarações de princípios da posição ascética. Para muitos, a continência declarara o fim da tirania da "era presente". Nas palavras de João Crisóstomo, a virgindade deixava claro que "as coisas da ressurreição estão às portas".

Por trás da visão cristã da ressurreição, como demonstra Brown, está a feroz pergunta de São Paulo: "Quem me livrará deste corpo de morte?" Esta foi a formulação cristã que, para os gnósticos cristãos, e para os judeu-cristãos da Igreja de Tiago antes, virou pelo avesso a ressurreição de Jesus. O *Evangelho de Felipe*, gnóstico valentino, respondia: "Enquanto ainda estamos no mundo, cabe-nos conquistar por nós mesmos essa ressurreição." Uma resposta ainda mais sutil foi dada por Orígenes de Alexandria, no século 3, pois ele não era nem encarnacionista dogmático nem gnóstico:

> Orígenes legou a seus sucessores uma visão da pessoa humana que continuou a inspirar, fascinar e consternar todas as gerações posteriores. Ele transmitiu, acima de tudo, um profundo senso da fluidez do corpo. Aspectos básicos dos seres humanos, como sexualidade, diferenças sexuais e outros atributos aparentemente indestrutíveis da pessoa ligados ao corpo físico pareciam a Orígenes não mais que

> provisórios. O presente corpo humano refletia as necessidades de um único e restrito momento, na marcha do espírito para voltar a uma identidade anterior, ilimitada. (Brown, p. 167.)

Uma visão tão fluida era coerente com a idéia de Orígenes, citada antes, de que o Jesus ressuscitado aparecia aos homens como homem, e aos anjos como anjo. Orígenes, desejando preservar uma identidade entre nossos corpos naturais e nossos corpos ressuscitados, seguia a observação de Jesus em Lucas 20:36, de que na ressurreição somos "iguais aos anjos". Como em Platão, os dois corpos têm um elemento de "éter", ou ar, mas os ressuscitados são mais etéreos, mais sutis, embora retendo "a forma característica" de nossos corpos animais. A identidade literal entre os dois corpos, insistência dogmática da maioria dos patriarcas da Igreja, é descartada por Orígenes, que vê a ressurreição como a união da alma com uma identidade purificada. Uma forma interior, como um grão de trigo, é semeada em nossos corpos, e dela virá a ressurreição do corpo, talvez não exatamente com a mesma aparência que tínhamos antes. O bondoso e arguto Orígenes evitava assim a peculiar pergunta feita por Tertuliano: "Que utilidade terá todo o corpo, quando todo o corpo se tornar inútil?" Como os outros patriarcas, Tertuliano não tinha resposta, a não ser dizer que na presença de Deus não haveria ociosidade!

O contraste entre Orígenes e Tertuliano pode servir de prelúdio a uma discussão das dificuldades que envolvem todas as especulações sobre nossos corpos numa ressurreição geral. Caroline Walker Bynum, em *The Ressurrection of the Body in Western Christianity, 200-1336* [A ressurreição do corpo no cristianismo ocidental, 200-1336] (1995), esboça os debates da patrística, que foram da época de Tertuliano (por volta de 200) até a de Orígenes e Agostinho (por volta de 400). A intuição interpretativa da autora estabelece muitas das continuidades entre as "imagens de sementes" nos patriarcas da Igreja e a curiosa proliferação de imagens semelhantes em nossa atual cultura popular. Na tradição cristã, a imagem começa com Paulo em I Coríntios 15, onde um corpo natural é semeado, mas nasce como um corpo espiritual. Que *é* um corpo espiritual? O estudo de Caroline busca resolutamente uma resposta materialista, assim como Henry Corbin, para seus sufistas xiitas, busca um mundo imaginal a meio caminho entre o material e o espiritual. Uma resposta puramente espiritual não parece servir à nossa era, quando tantas das demarcações entre o material e o imaginal tendem a desaparecer, à medida que nossa "ciência" se torna mais auto-reflexiva. No contexto das imagens materialistas medievais de ressurreição, Caroline pergunta, um tanto deliciosamente: "Por que a reconstituição do meu dedão do pé ou unha é uma recompensa por virtude?" Ela pergunta isso no espírito de Orígenes, e também de Tomás de Aquino mil anos depois de Orígenes, que buscaram ambos uma solução não material para o problema da preservada identidade na ressurreição.

A visão de Orígenes continua sendo condenada pela Igreja, e mesmo Aquino foi condenado, nesse aspecto, embora justificado pela igreja uma geração depois. Mas a ênfase principal católica, até hoje, continua materialista, embora apenas no puro bem do dogma, por assim dizer. Os católicos e os protestantes dominantes contemporâneos dizem igualmente acreditar na ressurreição, mas em geral se referem a uma sobrevivência que envolve alguma entidade fantasmal. Os fanáticos americanos de nossas espécies nativas retornam com mais freqüência à crença mais antiga na ressurreição do corpo, e muitos deles na verdade, como os antigos gnósticos, já experimentaram ressurreição nesta vida. Afirmei em outra parte (em *The American Religion* — A religião americana, 1992) que há um generalizado *conhecimento* americano, quase uma gnose no sentido antigo, de que nosso eu mais profundo não é parte da criação, mas tão antigo quanto Deus, pois é uma centelha ou partícula de Deus. Os americanos realmente acreditam que Deus os ama, e com freqüência interpretam isso como querendo dizer que eles andaram com Jesus, o Jesus que andou com seus discípulos num intervalo de quarenta dias entre a Ressurreição e a Ascensão. Retorno aqui à minha afirmação de que o Novo Testamento, e o dogma cristão depois, não nos dizem quase nada sobre esses quarenta dias:

> Aos quais também, depois de ter padecido, se apresentou vivo, com muitas e infalíveis provas, sendo visto por eles por espaço de quarenta dias, e falando do que respeita ao Reino de Deus.*
>
> Atos dos Apóstolos 1:3

* *Tradução do Padre João Ferreira d'Almeida. [N.T.]*

Que era, que é isso que respeita ao reino de Deus? Onde o cristianismo dogmático se manteve calado ou evasivo, a tradição heterodoxa soube responder, ou pelo menos especulou. Os textos apócrifos e gnósticos atingiram sua apoteose nas extraordinárias "palavras secretas de Jesus" protognósticas, no *Evangelho de Tomé*, que prometem a ressurreição por um ato de compreensão: "quem descobrir a interpretação destas palavras não provará a morte". Composto supostamente no fim do século 1, talvez na Síria, o *Evangelho de Tomé* bem pode incluir palavras autênticas de Jesus que não se encontram em outra parte. Não há dogma no *Evangelho de Tomé*: Jesus é um mestre da sabedoria, que não vai ser crucificado e depois ascender aos céus. Não precisa de ressurreição, porque proclama que a ressurreição está em toda a nossa volta. Como faz o mais alto louvor a seu irmão, Tiago o Justo, chefe da Igreja Judeu-Cristã, suponho que isso deve ter sido um texto desse grupo, mas depois revisado e muito provavelmente censurado por um monge ascético sírio. Em espírito, porém, o *Evangelho de Tomé* habita esse intervalo de quarenta dias de que falam os Atos, um intervalo já indefinidamente ampliado nas palavras secretas de Jesus, e quase infinitamente ampliado pelos fanáticos americanos, que o vêem como o presente atemporal.

Uma maneira de ver como se torna realmente radical o *Evangelho de Tomé* no mundo ocidental que ainda professa abertamente o cristianismo institucional e histórico é compará-lo com a interpretação do "corpo espiritual" por Santo Agostinho. Em *A Cidade de Deus*, Agostinho diz que esse corpo espiritual só é nosso próprio corpo quando "sujeito ao espírito, oferecendo pronta e maravilhosa obediência total". No *Evangelho de Tomé:*

> Disse Jesus: "Eu sou o vosso mestre. Porque bebestes, ficastes embriagados com a borbulhante fonte que ofereci."

Embriaguez é um tanto diferente de obediência; pode-se ser obediente no mundo físico ou espiritual, mas não no ampliado intervalo de ressurreição, que é um mundo imaginal no sentido um tanto rigoroso extraído por Henry Corbin de seus precursores sufistas. Quando Enoque andou com Deus, e depois não mais era, porque Deus o levou, estamos no mundo médio, o reino do corpo de ressurreição, dos anjos dos sonhos proféticos, do andar com Jesus, de gnoses pelas eras afora. Como diz Corbin, esse poder mediador do imaginal é uma força cognitiva em si, embora não reconhecida pelos modelos da filosofia. Estamos num reino intermediário entre a pura matéria e o puro espírito. Empiristas e sobrenaturalistas igualmente podem descartar essa esfera média como ficção, mas homens e mulheres de imaginação, com tendências literárias ou não, reconhecem que o mundo imaginal existe, e não é fantasia nem realização de desejos. Afasto as questões da prece quando faço estas observações, que não têm intenções gnósticas nem agnósticas. A imaginação da ressurreição do corpo não precisa ser prece nem poema, nem um mergulho desesperado na revivificação material; não precisa ser mito nem metáfora, nem parte de um culto junguiano de um Inconsciente divinizado. Para citar uma tradição bastante diferente da dos sufistas de Corbin, volto-me para *A rosa de treze pétalas*, do grande talmudista Adin Steinsaltz (edição americana, 1980). O título refere-se ao trecho de abertura do *Zohar*, ele próprio um comentário sobre o Cântico dos Cânticos: "Como a rosa entre os espinhos, assim é meu amor entre as donzelas" (2:2). Evitando grande parte do vocabulário técnico da Cabala, Steinsaltz começa com um capítulo sobre os quatro "Mundos" segundo a Cabala: "emanação", "criação", "formação" e "ação", do superior para o inferior. "Ação" é o reino empírico, enquanto "formação" é o mundo imaginal, onde a Cabala e Steinsaltz põem os anjos. Sem entrar no angustiante problema de como fontes judaicas, aristotélicas, neoplatônicas e possivelmente até indianas e iranianas se fundem, tanto no sufismo como na Cabala, pode-se observar que Steinsaltz segue fielmente o plano zohárico. O mundo da emanação pertence às dez Sefirot, os blocos de montar básicos da Cabala, enquanto o mundo da criação se centra no Trono e na Carruagem (*Merkabah*) de Deus. O mundo da formação centra-se em Metatron, outrora Enoque, o príncipe dos anjos, e o mundo da ação ou do fazer é o da percepção comum. Steinsaltz enfatiza cativantemente, como o faz Corbin em sua explicação do mundo imaginal sufista, que nossa percepção dos anjos pode ser exatamente tão comum quanto se esses mensageiros habitassem inteiramente o mundo da ação:

> A criação de um anjo em nosso mundo e a imediata relegação desse anjo a outro mundo não é, em si, de modo algum um fenômeno sobrenatural; é parte de um conhecido reino de experiência, um pedaço integral da vida, que até pode parecer ordinário e comum por seu tradicional enrai-

zamento no sistema de *mitzvot* [boas obras], ou na ordem de santidade. Quando estamos no ato de criar o anjo, não temos percepção do anjo sendo criado, e esse ato parece ser parte de toda a estrutura do mundo material prático em que vivemos. Do mesmo modo, o anjo que nos é mandado de outro mundo nem sempre tem um significado ou impacto além das leis normais da natureza física. Na verdade, muitas vezes acontece que o anjo precisamente se revela na natureza, no mundo sensível comum de causalidade, e só uma intuição profética ou adivinhação pode mostrar quando, e em que medida, isso é obra de forças superiores. Pois o homem, por sua própria natureza, está ligado ao sistema de mundos superiores, embora em geral esse sistema não lhe seja revelado nem conhecido. Em conseqüência, o sistema de forças superiores parece-lhe natural, do mesmo modo como sua existência bilateral, incluindo matéria e espírito, lhe parece evidente por si mesma. O homem não se maravilha de modo algum com as passagens que faz todo o tempo no mundo de ação, do reino da existência material para o da existência espiritual. E o que é mais, o resto dos outros mundos que também penetram o nosso pode parecer-nos parte de alguma coisa muito natural. Pode-se dizer que as realidades do anjo e do mundo de formação fazem parte de um sistema de ser "natural" tão ligado à lei quanto aquele aspecto da existência que podemos observar diretamente. Por conseguinte, nem a existência do anjo, nem sua "missão", levando-o de mundo em mundo, precisam irromper na realidade da natureza no sentido mais amplo da palavra. (Steinsaltz, pp. 15-16.)

Essa "intuição ou adivinhação profética" é o imaginal em ação interpretando o que, em essência, é nossa existência comum (e lugar-comum). Que acontece quando tal intuição ou adivinhação interpreta nossos corpos? Os sábios sufistas de Corbin se satisfizeram com apenas três mundos, fundindo os dois reinos superiores que os cabalistas chamavam de emanação e criação num único domínio de Inteligências puras. Isso deixava o reino do meio — o do imaginal, lugar de anjos e almas —, e o inferior, — o mundo sensível de objetos materiais. O amor, em todos os sentidos que não o que Freud chamou de impulso sexual, claramente habita o mundo de formação ou imaginal. Diz Corbin: "Não se penetra no Mundo Angélico por arrombamento", uma observação igualmente aplicável ao domínio do amor. Interpretando o corpo do outro, o amor participa de uma adivinhação ou intuição que deve ser chamada de "profética". O que o sufismo (e o gnosticismo cristão antes) chama de corpo de ressurreição é o que muitos de nós encontramos, em alguns raros momentos de nossas vidas, como o corpo do amor. Há admiráveis evocações desse corpo nos maiores poetas, Dante e Shakespeare em particular, mas para uma explicação mais sistemática eu sigo Henry Corbin ao basear-se no Xeque Ahmad Ahsa'i, fundador xiita iraniano da escola sufista Shaikhi. O xeque, que morreu em 1826, expôs uma doutrina com elementos de hermetismo, neoplatonismo e gnosticismo fundidos no que Corbin chama de "alguma coisa semelhante a uma física da ressurreição e uma fisiologia do 'corpo de ressurreição' ". Mesmo sem entrar em seus detalhes técnicos (e esotéricos termos iranianos), o retrato imaginal que o xeque faz do corpo da ressurreição mantém um poder de persuasão e coerência lamentavelmente ausente em nossos equivalentes da Nova Era.

Todo ser humano, comenta Corbin, possui quatro aspectos de um corpo. Ele os mapeia, e eu os adapto aqui de forma simplificada:

(1) O "elemental", ou corpo visível, aquele que podemos ver, tocar e pesar: é acidental e perecível. Chamemo-lo de "corpo visível", por conveniência.

(2) Dentro de (1) há um corpo oculto, também elemental mas essencial e imperecível: "carne espiritual", como o chama Corbin, o que adotarei.

(3) O tradicional "corpo astral", não elemental mas ainda acidental, não duradouro, porque será reabsorvido pela divindade na ressurreição. Vou chamá-lo de "corpo astral" mesmo.

(4) O corpo eterno, sutil, essencial e angélico, a garantia última de individualidade, e semelhante ao *Zelem* da Cabala e ao "corpo imortal" dos textos herméticos. Chamemo-lo de "corpo angélico".

Quais são as vantagens, espirituais e expositivas, desse quádruplo esquema? Sua acrescida complexidade é dar-nos duas versões da tradição do corpo astral, "astral" mas não eterno, e "angélico" ou duradouro. A relação entre "corpo visível" e "carne espiritual" é paralela à entre "corpo astral" e "corpo angélico". Como o Islã sunita, ortodoxo, interpretou o Corão tão literalmente quanto muitos cristãos lêem o Novo Testamento, a ressurreição para eles significa o retorno do "corpo visível", exatamente como era. Mas na visão sufista xiita, tanto o "corpo visível" quanto o "corpo astral" um dia desaparecerão, enquanto uma fusão da "carne espiritual" com o "corpo angélico" no fim permanece. Essa "carne espiritual" é equivalente à antiga metáfora gnóstica da "centelha" ou ser mais interior, que não é parte da criação mas já uma partícula de Deus, pois é tão antiga quanto Ele. Quando os gnósticos, antigos e modernos, falam de ressurreição como já tendo ocorrido, querem dizer que distinguem firmemente entre o corpo externo e a centelha. O "corpo angélico" sufista é semelhante ao antigo "Anjo Cristo" gnóstico, a forma realizada das centelhas sobreviventes. Mas ainda resta a distinção imaginal sutil entre os corpos "astral" e "angélico". Que temos a ganhar recorrendo a essa distinção?

Em essência, os shaikhis renovam completamente a antiga diferença gnóstica entre alma (ou *psique*) e eu (ou *pneuma*, ou centelha). O "corpo astral" é como a alma gnóstica, e ambos são transitórios. A centelha ou "carne espiritual" sobrevive e torna a juntar-se a uma alma mais autêntica, numa fusão de eu e alma angélica que é na verdade o corpo de ressurreição, e isso assegura uma sobrevivência da identidade individual, dispensando ao mesmo tempo o acidental "corpo visível" e a alma acidental ou "corpo astral". Quaisquer que sejam as novas dificuldades envolvidas nessa concepção do corpo de ressurreição, adquirimos uma compreensão imaginal da convicção e conhecimento espirituais de que se pode experimentar o que é ser "carne espiritual" nesta vida. Para explicar essa compreensão, volto-me agora para um capítulo sobre a própria gnose, em quatro de suas maiores personificações históricas: hermetismo, gnosticismo cristão, sufismo e Cabala.

Capítulo 4

GNOSE

A) O Corpus Hermeticus: Homem Divino

Mais atrás neste livro discuti a fundida identidade de cinco figuras: Seth, filho de Adão, o patriarca hebreu Enoque, anjo Metatron, o deus greco-egípcio Hermes e o anjo muçulmano Idris. O hermetismo não foi nem a primeira gnose nem o primeiro gnosticismo, mas sempre atuou como o espírito de fusão entre diferentes tradições esotéricas. Em muitos aspectos, nossas atuais preocupações milenárias — com anjos, sonhos telepáticos, experiências fora do corpo e de quase morte — podem ser chamadas de hermetismo americano. Os estudiosos chamam a doutrina greco-egípcia de Hermes, a original, pelo nome de "hermetismo", para distingui-la de suas descendentes renascentistas e modernas, e seguirei esse exemplo aqui.

O hermetismo parece ter sido um movimento religioso pagão, provavelmente bem pequeno, na Alexandria helenista do século 1 de nossa Era Comum. O melhor estudo dele é *The Egyptian Hermes* [O Hermes egípcio], de Garth Fowden (1986), e existe uma soberba tradução para o inglês dos textos sobreviventes, a *Hermetica*, de Brian P. Copenhaver (1992). Juntos, Fowden e Copenhaver fizeram pelo hermetismo o que Gershom Scholem fez e Moshe Idel continua fazendo pelo cabalismo, e o que Henry Corbin fez para o sufismo xiita: cada um deles estabeleceu a base de todo estudo futuro. O gnosticismo, um fenômeno mais complexo e intrigante que qualquer um desses, teve uma dezena de estudiosos famosos, entre os quais se destacou sobretudo Hans Jonas. O hermetismo, embora provavelmente tenha começado como coisa de alguns punhados de intelectuais pagãos, talvez seja a mais influente de todas essas tradições, pelo que só se podem citar os famosos erros de sua datação e natureza.

É provável que quem tenha estado dentro de uma extraordinária catedral em Siena, Itália, se lembre do admirável quadro de "Hermes Mercurius Trismegistus", pintado por Giovanni di Stefano em 1488. "Esse Hermes Três Vezes Maior" teve seu lugar numa catedral católica porque em 1462 Cosimo de Medici, da grande casa governante florentina, contratou o humanista Marsilio Ficino para traduzir a *Hermetica* do grego para o latim. Cosimo e Ficino, e seus contemporâneos, acreditavam que os textos herméticos haviam sido compostos no Egito na época do nascimento de Moisés, de modo que eram mais antigos que os Cinco Livros de Moisés, e na verdade eram tidos como constituindo a "teologia antiga". Acreditava-se que o suposto autor, Hermes, profetizara o nascimento e ruína do judaísmo, a vinda de Cristo e o Juízo Final e Ressurreição Geral. Só em 1614 o estudioso Isaac Casaubon demonstrou que a *Hermetica* não se constituía de obras anteriores a Moisés. O final do século 15 e todo o 16 foram impregnados por um fervor hermético que atingiu um ponto apocalíptico no grande mago Giordano Bruno, martirizado pela Igreja por substituir Cristo por Hermes. Muito depois das denúncias de Casaubon, o hermetismo continuou sendo a base da alquimia e ocultimo europeus.

O hermetismo original parece-me muito mais vital que seu descendente renascentista, e em muitos aspectos ainda continua em grande parte conosco. A Luz ou pessoa de Luz que recebe nossos atuais sobreviventes da "experiência de quase morte" é o próprio Hermes egípcio, o psicopompo que nos conduz à terra dos mortos. Ainda se pode aprender muita coisa valiosa com a leitura cuidadosa da *Hermetica*, reunião de tratados na verdade compostos no Egito helenista lá pelo fim do século 1 da Era Comum, que é quando o Evangelho de João, o mais tardio dos quatro, foi escrito. Apesar de platonistas pagãos, os primeiros hermetistas foram muito afetados pelo judaísmo helenístico e suas alegorizações da Bíblia, e a gnose no núcleo da *Hermetica* nos lembra de novo que o gnosticismo foi uma heresia judaica antes de tornar-se uma heresia cristã. Os mitos judaicos de um Primeiro ou Primordial Adão, Ântropos ou Homem, informam o centro do hermetismo, como no final da *Hermetica X*, o discurso de Hermes Trismegistus chamado de "A Chave":

> Pois o ser humano é uma coisa divina, não comparável às outras coisas vivas da terra, mas às do céu acima, chamadas deuses. Ou melhor — se nos atrevemos a dizer a verdade

— aquele que é de fato humano está acima desses deuses também, ou pelo menos são inteiramente iguais uns aos outros em poder.

Pois nenhum dos deuses celestes descerá à terra, deixando para trás as fronteiras do céu, mas o ser humano ascende ao céu e o mede e sabe o que há em suas alturas e funduras, e entende tudo mais exatamente e — acima de tudo isso — chega a estar lá em cima sem deixar a terra para trás, tão enorme é seu alcance. Por conseguinte, devemos ousar dizer que o ser humano na terra é um deus mortal, mas que deus no céu é um ser humano imortal. Através desses dois, portanto, cosmo e humano, tudo existe, mas existe pela ação do um.

Garth Fowden comenta como era diferente essa forma hermética de divinização de um mero rito de passagem para a morte, juntando-se o homem assim a uma pluralidade de deuses. Como o homem Divino do neoplatônico Plotino, o hermetista é assemelhado ao próprio Deus, mas então "deve descer do intelecto para a razão", após ter sido Deus. O hermetista difere dos neoplatônicos porque, como o judeu e o cristão, ele *conhece* Deus. A natureza desse conhecimento alia o hermetismo ao gnosticismo judeu e cristão, como modos *experienciais* de religião cujo único objetivo é abolir a ignorância para aprender a verdadeira natureza da origem. No famoso primeiro discurso da *Hermetica*, o *Poimandres*, a origem funde Criação e Queda no autêntico modelo gnóstico:

A Mente, o pai de tudo, que é vida e luz, deu à luz um homem como ele mesmo, a quem amava como seu próprio filho. O homem era belíssimo: tinha a imagem do pai; e deus, que era de fato apaixonado por sua própria forma, legou-lhe todas as suas habilidades. E depois que o homem observara o que o artesão criara com a ajuda do pai, também desejou criar alguma coisa, e o pai concordou com isso. Entrando na esfera do artesão, onde iria ter toda autoridade, o homem observou as artes de seu irmão; os governadores amaram o homem, e cada um deu uma parte de sua própria ordem. Aprendendo bem a essência deles e partilhando de sua natureza, o homem desejou romper a

> circunferência dos círculos para observar o domínio daquele que recebera poder sobre o fogo.
>
> Tendo toda autoridade sobre o cosmo dos mortais e animais irracionais, o homem rompeu a abóbada e curvou-se para olhar pela moldura cósmica, assim exibindo para a natureza inferior a forma de deus. A natureza sorriu de amor quando viu aquele cuja formosura não farta (e) que tem em si toda a energia dos governadores e a forma de deus, pois na água ela viu a forma da belíssima forma e sobre a terra a sua sombra. Quando o homem viu na água a forma que ele tinha na natureza, adorou-a e habitou a forma irracional. A natureza apoderou-se de seu amado, envolveu-o e abraçou-o todo, pois eram amantes.
>
> Por causa disso, ao contrário de qualquer outra coisa viva na terra, a humanidade é dupla — mortal no corpo mas imortal no homem essencial. Embora seja imortal e tenha autoridade sobre todas as coisas, a humanidade é afetada pela mortalidade porque está sujeita ao destino; assim, embora o homem esteja acima da moldura cósmica, tornou-se um escravo dentro dela. É andrógino porque vem de um pai andrógino, e jamais dorme porque vem de alguém que não tem sono. No entanto, o amor e o sono são seus amos.

Esta é a versão gnóstica da Gênese judaica, mas não uma violenta revisão ou negação dela, como as encontradas no gnosticismo cristão do século 2 da E.C. O visionário hermetista lamenta nossa Queda em "Amor e Sono", em que o cosmo adquire domínio sobre nós, mas somos nós os culpados, por nosso narcisismo, enquanto a "Mente, o pai de tudo", é implicitamente absolvida de culpa. E no entanto, qual é o processo de forma tão impressionante representado aqui? Dão-nos a história central de todo gnosticismo, a Queda do Ântropos, o Homem Primal ou Adão-Deus, na forma do Adão inferior, nós. Doutrinados como somos por versões judaicas e cristãs desse fato, ou pelas iradas inversões dessas histórias, é provável que a princípio sejamos embalados pelo tom equânime dessa versão hermetista. Seu efeito é sutil e nostálgico, e também sobrenaturalmente tranqüilo, embora descreva mais uma catástrofe que uma Queda Afortunada. Ser intoxicados pelo abraço da natureza no que chamamos mais natural em nós, nosso sono e nossos desejos sexuais, é ao mesmo tempo um destino agradável e infeliz, pois o que permanece imortal em nós é ao mesmo tempo andrógino e insone.

O gnosticismo pagão dos hermetistas é muito mais suave e resignado em relação a esse paradoxo do que qualquer coisa encontrada no gnosticismo judaico ou cristão. Serão precisos alguns sábios sufistas, como veremos, para restaurar a pungência da dupla atitude hermética em relação à queda do Homem Divino. O Homem de Luz sufista, um Hermes restaurado, está muito próximo da imagem milenar que ronda os Estados Unidos nos anos finais de nosso século. O renascimento espiritual na Religião Americana, em qualquer credo ostensivo, está muito mais próximo dos padrões do hermetismo que do cristianismo doutrinal, europeu. A Autodependência de Emerson continua sendo o modo americano de Autoconhecimento, e é essencialmente hermético, não cristão. A iniciação no renascimento espiritual americano inicia um processo no qual nos tornamos "curados, originais e puros", na liguagem do "Passage" de Hart Crane, onde nos prometem "uma infância melhorada". Fowden, explicando o hermetismo, é perfeitamente adequado às versões evangélicas americanas do Segundo Nascimento: "O renascimento, enfaticamente, não é uma repetição de um nascimento físico, mas um desabrochar num novo plano de existência antes inatingido, e mesmo insuspeitado, embora potencialmente ao alcance."

B) Gnosticismo Cristão: Valentino e a Ressurreição

Muitos significados diferentes podem estar envolvidos quando a maioria de nós afirma: "Eu creio em Deus", ou "Eu creio que Jesus Cristo foi e é o Filho de Deus", ou "Não há outro Deus além de Alá, e Maomé foi o selo dos Profetas", ou "Eu creio na Aliança". A crença em que alguma coisa foi, é e será assim é o que em geral chamamos de fé, o modo de religião ocidental, em suas principais correntes, que se pode remontar à figura de Abraão, uma vez que judaísmo, cristianismo e Islã são todos "filhos de Abraão". A fé é um modo muito diferente do conhecimento, por mais ambíguo que possa ser o conhecimento na esfera religiosa. Se a fé assegura que *é* conhecimento, uma tal afirmação continua sendo diferente de um saber que se opõe à crença, na convicção íntima de que saber é um caminho mais autêntico para Deus. Quando o saber se representa como mútuo, em que Deus conhece o eu profundo como este conhece Deus, abandonamos a crença pela gnose. Este livro trata, essencialmente, da gnose, seja ela esotérica ou popular, antiga ou moderna. Apenas num sentido secundário também se refere ao gnosticismo, uma tradição herética que surgiu dentro das primeiras eras da religião hebraica, e que foi transmitida a aspectos do cristianismo e do Islã. Havia (e há) uma coisa que se pode chamar, na expressão de Hans Jonas, "religião gnóstica", que depende da gnose, mas a gnose não tem de conduzir a qualquer gnosticismo específico.

Como as várias fés dos filhos de Abraão continuam a manter seu status institucional, a gnose e o gnosticismo muitas vezes são desprezados, por estudiosos normativos ou jornalistas neoconservadores. Historicamente, a religião normativa ocidental tem muita coisa inumana a expiar; a religião gnóstica, jamais no poder, está isenta de culpa. O gnosticismo e a gnose foram um dia fenômenos elitistas: religião para relativamente poucos, na maioria das vezes intelectuais. Não vejo por que deplorar isso, ou exaltar: a imaginação espiritual dificilmente é um dom universal. Blake, que tinha sua gnose própria, opinava que uma lei para o leão e para o boi era opressão, acrescentando que o que se podia fazer explícito ao idiota não merecia a sua atenção. Até onde se pode tornar explícita a gnose é um considerável enigma para mim, mas faz parte do desafio que tento enfrentar neste livro. Como explicar a gnose para aqueles que muito possivelmente já a experimentaram, mas não sabiam que sabiam, ou o que era sabido, por eles ou deles? Outrora fenômeno elitista, a gnose foi domesticada nos Estados Unidos há dois séculos, de modo que temos o paradoxo de um país gnóstico que não sabe que sabe.

A experiência da gnose é um fenômeno variado: nosso conhecer pode ser provocado por um momento de absoluta solidão, ou pela presença de outra pessoa. Pode-se estar lendo, ou escrevendo, vendo uma imagem ou uma árvore, ou apenas olhando para dentro de si. A gnose, embora relacionada tanto ao misticismo quanto à sabedoria, é bastante distinta dos dois. O misticismo, embora surja de muitas formas, não se opõe de modo algum à fé; talvez na verdade seja a mais intensa forma de fé. A sabedoria, no sentido bíblico, está aliada à profética recepção de um Deus que domina nosso mundo, visto como tendo-se separado de sua criação original. A gnose concede-nos conhecimento com um Deus desconhecido deste mundo e distante dele, um Deus no exílio de uma falsa criação que, em si, constituiu uma queda. Nós mesmos, no conhecer e ser conhecidos por esse Deus alienado, passamos a ver que originalmente nosso eu mais profundo não fez parte da criação-queda, mas remonta a um arcaico tempo antes do tempo, quando esse eu mais profundo era parte de uma plenitude que era Deus, um Deus mais humano que qualquer um cultuado desde então.

Sei muito bem que minha última frase necessita de muito desdobramento, mas foi destinada a esse fim, porque a gnose é, inteiramente, a doutrina do eu profundo ou mais profundo. A gnose, em essência, é o ato de distinguir a psique ou alma do eu profundo, um ato de distinção que é também um reconhecimento. Não podemos fortalecer nossa psique sem reatar conhecimento com nosso eu original, comparado ao qual nossa psique é apenas um resto, um sobrevivente ferido. Peter Brown, em *The Body and Society* [O corpo na sociedade] (1988), seu estudo de "Homens, Mulheres e Renúncia Sexual nos Primórdios do Cristianismo", expressa isso sucintamente, numa análise da doutrina gnóstica de Valentino:

> Mesmo a alma, a psique, o eu consciente, ocorreu como uma reconsideração. Envolveu o espírito lúcido num denso nevoeiro de dúvida, ansiedade e paixão. O irredimido vivia num pesadelo desperto. Todo pensamento humano, mesmo a mais profunda busca religiosa, era crivado de incerteza e deslocada ambição. Só o espírito tinha o direito de existir. Remexia as profundezas do iniciado com "fermento" cego, insistente, que traía sua origem distante no Lugar de Plenitude. O espírito, o *pneuma*, era a pessoa verdadeira (p. 109).

A questão de toda gnose (e de todo gnosticismo) é de fato "a pessoa verdadeira". Nós temos um vício, nos Estados Unidos, que envolve a busca de um eu autêntico, em nós mesmos e em outra pessoa. Nossa obsessiva fome de "informação" é o lado de sombra dessa busca. A pergunta reducionista: "Como é ele ou ela na verdade?" move hoje nosso jornalismo. A caça ao verdadeiro eu pode ser ouro de tolo; a realidade recua com a mesma rapidez com que procuramos pegá-la. Buscar as origens históricas do gnosticismo é mais ou menos assim: quanto mais perto chega o estudioso, mais fugidio parece tornar-se o fenômeno. O "gnosticismo" como termo não existia antes do século 17, mas não podemos evitar usá-lo quando meditamos sobre essa tendência original, ou religião, ou heresia, ou o que quer que prefiramos chamá-la. Apesar de sua rebelião contra o judaísmo normativo, ou paradoxalmente por isso mesmo, é provável que o gnosticismo tenha tido origem judaica. Com grande respeito por Hans Jonas, cujos textos sobre gnosticismo me influenciaram profundamente, vou contra ele nesta questão. Desconfio de que o cristianismo gnóstico começou com o próprio Jesus, e com os cristãos judeus chefiados por seu irmão Tiago, após a morte dele. Se Jesus era essencialmente um gnóstico, como se portou ele com essa atitude? Que é que torna tão convincente o Jesus gnóstico do *Evangelho de Tomé*?

Antes que existissem os ebionitas ou cristãos judeus, havia tradições judaicas que exaltavam Adão como um ser superior aos anjos, e portanto como o Verdadeiro Profeta ou *Christos*, o Anjo Cristo. Essa exaltação me parece parte da fundação de toda gnose, incluindo manifestações perdidas no abismo do tempo, na religião judia pré-javista, arcaica, da qual necessariamente quase nada conhecemos. A Alexandria, no século 2 de nossa era, foi o caldeirão onde o gnosticismo cristão se misturou em suas várias formas, como tinham sido o gnosticismo secular do hermetismo e um ainda muito discutido gnosticismo judaico. Mas as origens do gnosticismo judaico não estavam em Alexandria: a suposição racional é que já existia na Palestina. Os heresiólogos cristãos, sem dúvida para seus próprios fins polêmicos, concederam o que consideraram a dúbia honra de ser o primeiro gnóstico ao samaritano Simão Mago, uma figura que não mais se destaca facilmente de sua extraordinária lenda, a história de Fausto. Como contemporâneo de João Batista e Jesus, Simão de Samaria partilha um pouco da mágica aura deles. Um mago era um mágico ou taumaturgo, e tem havido suposições de que o mágico Simão era, como Jesus, inicialmente discípulo de João Batista, talvez mesmo um rival declarado do mágico Jesus.

No século 1 antes da Era Comum, os judeus da Palestina estavam consideravelmente helenizados, embora não na medida dos judeus alexandrinos, que falavam grego e liam a Torá nessa língua. Talvez precisemos de uma fórmula obscura para explicar o gnosticismo judeu palestino, os *minim*, ou hereges gnósticos, como os rabinos os chamavam. É um lugar-comum dizer que o gnosticismo judeu palestino se transmutou em expectativa apocalíptica: daí o Livro de Daniel e os de Enoque. Que aconteceu com os fracassados apocalípticos judeus? Evidentemente, tornaram-se gnósticos: assim, o gnosticismo teria começado como uma heresia judaica, mais do que cristã. Moshe

Idel supôs que o posterior gnosticismo judeu da Cabala medieval era, em essência, uma renovação de antigas teosofias judaicas, sobretudo de uma "antiga teurgia judaica", para invocar ou mesmo fortalecer Deus. Na opinião de Idel, que me convence, o próprio gnosticismo, mesmo em suas manifestações do século 1, foi também um retorno a teosofias arcaicas. Os céticos que argumentam contra a posição de Idel gostam de observar que só havia um punhado de misteriosas referências aos *minim* pelos grandes rabinos, como Tarphon e Ismael, em oposição aos copiosos inventários dos primeiros patriarcas da igreja dedicados aos gnósticos cristãos. Isso me parece um tributo à imensa argúcia dos rabinos, que se recusaram até mesmo a mencionar os hereges, esperando com isso sepultá-los para sempre. O silêncio rabínico, mais ainda que a denúncia patrística, foi imensamente bem-sucedido em seu plano de suprimir o que Idel chama de "controvérsia interna no pensamento judeu".

Contudo, continua sendo verdade que todos os textos gnósticos antigos que hoje possuímos, em todo ou em parte, representam o gnosticismo cristão do século 2 da Era Comum. Um autor e pensador religioso de gênio se destaca da pura má escrita e excesso de fantasia mística da maior parte da literatura gnóstica cristã. Essa extraordinária figura é Valentino de Alexandria, que viveu de cerca de 100 a 175 E.C. Não sabemos precisamente como ele chegou ao seu gnosticismo, nem mesmo se nasceu cristão. Bentley Layton, cujo *The Gnostic Scriptures* [As escrituras gnósticas] (1987) é a melhor tradução dos textos gnósticos antigos, acentua que Valentino era mais cristão gnóstico (como Orígenes, depois) do que gnóstico cristão. Na opinião de Layton, ele foi essencialmente um reformador cristão da teologia gnóstica anterior. Sem dúvida, Layton é historicamente preciso, mas a experiência de ler Valentino é distintamente diferente da de ler os patriarcas da Igreja, assim como a experiência de ler o tecnicamente não gnóstico *Evangelho de Tomé* é inteiramente diferente de ler os Quatro Evangelhos canônicos. O Jesus de Valentino não é de modo algum o Cristo de Santo Agostinho, e o monismo técnico de Valentino dificilmente difere em espírito do dualismo gnóstico. Da perspectiva do leitor comum moderno, Valentino é de uma estranha beleza em comparação com o cristianismo do Novo Testamento em seu desenvolvimento dogmático ou da Igreja. Como me interessa aqui apenas o senso de ressurreição de Valentino, terei de deixar de lado muitos outros aspectos da Especulação Valentina, como Hans Jonas nos ensinou a chamá-la. Em termos muito amplos, pode-se dizer que o gnosticismo cristão teve duas fases: o chamado gnosticismo sethiano, em que o filho Seth, de Adão, se torna a figura de Cristo, e a Escola de Valentino. O gnosticismo sethiano, quase sem dúvida pré-cristão, provavelmente começou como uma heresia judaica e depois pode ter-se fundido com o cristianismo judeu. O próprio Valentino parece ter tido conhecimento do hermetismo alexandrino e da mística versão de judaísmo helenista de Filo de Alexandria, de modo que seu cristianismo foi influenciado por muitas correntes gnósticas ou quase gnósticas.

A ressurreição pode ser julgada como uma das mais agudas diferenças valentinianas em relação ao cristianismo dogmático, uma diferença que reaparece no sufismo e em outras tradições esotéricas, e em muitas variedades do que eu chamo de Religião Americana, as denominações e seitas nativas dos Estados Unidos. Como na religião gnóstica anterior, a ressurreição para Valentino *não* é, visivelmente, uma coisa que ocorre depois da morte. Henry Corbin, em apoio a seus gnósticos sufistas, cita o romance de Balzac *Louis Lambert*, em si uma narrativa hermética:

> A Ressurreição é realizada pelo vento do céu que varre os mundos. O Anjo levado pelo vento não diz: Levantai-vos, ó mortos! Ele diz: Que se levantem os vivos!

Esse é o núcleo da ressurreição valentiniana: o *saber* libera a centelha, e nos levantamos do corpo desta morte. A ignorância se vai, deixamos de esquecer, somos de novo parte da Plenitude. O valentiniano *Evangelho segundo Felipe*, uma espécie de antologia, tem nove trechos cruciais sobre a ressurreição, dos quais o mais contundente insiste: "Aqueles que dizem que o Senhor morreu e depois levantou-se estão errados, pois ele primeiro ascendeu, e depois morreu." Outro acrescenta: "Enquanto existimos neste mundo, devemos conquistar a ressurreição." O batismo, para os valentinianos como para muitos americanos, era em si a ressurreição, mais uma vez segundo o *Evangelho de Felipe*:

> As pessoas que dizem que primeiro morrerão e depois se levantarão estão enganadas. Se primeiro não receberem a ressurreição enquanto estão vivas, assim que morrerem não receberão nada. Exatamente isso se diz do batismo: "Grande é o batismo!" Pois se o recebemos, viveremos.

Só a centelha é ressuscitada, pela libertação da versão do batismo de Valentino. Como seus seguidores, durante os mais ou menos cinco séculos que duraram, eram tais especuladores individuais, temos uma pletora de valentinianos, mas só uns poucos vestígios do mestre. Um desses é um magnífico sermão, *O evangelho da verdade*; o resto são fragmentos, comprimidos e enigmáticos. Um deles parece vir de um sermão pregado em Alexandria:

> Desde o princípio, vós [da congregação] tendes sido imortais, e sois filhos da vida eterna. E quisestes que a morte vos fosse destinada para poderdes gastá-la e usá-la, e para que a morte morresse em vós e através de vós. Pois quando anulardes o mundo e não fordes vós mesmos anulados, sereis senhores sobre a criação e sobre toda corrupção.

Quero enfatizar aqui apenas a autoridade retórica de Valentino. Embora um considerável poeta, por reputação, sua poesia sobrevive apenas num único fragmento: "Colheita de Verão":

> Vejo em espírito que tudo pende
> Sei em espírito que tudo nasce
> A carne pendendo da alma
> A alma pendendo do ar
> O ar pendendo da atmosfera acima
>
> As colheitas brotando das profundezas
> O bebê brotando do ventre.

"Espírito" significa o espírito do próprio visionário, pelo qual ele vê e sabe a situação contingente que todos sofremos, "pendidos" de uma alma que não é nossa, mas do Demiurgo ou falso deus mundo, que nos fez descer de nosso lugar certo na divina plenitude para nossa confinada posição no mundo da Criação-Queda. Contudo, a alma do próprio Demiurgo é contingente, pateticamente pendendo do ar da Plenitude original, geralmente chamada de Pleroma. O próprio ar está fixado no espaço, pendendo da atmosfera superior ou Pleroma mais interior, agora fechado para nós. Contudo, a fonte última das colheitas, de toda fecundidade, continua sendo o profundo abismo maternal ou paternal, ao mesmo tempo mãe ancestral e pai ancestral, do qual o bebê brota para nosso vazio. Layton chama isso de "poema cosmológico", adequado ao Advento, mas não aos olhos da antiga Igreja Católica, cujo São Hipólito de Roma citou o pequeno poema ou fragmento como uma má interpretação herética e blasfema do Advento. É o que me parece, e embora Valentino seja freqüentemente qualificado de platônico, "Colheita de Verão" implica uma subversão tanto de Platão quanto da Bíblia. O texto crucial para compreender Valentino é o mais sutil e completo que temos dele, o belo sermão chamado *O evangelho da verdade*, e agora me volto para ele em busca do que é mais central no seu senso de ressurreição.

Layton observa argutamente a "retórica gnóstica" do *Evangelho da verdade*, e aponta sua semelhança espiritual, em atmosfera e no conceito de salvação-ressurreição, com o protognóstico *Evangelho de Tomé*, que desconfio seja profundamente influenciado por Valentino. As duas obras, o sermão e a coletânea de palavras "secretas" de Jesus, são aliadas por uma maravilhosa liberdade do dogma e de mitos cristãos e gnósticos. Em cada uma delas, há uma objetividade e uma paixão que rompem as barreiras das reservas erguidas por estudiosos historicistas. Falam diretamente a nós, Valentino e Jesus, e nos desafiam a ver o que está em toda a nossa volta, o que já sabemos, mesmo não sabendo que sabemos.

Cito a tradução de Layton de *O evangelho da verdade*, como suas versões de obras ou fragmentos valentinianos anteriores, a não ser pela substituição de "conhecimento" pela palavra "conhecer", para a gnose:

> É inteiramente espantoso que estivessem no pai sem conhecê-lo, e que só eles pudessem emanar, visto que não puderam perceber e reconhecer aquele em quem estavam.

"Eles" são os eleitos gnósticos, os ironicamente chamados "perfeitos", que eram parte do Deus estranho ou estrangeiro sem conhecê-lo. O processo de salvação deles começa com sua emanação ou fuga para fora do pai. Paradoxalmente, são enviados para fora precisamente para compreender a miséria de sua ignorância. Na parábola dos jarros de Valentino, de admirável semelhança com a visão cabalista de Luria da quebra dos vasos, mil e quatrocentos anos depois, as centelhas exiladas experimentam seus variados destinos na Criação-Queda:

> Uma grande perturbação veio a ocorrer entre os jarros; pois alguns vazaram até secar, outros ficaram pela metade,

outros cheios, alguns transbordaram, outros foram arrastados e ainda outros quebrados.

Desta parábola doméstica surge a terrível visão de nosso pesadelo, que só se cura com o nosso despertar. O despertar *é* a ressurreição, realizada no *Evangelho da verdade* com maravilhosa quietude, pela retórica de um crescente círculo de consciência, uma renovação do conhecer o pai separado. A intervenção do pai, pela figura angélica de Jesus, emana de novo em ondas de conhecer, até a conclusão do conhecer, pelo próprio Valentino, do "repouso" ou ressurreição, a reentrada no lugar de plenitude, o Pleroma original:

> Tal é o lugar dos abençoados; esse é o lugar deles. Quanto aos outros, então, que saibam, em seu lugar, que não cabe a mim, depois de ter estado no lugar de repouso, dizer mais coisa alguma.

Essa majestosa certeza de ter experimentado a ressurreição recebe sua exegese nos textos sobreviventes dos discípulos de Valentino, sobretudo na epístola conhecida como *Tratado sobre a ressurreição*, que pode datar de dois séculos depois da morte do mestre. Aqui, o sutil poema do "repouso" que foi a visão da ressurreição de Valentino torna-se um tanto literal, mas a perda é compensada por nossa compreensão de como os valentinianos entenderam a revisão cristã do gnosticismo feita por seu mestre, uma revisão que no século 7 foi apagada pela perseguição da Igreja. O *Tratado sobre a ressurreição* tenta explicar, um tanto redutivamente, o triplo senso de ressurreição de Valentino. Nossos corpos retornam ao pó; nossas almas sobrevivem, e preservam nossas identidades; nossos eus interiores ou centelhas retornam ao Pleroma da mãe/pai ancestral. O termo médio no gnosticismo valentiniano é o mais difícil: nossas almas, feitas pelo Demiurgo, são muito inferiores a nós mesmos, que somos tão antigos quanto Deus, e portanto não criados por ele. Qual é a diferença entre o destino da alma, que não perece, mas também não volta para o Pleroma dos não criados? A alma não acompanha o eu ao Lugar de Repouso, mas fica nos "lugares que se situam no meio", os mundos da psique. Embora a psique não morra, é cercada pela morte até receber um novo corpo de "carne espiritual", com o qual pode ascender. Esse Corpo de Ressurreição "espiritual", já o encontramos antes, entre os sufistas, que tinham claramente antecedentes valentinianos nas ecléticas origens de seus esoterismos. O *Tratado sobre a ressurreição* resume isso com certa impaciência, uma convicção de que os enigmas da alma e do eu já foram solucionados:

> Portanto, não te concentres nos detalhes, ó Rheginus, nem vive segundo (os ditados) desta carne; não o faças, em nome da unidade. Em vez disso, abandona o estado de dispersão e servidão, e então já estarás ressuscitado. Pois se a parte que morre (a carne) "se conhece a si mesma", e sabe que, como está moribunda, corre para esse resultado (a morte), mesmo que tenha vivido muitos anos na presente vida, por que tu (o intelecto) não examinas teu próprio eu e vês que ele se levantou? E corres para esse resultado (quer dizer, a separação do corpo) já que possuis ressurreição.

Isso é meio atropelado, e não enfrenta diretamente a sutil evasão dessas dificuldades por Valentino. O eu "perfeito" reentra no Pleroma; a alma imperfeita mas redimida, sendo criada, não pode retornar ao Abismo primal. Sua ressurreição não pode realizar-se nesta vida, como pode a ressurreição do eu plenamente conhecedor, mas será transfigurada após a morte, e assim superará suas origens. Valentino, um grande elitista, oferecia uma salvação e ressurreição intelectuais para os intelectuais, e uma esperança modificada para os de menores dotes. Sem dúvida, a derrota última do valentinianismo pela Igreja, uma derrota que prevalece até hoje, muito deveu a esse elitismo intelectual, que confundia os cristãos comuns, incapazes de acreditar-se já ressuscitados.

C) Sufismo: Anjo da Terra e Traje de Luz

O sufismo ou misticismo islâmico é um labirinto desnorteante, e no entanto uma de suas tradições, o gnosticismo xiita, tem um poder particular de iluminação quando nos aproximamos do milênio. Dois dos maiores estudiosos do sufismo, Henry Corbin e Annemarie Schimmel, concordam no ponto de partida dessa disciplina esotérica. No Sura 7:171 do Corão, Deus — *antes* de criar Adão — invoca dos incriados lombos de Adão toda a humanidade futura e pergunta-lhe: "Não sou eu vosso Senhor?", ao que todos nós respondemos: "Sim, damos testemunho disso!" Essa é a Aliança primordial entre o divino e o humano, antecedendo as alianças de Noé, Abraão, Moisés, Jesus e do próprio Maomé, cuja profecia reconfirma esse diálogo inicial. O sufismo, comenta Annemarie, busca devolver-nos ao dia da primeira aliança, quando Deus existia em perfeita solidão, a não ser por seu livro, o Corão, também incriado, e portanto tão eterno quanto Deus. Hallaj, um mártir sufista do século 10, identificou o conhecimento do Corão com o estado angélico de ressurreição: "Quem conhece o Corão já está em ressurreição." "Conhece" é o termo crucial aqui, igualando gnose e ressurreição.

Henry Corbin retorna freqüentemente em seus livros à figura simbólica de Fátima, filha do profeta Maomé e esposa de Ali, o martirizado Primeiro Imã dos xiitas. Fátima, um tanto soberbamente conhecida como "a deslumbrante", é para os sufistas iranianos o Anjo da Terra, da Terra Celestial, e portanto um ser transcendente, parte do Pleroma (Plenitude) celeste, além de pessoa histórica. Já falei antes neste livro da Hurqalya, o mundo da terra celestial, mas volto a ela agora para uma explicação um tanto mais completa, uma vez que a gnose exposta por Corbin depende dela como um contexto fundamental ou cenário imaginal para a visão espiritual. Explicando a Hurqalya, Corbin talvez pareça mais um crítico literário analisando uma terra de fantasia numa obra de cavalaria ou ficção-científica:

> O universo espiritual do Irã, antes e depois do advento do Islã, torna-se aqui da maior importância. Em suas recorrentes expressões (zoroastrismo, maniqueísmo, hermetismo e sufismo), essa figura [da Hurqalya] aponta para uma direção: para a luz do Norte como o limiar do além, para as moradas no alto Norte que são as moradas interiores a secretar sua Luz própria. O Oriente místico, o Oriente-origem, é o *pólo celestial*, o ponto de orientação da ascensão espiritual, atuando como um ímã a atrair seres estabelecidos em sua eterna identidade para o palácio em chamas de matéria imaterial. É uma região sem coordenadas em nossos mapas: o paraíso de Yima, a Terra da luz, *Terra lucida*, a Terra celeste de *Hurqalya*.

Esse "Norte" não se encontra em nenhum mapa, mas é o limiar do além, o portal imaginal para o mundo divino. A luz que nasce do norte é a luminosa "luz negra" de uma espécie de sol da meia-noite. Essa óptica, como a angelologia, pertence ao mundo angélico, uma transmutação das Idéias platônicas em mitologia iraniana, que tem uma extraordinária continuidade entre o antigo zoroastrismo e o Islã xiita. Corbin observa que Fátima é uma figura ao mesmo tempo de iniciação e transcendência, e a jornada para o Norte cósmico é um ritual gnóstico de iniciação. Sem dúvida, os junguianos veriam isso como uma reintegração psíquica, mas me interessa, neste livro, a superioridade espiritual da gnose mais antiga em relação a nossos degenerados modos contemporâneos, cúlticos ou populares. Corbin exorta-nos a distinguir a Hurqalya como "lugar das transfigurações" daquelas cenas de fantasia demoníaca ou crepuscular que são o feijão-com-arroz das fantasmagorias da Nova Era.

Eis a tradução dele do sábio sufista Suhrawardi (martirizado em 1191), em seu *Livro de teosofia oriental*:

> As realidades supra-sensórias encontradas pelos profetas, os iniciados e outros aparecem-lhes às vezes em forma de linhas de escrita, às vezes no ouvir uma voz que pode ser delicada e doce, e também aterrorizante. Às vezes eles vêem formas humanas de extrema beleza, que lhes falam com as mais lindas palavras e conversam intimamente com eles sobre o mundo invisível; outras vezes essas formas lhes aparecem como as delicadas figuras que vêm da mais refinada arte dos pintores. De vez em quando são mostradas como numa moldura; outras vezes as formas e figuras aparecem suspensas. Tudo que se percebe em sonho — montanhas, oceanos e continentes, vozes extraordinárias, personagens humanas — tudo isso são outras tantas figuras e formas auto-subsistentes e que não precisam de substrato. O mesmo se aplica aos perfumes, cores e sabores. Como pode o cérebro, ou uma de suas cavidades, conter as montanhas e oceanos vistos num sonho, seja o sonho verdadeiro ou falso, independentemente de como concebamos ou expliquemos essa capacidade? Assim como o sonhador ao despertar de seus sonhos, ou o homem de imaginação e o contemplativo, entre o estado de vigília e o sono, retornando de sua visão, deixa o mundo de Imagens autônomas sem ter de fazer qualquer movimento nem ter o sentimento de distância material em relação a ele, também assim aquele que morre para este mundo encontra a visão

do mundo de Luz sem ter de fazer qualquer movimento, porque ele próprio está no mundo de Luz...

Não posso dizer que este poderoso trecho seja simples, mas acho-o espantosamente lúcido, e tem a autoridade de sua distinção espiritual para levar o leitor pelo menos além de algumas de suas sutis dificuldades. As duas expressões cruciais são "o mundo de Imagens autônomas" e "o mundo de Luz", o primeiro sendo a Hurqalya e o segundo o Norte cósmico. O que é espantosamente belo é o paralelo que Suhrawardi esboça, entre as Imagens exemplares e a divina Luz, *não na relação entre elas*, mas na tranqüilidade, na ausência de movimento, que constitui a transmutação ou transfiguração, quando o sonhador acorda de seu sonho, o homem de imaginação retorna de sua visão, e o gnóstico, morrendo para este mundo, descobre que já está no mundo de Luz. Nenhum movimento precisa ser feito, seja pelo sonhador acordando, o sábio retirando-se da Hurqalya ou o pleno iniciado místico percebendo a Luz em que ele próprio já habita. Se se olham atrás as "realidades supra-sensórias" de Suhrawardi, passa-se a ver como são diversas, em espécie e em grau. Essas "Imagens autônomas" são em parte estéticas, em parte visionárias, porque a Hurqalya participa dos dois modos de apreensão. É, como diz Corbin, um *intermundo*, localizado ao mesmo tempo no "alto ponto do Tempo" e no mais baixo grau de Eternidade. Como os reinos representados na pintura e na poesia, a Hurqalya vive de suas contradições, porque como elas é um mundo de imagens. As Imagens da Hurqalya, porém, segundo os sábios de Corbin, são *anteriores* às criações de pintores e poetas. Remontam ao maravilhoso recital de Ibn'Arabi que nos deu uma "Terra de Verdadeira Realidade", cujo emblema é a palmeira, "irmã de Adão". Do barro que restou da criação de Adão, formaram-se tanto a palmeira quanto a Terra da Verdade, a Terra de Hurqalya, da qual Fátima é o Arcanjo presidente, equivalente à Sofia dos primeiros gnósticos. Em relação a essa Terra da Verdade, Ibn'Arabi diz que não é o lugar onde a alma se funde com Deus, mas antes onde a alma se vê como a veria um Anjo, sozinha em si e consigo, inteiramente em paz. A Hurqalya, sendo um mundo intermediário, é um lugar de passagem, para visionários que sobem de baixo ou anjos que descem de cima. O que se passa na Hurqalya vai além da percepção empírica comum, e no entanto é ainda individualizado como visão puramente pessoal, ao contrário do mundo angélico.

Corbin resume tudo numa lúcida fórmula: *Hurqalya é a Terra da alma, porque é a visão da alma.*

Isso quer dizer que só ganhamos acesso à Hurqalya abrindo nossas almas à visão, aqui em nossa terra comum. Citando de novo o Jesus de *O evangelho de Tomé*: "O reino é dentro de vós e fora de vós." Nada precisa mediar nosso eu mais profundo ou alma mais interior; tudo nos está aberto, só precisamos bater e entrar. Não vemos o reino, chamado Hurqalya pelos sábios sufistas, mas apesar disso ele se estende sobre a terra. Quando percebido, torna-se, para o Jesus gnóstico e os sufistas igualmente, a "terra de ressurreição", onde viceja o "Corpo de Ressurreição", descrito antes neste livro. Contudo, até aqui eu segui Corbin apenas ao dar uma versão da Hurqalya como o domínio de Fátima, o Anjo da Terra. Para completar a explicação, preciso mapear a entrada humana no mundo de imagens da Hurqalya, uma entrada feita pelo agente que Corbin chama de "Homem de Luz" e "Traje de Luz". Esse Homem ou Traje é simplesmente a alma que vê, não agindo como testemunha de um fato externo a si, mas como o verdadeiro meio em que se dá o fato.

E no entanto, como acrescentam todas as tradições gnósticas, tem de haver também um guia para o Homem de Luz, um *alter ego* ou anjo da guarda, que é distinto da alma no reino intermediário, embora não inteiramente distinto nas regiões superiores. Explicando o sistema de Suhrawardi, Corbin evoca a idéia da "Natureza Perfeita" do Corpus Hermeticus e o hermetismo árabe por ele inspirado. Como seria de esperar numa tradição tão eclética quanto o gnosticismo, a Natureza Perfeita hermética assume muitos disfarces e manifestações através dos séculos, incluindo um Prometeu neoplatonizado e o "homem de luz" que fala pela boca de Maria Madalena no gnóstico *Pistis Sophia*, quando toma parte nas conversas entre o Jesus Ressuscitado e seus discípulos. Em todas essas ocorrências, uma estrutura analógica de quatro termos precisa ser observada, como o é aqui por Corbin:

> "O poder que está em vós", em *cada um* de vós, não pode recorrer a um guia coletivo, a uma manifestação e uma relação coletivamente idênticas para *cada uma* das almas de luz... O infinito preço ligado à individualidade espiritual torna inconcebível que a salvação possa consistir em sua absorção numa totalidade, mesmo mística. O que importa é ver que ela se refere a uma relação analógica que

> pressupõe *quatro* termos, e isso, em essência, é exatamente o que está expresso de forma admirável na angelologia da gnose valentiniana: os Anjos de Cristo são o próprio Cristo, porque cada Anjo *é* Cristo relacionado com a existência individual. O que Cristo é para as almas de Luz como um todo, cada anjo é para cada alma. Toda vez que se dá uma dessas conjunções de alma e anjo, reproduz-se a relação que constitui o Pleroma de Luz.
>
> — *O Homem de Luz no sufismo iraniano*

"O que Cristo é para as almas de luz como um todo, cada Anjo é para cada alma": com isso Corbin se refere não ao Cristo da Encarnação, como na doutrina paulina, mas ao Anjo Cristo dos gnósticos, que não foi crucificado e ressuscitou a partir do Batismo. O Anjo Cristo está para todos que buscam a Luz, como o Anjo Guia para cada Homem de Luz. Cada alma é Hermes, cada Guia sua Natureza Perfeita. Vestir a Natureza Perfeita é ser vestido pelo Anjo não *com* mas *como* o Traje de Luz. Vindo, como vem, da transmutação maniqueísta do gnosticismo, essa visão sufista me parece muito o melhor corretivo que todos nós poderíamos ter da suavidade de nossa atual angelologia popular comercializada. A imagem do anjo só nos pode ser útil na medida em que sejamos capazes de buscar a gnose, por um difícil caminho de renascimento espiritual. Nosso culto popular dos anjos favorece esses seres formidáveis. Melhor lembrar a tradição de que quando o Profeta Maomé pediu para olhar Gabriel, o anjo de sua revelação, o pedido foi concedido mas fez o profeta desmaiar, tão chocado ficou de ver o anjo cobrindo o horizonte e estendendo-se acima da visão do profeta, de modo que a forma gigantesca enchia todo o espaço. O que concebemos como uma imagem vazia ainda pode reter seu enorme poder, mas apenas se abordado de novo com todos os poderes da mente e do espírito.

D) A Cabala: Metatron, o Javé Menor

Várias vezes antes neste livro discuti Metatron, o Anjo cabalista da Divina Presença, que é o transfigurado patriarca Enoque. Como "Deus o levou", sem que ele morresse, Enoque-Metatron supostamente ocupou a imaginação dos sábios rabínicos muito antes das origens formais da Cabala, antes mesmo da era macabéia em que os Livros de Enoque foram compostos. Contudo, o Talmude babilônico, que introduziu a maioria dos nomes judeus dos anjos, é inquietantemente esparso em suas referências a Metatron, embora deixe claro que suas funções incluem a de "escriba celeste" e "guia", atributos do Hermes grego e do Tot egípcio, reunidos mais tarde em Alexandria no Corpus Hermeticus como a figura fundida de um Hermes gnóstico. Scholem enfatiza que o Metatron talmúdico tende a ser citado em contextos onde os sábios denunciam hereges, os *minim*, que podem ter sido os primeiros dualistas ou gnósticos judeus. Elisha ben Abuyah, invariavelmente atacado pelos rabinos normativos como o próprio arquétipo da heresia, era conhecido por eles pelo apelido de *Acher*, o "outro", ou "estranho", talvez porque adorasse o "Deus estranho" do gnosticismo. Elisha viu Metatron sentado num trono, numa visão do céu, e assim foi levado à observação: "Talvez haja dois Deuses no céu." O Talmude afirmava que Metatron posteriormente foi punido com cinqüenta açoites de um chicote de chamas, para lembrar-se de que era apenas um anjo, e supostamente também os outros, nessa instrutiva visão da corte celeste como uma espécie de Cingapura imortal, o que manifesta claramente uma inquietação rabínica.

Outro trecho talmúdico identifica Metatron com o anjo de Êxodo 23:21, que ensina Moisés a ascender a Deus, e que partilha o nome de Javé. Metatron, aqui como em outras partes, assume um tanto perigosamente alguns dos atributos criativos de Deus, e é um ser primordial ou original, existindo antes da criação do mundo. É demasiado fácil incorporar esse aspecto de Metatron ao Ântropos ou Adão primordial, que se tornou o Adão Cadmon ou Homem Divino dos cabalistas. Uma fascinante complexidade entrou em jogo quando esse Metatron, como "Javé menor" ou Ântropos, se ligou ao Enoque que não morreu da literatura apocalíptica, uma assimilação no entanto inteiramente ignorada no Talmude e em outros textos rabínicos. Essa transformação de Enoque em Metatron é afinal misteriosíssima: como pode Metatron ter existido antes da fundação do mundo e também ser a conseqüência da apoteose de um patriarca em Gênesis?

O que é claramente a resposta sugere o quanto de censura normativa atuou na Bíblia e no Talmude. Não é provável que o Autor J ou Javista, um grande imaginador e ironizador, tenha restringido uma história de Enoque ao altamente elíptico: "E Enoque andou com Javé e Javé o levou, pois ele não era." Falta alguma coisa crucial aqui; que significava andar com Javé, tanto tempo antes de Abraão andar com ele? Acho que essa foi a metáfora de J para o fato de Metatron ser tão anterior ou tão antigo quanto Javé, tão original quanto Javé. Enoque era o Homem Divino, ou Adão-enquanto-Deus, e não *se tornou* Metatron; a fórmula cabalista declarava: "Enoque *é* Metatron." Ainda não sabemos o que significava o nome Metatron; não conhecemos nem sua etimologia. Os Livros de Enoque falam dos anjos como os Vigilantes, e pode haver uma relação entre *nator*, "vigiar", e Metatron. Mais provavelmente ainda, o nome pode ser grego, derivado de *meta thronon*, ou "além do trono". Cabalisticamente, o nome é às vezes atribuído a seu valor numérico, igual a *Shaddai*, o nome de Deus considerado como além de medição em poder. Qualquer que seja a origem de seu nome, Metatron é o anjo central da tradição ocidental, heterodoxa e ortodoxa, embora passe por uma extraordinária variedade de nomes, a depender da tradição envolvida. Numa versão anterior, era às vezes chamado de Jahoel, nome sob o qual aparece em alguns textos gnósticos. As primeiras obras ortodoxas judaicas tendem a substituir Metatron pelo arcanjo Miguel. A Cabala posterior retornou a especulações antropomórficas para colocar dois Metatrons, um escrito com seis e outro com sete letras: o Metatron de seis letras é Enoque, o de sete é o Javé menor. Esse equívoco foi outra evasão quase normativa, pois a ascensão de Enoque é a restauração do Ântropos ou Adão Cadmon, uma identificação fundamental para a Cabala.

O grande sucessor revisionista de Gershom Scholem, Moshe Idel, foi pioneiro numa especulação fundamental para a argumentação deste livro, a de que o gnosticismo judeu *pode* ser mais antigo que o judaísmo "normativo" (ou seja, platonizado). Se o gnosticismo judeu *era* pré-helênico, então *pode* remontar a uma especulação judia arcaica, hermética antes do hermetismo alexandrino, a uma visão Adão-enquanto-Deus de um Ântropos primal que aterrorizava os anjos. O grande estudioso do gnosticismo valentiniano Bentley Layton acha que Valentino transformou um gnosticismo anterior no gnosticismo cristão, transformando seu áspero dualismo num quase monismo. Mas Valentino talvez tenha vindo da Alexandria judia, e assim estaria lembrando um gnosticismo *antes* do gnosticismo, um hermetismo judeu meio milênio mais velho que o hermetismo pagão. Eu mesmo, em meu *Livro de J*, enfatizei que o Javista não é nem "normativo" nem "gnóstico", possivelmente porque a elite sob Salomão se tornara urbanitas céticos e irônicos. Tudo se resume ao argumento central deste livro: era Deus originalmente alguma coisa mais que o Adão Cadmon? Não é o Javé de J mais um homem que um anjo, como também é mais anjo que Deus? O mito gnóstico do Ântropos evidentemente fazia parte de uma religião judaica arcaica, abolida pela censura na Bíblia hebraica redigida, mas sobrevivendo na figura variadamente chamada de Enoque, Metatron, Hermes, Idris ou o que mais se queira.

Elliot R. Wolfson, num estudo recente, *Through a Speculum that Shines* [Através de um espéculo que brilha] (1994), explica Metatron como ele figura na extraordinária visão de Eleazar de Worms (1165-1230), um destacado místico dos pietistas judeus da Renânia. Para esses pietistas, Metatron era ao mesmo tempo a Shekinah (a presença feminina dentro de Deus no mundo) e também a presença externa de Deus *em forma de homem*, o anjo como um gigantesco corpo humano. Na verdade, os disfarces de Metatron por toda a tradição judaica são extraordinariamente variados: às vezes é identificado como o arco-íris que encerra o dilúvio de Noé, ou como as costas de Deus citadas em Êxodo 33:20, ou como a carruagem de Ezequiel, ou como o Querubim que se senta no trono de Deus, ou mesmo como o falo de Deus. Pode-se arriscar que Metatron reúne todas as imagens de Deus que o judaísmo normativo tendeu a rejeitar, mas que apesar disso não puderam ser excluídas das tradições judaicas. Antes neste livro, ao apresentar Metatron, citei a sugestão de Moshe Idel de que ele, como apoteose de Enoque, representou a restauração do Ântropos ou Adão Primordial, que se separara na Criação-Queda. Oculto na figura de Metatron está o Ântropos, um elemento perdido na religião judaica arcaica, no que quer que tenha precedido as primeiras camadas do que iria tornar-se a Escritura. O título mais freqüente de Metatron, "Príncipe da Face", é em si ambíguo. No Livro de Enoque etíope, Metatron é um dos anjos que podem contemplar a face de Deus, mas depois, como "Príncipe da Face", ele parece partilhar do que contempla. Essa ambigüidade preludia outros aspectos contraditórios desse que é o maior dos anjos judaicos. Às vezes é chamado de escriba celeste, registrando nossos atos; contudo, seu papel varia. Pode ser nosso advogado de defesa no tribunal celeste, ou um ministro do trono. Nenhuma dessas funções se encaixa facilmente com seu aparecimento como o *na'ar*, um "jovem" ou servo, com um tabernáculo celeste só para si. Quando mais tarde ele toma o lugar de Miguel como primeiro arcanjo, isso acrescenta mais uma confusão às suas misturadas identidades. Mas há muito mais: Metatron torna-se o anjo crucial da Cabala, porque se acredita que só ele conhece todos os segredos da Merkabah, a Carruagem Divina descrita por Ezequiel e por uma longa tradição de visionários extáticos depois. Como senhor de todos os mistérios ocultos da Torá, Metatron se tornou patrono do *Zohar*, o livro dos livros fundamental da Cabala clássica.

E) A Cabala: a Transmigração das Almas de Luria

Os grandes rabinos normativos, os sábios da Lei Oral como os chama Ephraim E. Urbach em seu denso *Os Sábios: seus conceitos e crenças* (traduzido para o inglês em 1975), estavam muito mais interessados na redenção que na ressurreição do corpo, embora se apegassem à crença na ressurreição do corpo. Não eram porém muito exercitados por essa crença, a não ser quando ela era negada por judeus que eles classificavam de "epicureus" ou por gnósticos judeus que desprezavam a visão normativa de que o corpo e a alma eram originalmente unidos. Sobre a questão do Messias (ou dos Messias), os Sábios divergiam largamente: minha favorita entre as posições deles é o brado de Rabba: "Que venha, mas que eu possa não vê-lo!" Versões esotéricas de ressurreição, incluindo a transmigração platônica das almas, eram definitivamente excluídas pelos prudentes Sábios. Eles preferiam muito mais pensar na redenção de Israel, uma aspiração comunal, que sensatamente encaravam como um processo bastante gradual.

Fico sempre dividido entre um resíduo normativo dentro de mim e uma paixão pessoal pela gnose, de modo que abandono os Sábios pelos cabalistas com certos pesares nostálgicos. Mas este é um livro sobre a gnose à sombra do Milênio, e os Sábios são antitéticos ao meu tema. Para os cabalistas, a questão da ressurreição era respondida pela doutrina da transmigração das almas, que por sua vez dependia da visão da própria alma pela Cabala. Essa visão, a não ser por alguns de seus aperfeiçoamentos, não era judaica, mas antes platônica, o que também se aplica à versão da alma sufista. A Bíblia hebraica não tem senso da alma separada do corpo. Na versão da criação do Javista (Gênesis 2:7), somos informados de que o homem se tornou uma alma viva (*nephesh*), onde *nephesh* não é a psique, mas o homem todo. Quando o Livro de Jó (12:10) diz: "Em cujas mãos está a alma (*nephesh*) de toda coisa viva, e o alento (*ru'ah*) de toda humanidade", o *ru' ah* não é separado da alma, mas uma força que a energiza. Contudo, mesmo os Sábios se tornaram suficientemente platonizados para separar a alma do corpo, e vê-los como agora antitéticos um do outro. Quase mil anos depois, vivendo numa ordem mundial muçulmana, os rabinos aceitaram uma versão árabe, neoplatonizada, de Aristóteles, e assim adotaram a doutrina de uma alma tripartite: *nephesh*, *ru'ah* e *neshamah*, respectivamente a alma natural, a faculdade transcendente e o espírito propriamente dito, que é atingido pelo estudo da Torá e pode tornar-se um elo intuitivo com Deus. O neoplatônico Abraham Ibn Ezra, que ajudou a formular essa versão hebraica de alma tripartite, talvez ficasse pasmo ao ver o que os cabalistas fizeram dela, uma fantasia de âmbito cósmico que culminou na doutrina luriânica da metempsicose, *gilgul*, ou transmigração de almas.

A *neshamah* cabalista está muito perto e é quase idêntica da centelha gnóstica, ou *pneuma*, que não é parte do mundo criado, mas tão antiga quanto Deus, na verdade parte ou partícula de Deus. A imagem da centelha é precisamente a mesma nos gnósticos e cabalistas. Se os dois esoterismos remontam a origens comuns judaicas arcaicas, como pensa Moshe Idel, ou se a Cabala deveu muito ao sufismo islâmico, ainda não se determinou basicamente. A mais antiga obra cabalista existente, o Livro *Bahir* (cerca de 1175-80, em provençal, embora talvez de origem muito mais antiga em alguns trechos), ensina a transmigração das almas de uma maneira mais consonante com a tradição árabe que com a judaica. Gershom Scholem observa que o Islã sunita ou normativo, a Igreja e os rabinos e filósofos judeus rejeitaram todos a transmigração, mas ela sobreviveu entre os gnósticos cristãos, o Islã xiita e por fim na Cabala e em seus contemporâneos provençais, os catares ou maniqueístas, contra os quais o rei francês e a Igreja mandaram uma cruzada de extermínio.

Gilgul já expressa no próprio som o seu sentido original, um "rolar" de almas, segundo a Cabala. Os primeiros cabalistas foram bastante explícitos no distinguir almas "roladas" ou "velhas" de novas, mas Scholem observa um deliberado abrandamento do *gilgul* nos cabalistas clássicos ou espanhóis do século 13. Evidentemente, nos dias do sábio Nachmânides a doutrina caiu na clandestinidade e tornou-se um conhecimento secreto, ou gnose propriamente dita. Também se tornou uma punição, não aplicável aos justos, que não precisavam experimentar a reencarnação. Contudo, era um castigo dialético, pois podia envolver o renascimento de Abel como Moisés, e a reencarnação de Caim em Jetro. Essa idéia de cadeias ou ciclos de transmigração proféticos, na Cabala ou no sufismo xiita, parece remontar aos cristãos judeus ou ebionitas, que foram uma indubitável influência sobre o profeta Maomé. Para os ebionitas, o primeiro verdadeiro profeta foi Adão, e o final Jesus, cujo herdeiro era seu irmão Tiago o Justo. Maomé, nessa tradição de reencarnação profética, recebeu a revelação de que *ele* era o selo dos profetas, fazendo de Jesus apenas um precursor, como Adão ou Moisés. Os cabalistas, que jamais deixaram de esperar um messias (como seus herdeiros hassídicos), viam em vez disso uma seqüência de Adão, Davi e o Messias, três encarnações da mesma alma. Mas implica isso que só a encarnação final é plenamente redimida? Scholem, em seu *Da forma mística da divindade* (tradução inglesa, 1991), faz a pergunta com considerável pungência:

> ... que será dos vários corpos pelos quais uma alma passou quando os mortos ressuscitarem? Pode-se supor, como fizeram muitos cabalistas, que só o último corpo, em que a alma afinal se mostrou digna e justa, será fisicamente ressuscitado?

Essa palpável dificuldade, pensa Scholem, foi enfrentada com a idéia chamada "centelhas da alma", que dizia que a alma, ao migrar, não deixa seu corpo anterior, mas age como uma vela acendendo outras. As centelhas da alma, uma vez imaginadas, levaram à idéia mais imaginativa de que qualquer um de nós pode ser o recebedor de centelhas de mais de uma alma. Na verdade, cada um de nós pode tornar-se uma verdadeira antologia de centelhas de almas, elas mesmas de três tipos: *nephesh*, *ru'ah*, *neshamah*. Como todos nos separamos de *Adão Cadmon*, o primeiro homem-deus, a função da transmigração é remendar-nos, e com isso remendar o Adão original. Sobre esse remendo, Isaac Luria (1534-1572), de Safed, na Alta Galiléia, foi o principal teórico. Não se trata de um escritor, mas de uma figura messiânica, cujos ensinamentos foram quase inteiramente conversas com os discípulos. Teve a mente mais original na história da Cabala, e suas doutrinas, como se acham expostas nos textos dos seguidores, influenciaram profundamente o judaísmo até hoje, em particular o hassidismo. Tudo no pensamento de Luria se move num grande ritmo triplo. Deus contrai-se ou retira-se; essa ausência provoca a catástrofe cosmológica que Luria chamou de Quebra dos Vasos; a prece humana, o estudo e a contemplação extática trazem um remendo que ainda pode restaurar o mundo despedaçado. A maior originalidade de Luria talvez tenha sido a acomodação dessa seqüência à sua visão da transmigração das almas. "Visão" é o termo preciso, aplicado a Luria; ele era famoso pela capacidade de olhar no rosto de um estranho, e ver ali todas as centelhas de alma que habitavam aquela face. Tanto quanto no caso de Baal Shem Tov, encontramos em Luria alguém mais que um sábio ou mesmo um gênio religioso ou profeta.

Gershom Scholem acreditava que a reinterpretação luriânica do judaísmo era um mito do Exílio, uma reação à expulsão dos judeus da Espanha, apenas uma geração antes de Luria. E, no entanto, o mestre era de ancestralidade judaico-alemã, e muito pouco preocupado com a história contemporânea. Moshe Idel, rebatendo Scholem, exortou-nos a um estudo mais pragmático da Cabala luriânica, que está simplesmente além de meus conhecimentos ou forças. Mas há sem dúvida uma desproporção entre as vastas formulações de Luria e a dura especificidade da expulsão espanhola, por mais enorme e pavorosa que tenha sido essa catástrofe (muito tristemente, como mostrou meio milênio, para a Espanha também). As preocupações de Luria são tão exaltadas e elevadas quanto quaisquer outras na história espiritual; como as de Valentino e dos mestres sufistas, tratam da vida interior de Deus, assim como da redenção da alma. Como todas as nossas almas, segundo Luria, foram um dia componentes da alma de Adão, nossa verdadeira catástrofe é para ele a queda de Adão, uma idéia dificilmente surpreendente no cristianismo agostiniano, mas meio estranha num contexto judaico. Deus queria que Adão fosse um agente remendador, restaurando os vasos quebrados da criação, e o fracasso de Adão assim espalhou centelhas de almas para todos os lados: algumas de volta aos reinos superiores, algumas mais para dentro do próprio Adão, e a maioria para o mundo dos vasos quebrados, o simples vazio de nossas vidas. Luria chama estas de as "grandes almas", cada uma contendo até mil centelhas de alma individuais. As grandes almas podem ser redimidas, mas só pelos santos esforços de seus componentes individuais. Contudo, só podemos despertar uma centelha à qual estejamos inatamente aliados, o que certamente não se refere a um laço familiar. Luria ensinava, de uma maneira fascinante, que pais e filhos jamais têm afinidade de centelhas, quase nunca partilham da mesma raiz. Lá se vai a psicologia freudiana! Luria abre no entanto uma chocante exceção: as almas de Adão que sobreviveram dentro dele foram transmitidas a Caim e Abel.

Caim, um herói para ao menos alguns dos primeiros gnósticos, é de novo exaltado pela Cabala luriânica, e recebe status de profeta, uma eminência que Lorde Byron, autor de *Cain: A Mystery* [Caim: um mistério], teria apreciado, mas que dificilmente esperaríamos do judaísmo normativo.

Isso pode sugerir que a transmigração das almas, para Luria, era um processo que nos levava além do bem e do mal. "Extrair as faíscas" parece ter sido uma espécie de busca esotérica, mais que uma busca moral convencional. De qualquer forma, me é difícil ver como idéias comuns de virtude podem ajudar muito na redenção das centelhas, uma vez que cada um de nós está complexamente envolvido com almas que talvez achássemos muitíssimo desagradáveis se as encontrássemos na vida diária. Há uma soberba anarquia na sugestão de Luria de que muitas surpresas nos aguardam em nossos esforços para extrair as outras centelhas que vêm de nossa raiz. Claramente, temos muito pouca intuição dos outros ou de nós mesmos, a não ser que sejamos figuras inspiradas como Luria, ou como Baal Shem Tov, que insistia em que Deus providencia para que *encontremos* todas as centelhas de nossa alma, talvez querendo nós ou não. Contudo, as possibilidades antinômicas da idéia luriânica, que era estranha ao hassidismo, desabrocharam um século depois da morte de Luria no catastrófico movimento do falso Messias Shabbatai Zevi, que se converteu ao Islã para salvar a vida. O "profeta" de Shabbatai, Nathan de Gaza, inverteu brilhantemente Luria, insistindo em que a luz niilizante ou desfazedora de Deus criara o monstro (*golem*) do abismo. Ali, nas profundezas dos vasos quebrados, surgem dragões, e a alma de Shabbatai também se manifesta. Nathan proclama ferozmente o que Luria teria considerado blasfêmia:

> Sabei que a alma do rei messiânico existe no *golem* inferior. Pois assim como o dragão primal surgiu no espaço vazio, também a alma do messias foi criada pela vontade de Deus. Essa alma existia antes da criação do mundo, e continua no grande abismo.

A apostasia do (falso) messias para o Islã é a última tentativa de extrair as centelhas de nossa raiz, supostamente fazendo ascenderem os dragões. A redenção pelo rebaixamento não podia ir mais longe. Sem dúvida, Nathan de Gaza tem de ser considerado uma paródia da

Cabala luriânica, mas ele irradia sua própria luz niilizante sobre a transmigração das almas como o caminho da redenção, para um indivíduo ou uma comunidade. Para Nathan de Gaza, como para Luria, se as centelhas estão em toda parte (no hassidismo, pode-se encontrá-las até numa frigideira), então não há objetivo claro para nossos desejos mais transcendentais. Nem estão nossas individualidades claramente definidas de modo algum. Cada um de nós possui várias almas (*neshamah*) da mesma raiz, e nem uma única é necessariamente a mais autêntica. Como, segundo a Cabala luriânica, a *nephesh* sofre a punição da sepultura, e sempre habita ali, a ressurreição depende dos outros aspectos da alma. O *ru'ah* também é julgado, e merece sofrer, mas apenas por um ano, e depois entra no paraíso terrestre, um Jardim do Éden restaurado. Mas a *neshamah* ascende ao paraíso celeste, porque, como verdadeira centelha, é divina e sem pecado. Mesmo no paraíso superior, a *neshamah* mantém sua identidade e não se funde com Deus. Mas qual *neshamah*, se temos várias? A Cabala, em quase todas as suas versões, incluindo a luriânica, insiste em que os mortos no fim se levantarão, quando se cumprir o tempo da redenção. Mas a tensão não resolvida, até mesmo conflito potencial, entre uma visão de julgamento e a doutrina da transmigração, com suas múltiplas centelhas de almas, produziu enormes contradições na Cabala luriânica e seus descendentes, seja no antinômico shabbataísmo, seja no judaísmo normativo. A Cabala, com toda a sua grandeza especulativa, mesmo assim não pôde resolver seu enredamento de fontes curiosamente misturadas: teurgias judaicas antigas, neoplatonismo, gnosticismo, sufismo, e talvez até mesmo elementos cristãos, inteiramente transformados. Há alguma coisa inconciliável nas idéias de transmigração e de julgamento judaico. O sufismo xiita, apesar de sua audácia imaginativa, transmite uma imagem mais unificada da ressurreição do que o que a Cabala, mais bárbara, pôde conseguir.

Capítulo 5

MILÊNIO

A) Séculos Americanos

Uma das muitas curiosidades infelizes da América contemporânea está no fato de que muita gente é obcecada pela Bíblia sem, no entanto, nunca tê-la lido. Isso muito tem a ver com o fenômeno do fundamentalismo, que insiste em que a Bíblia é infalível, enquanto a maior parte declina do difícil labor de ler e interpretar seu texto. Os pesquisadores estimam que há cerca de 10 milhões de pré-milenaristas entre nós, quer dizer, pessoas que esperam a volta de Jesus, em seu corpo ressurreto, para inaugurar um reino de mil anos na terra, sobre o qual reinará. Contudo, os pré-milenaristas são apenas uma pequena fração de crentes; mais de 100 milhões de americanos adultos esperam uma Segunda Vinda de Jesus, mesmo não acreditando necessariamente que ele vá fundar o Reino de Deus neste mundo. *When Time Shall Be No More* [Quando o tempo não mais existir] (1992), de Paul Boyer, é o estudo mais penetrante da predominância do que ele chama de "crença em profecias na moderna cultura americana", um modo que se combina (quando escrevo) com o choque do futuro do apocalipsismo ciberespacial, do líder que nos está conduzindo para a Era Gingrich. A aliança entre a Coalizão Cristã de Ralph Reed e Newt Gingrich, visionário da Nova Informação, baseia-se (ai de mim) solidamente no milenarismo dos dois. Talvez o principal efeito de Gingrich sobre seus defensores inspirados por profecias seja ter revertido a atitude deles para com os computadores, uma vez que muitos começaram com a comparação meio louca de que o computador equivalia ao Anticristo. Sob o domínio do engenhoso presidente do Congresso americano, a maioria reverteu essa identificação anterior, e hoje alguns programam profecias diretamente em seus *lap-tops*.

Os textos apocalípticos judeus, embora tenham inaugurado o milenarismo cristão e muçulmano, não inventaram esse modo visionário, que ainda retém traços de suas origens zoroastrianas, mais bem explicadas por Norman Cohn, como já notei antes neste estudo. Cohn observa argutamente que não há denúncias judias da Pérsia nos textos bíblicos ou rabínicos, enquanto a Babilônia, Grécia e Roma são freqüentemente amaldiçoadas. Zoroastrianos e judeus viveram amigavelmente lado a lado em todo o mundo helenístico, ligados por suas queixas contra os sucessores de Alexandre o Grande, incluindo o tirano Antiochus Epiphanes, contra quem se rebelaram os macabeus, o que foi a provocação político-religiosa para os primeiros apocalipses judeus, o Livro de Daniel e os Livros de Enoque. Quando, no século 2 A.E.C., um Irã rejuvenescido, a Párcia, expulsou momentaneamente os romanos de Jerusalém, a amizade zoroastriano-judaica se intensificou. Embora os fariseus, ancestrais do que hoje encaramos como judaísmo normativo, talvez não soubessem o quanto foram influenciados pelo zoroastrismo, mesmo assim importaram para seu javismo elementos cruciais totalmente desconhecidos da Bíblia hebraica, mas comuns na Pérsia. A ressurreição física dos mortos num julgamento final, após temporadas no céu ou no inferno, foi transmitida pelos fariseus ao cristianismo inicial, e no entanto parece um conceito estranho a muitos fiéis judeus hoje, embora não para a maioria dos cristãos e muçulmanos crentes. Cohn observa cautelosamente que os fariseus não absorveram o dualismo zoroastriano, com sua feroz figura de um poder do mal oposto a Deus. E no entanto, os judeus apocalípticos absorveram precisamente isso, como podemos ver pelo Qumran (os Manuscritos do Mar Morto), ou pelo que podem ter sido grupos gnósticos judeus, e dedicidamente pelos primeiros cristãos, que sem dúvida manifestavam um dualismo zoroastriano.

Acho que nossos augúrios contemporâneos americanos do milênio refletem a natureza peculiar do cristianismo americano nativo, que desde cerca de 1800 tem sido de têmpera mais gnóstica que ortodoxa. Herman Melville, em *Moby Dick*, o mais apocalíptico dos grandes romances americanos, profetizou de maneira surpreendente exatamente esse retorno, quando retratou o Capitão Ahab não como um cristão *quacre* (o que Ahab devia ter sido na juventude), mas como um adorador do fogo zoroastriano, cuja baleeira é tripulada por Fedallah e outros parsis, ainda hoje os últimos zoroastrianos do mundo. O grande brado de Ahab ("Eu bateria no sol se ele me insultasse!") soa como o *ethos* dos atuais Estados Unidos. Nosso milenarismo agressivo muito pouco tem a ver com a humildade cristã, e pode ser interpretado como um recuo mais ao antigo senso iraniano de ser o Povo Escolhido do que ao senso bíblico de eleição. Afinal, foi Zoroastro, e não os profetas hebreus, quem inventou as idéias ocidentais de Inferno e Demônio, e portanto é Zoroastro o ancestral último de toda a gama de recentes milenaristas americanos, desde o hoje benigno ícone nacional Billy Graham até grupos fascistas nativistas como a Nação Ariana e o Posse Comitatus, herdeiros inconscientes dos antigos persas.

O mais saudável antídoto para o milenarismo americano talvez seja um retorno, por protestantes convencionais e católicos igualmente, à teologia de Santo Agostinho, cuja *Cidade de Deus* (426 E.C.) inspirou a rejeição do milenarismo pela Igreja Católica no Concílio de Éfeso, em 431. Para Agostinho, a Igreja já *era* o milênio corporificado, o verdadeiro Reino de Deus já estabelecido na terra. Mas é improvável que mesmo uma revivescência agostiniana entre os protestantes e católicos romanos tradicionais vá afetar a vasta maioria de fanáticos americanos, cuja fé é apocalíptica, o que a princípio parece estranhamente em choque com a moralidade da classe média americana. Por que os confortáveis e sacralizados iriam antecipar os violentos arrebatamentos do fim prometido? A pergunta não é irônica, mas expressa minha autêntica perplexidade. Historicamente, espera-se que os despossuídos, os "insultados e feridos", os vitimizados, abracem as expectativas do milênio. Contudo, em nossa América contemporânea, o único anseio meio medroso por uma realização apocalíptica vai muito além dos pentecostais, que freqüentemente pertencem a classes baixas, e se estende até os mórmons, os batistas do Sul conservadores e outros fundamentalistas, e os adventistas, entre vários outros credos mais prósperos. Por que iriam os donos da América desejar uma transformação sobrenatural?

Se há uma resposta convincente, devemos encontrá-la na natureza da religião americana, sobretudo no que ela tenha de unicamente americano na gnose nacional (e certamente é, como este livro existe em parte para mostrar, mais uma gnose que uma fé ou credo). Como sugeri num livro anterior (*The American Religion*, 1992), não me inclino a descobrir as raízes de nosso atual milenarismo na América colonial inglesa do século 17 nem na revolucionária do século 18. Uma radical alteração da religião americana teve início com o começo do século 19, num processo estudado por historiadores como Nathan Hatch e Jon Butler. Enormes avivamentos da fronteira invadiram as cidades, acompanhadas do pré-milenarismo. Na década de 1830, estava em marcha o estranho movimento millerita, nome tirado de um batista de Nova York, William Miller, que proclamou que o apocalipse se daria em 1843. Como não se deu, seus discípulos mais avançados revisaram os cálculos (baseados no Livro de Daniel) e apontaram o dia exato como sendo 22 de outubro de 1844. Um extraordinário número de milleritas (contando-se os que apenas embarcaram na história, *podem* ter chegado a 100 mil) choraram amargamente quando amanheceu o 23 de outubro. Dessa ruína de expectativa acabaram saindo denominações tão diversas quanto os Adventistas do Sétimo Dia e os mais tardios Testemunhas de Jeová. Contudo, temos pelo menos 10 milhões de pré-milenaristas, hoje, que são milleritas após o não-evento, sem sabê-lo. O ano 2000-2001 não será um ano confortável nos Estados Unidos da América, não porque vamos experimentar alguma ruptura ou arrebatamento, mas porque há grupos extremistas entre os pré-milenaristas, e a decepção *deles* pode levar a violência. A Nação Ariana e outros fascistas apocalípticos semelhantes podem tentar aliviar expectativas não realizadas com terrorismo, num padrão psicológico conhecido.

Sem dúvida são apenas uma periferia; a grande massa de pré-milenaristas americanos não ligará suas esperanças aos específicos anos 2000 e 2001. Nenhum estudioso a fundo do mormonismo pode deixar de impressionar-se com o formidável pragmatismo dos mórmons. São uma organizada (altamente organizada) Igreja Gnóstica americana, de maneira nenhuma monoteísta, e portanto ainda herdeiros da visão de Joseph Smith, o maior e mais autêntico dos profetas, visionários e reveladores americanos. O profeta Joseph, carismático e destemido, pregou uma doutrina ao mesmo tempo hermética e cabalística, talvez até sabendo que eram essas as suas afinidades. Declarou que há uma pluralidade de deuses, e o mais alto Deus foi um dia o homem Adão. E haveria um Reino de Deus pré-milenar na terra, centrado nos Estados Unidos, e governado por um profeta-rei mórmon em sucessão apostólica a Joseph, que era ele próprio uma só e mesma pessoa com Enoque. Se Joseph sabia que por isso era também o anjo Metatron (ou Miguel), e portanto o Javé menor, não precisamos duvidar. Há mais de nove milhões de mórmons em todo o mundo hoje, enquanto existem mais de 900 milhões de católicos romanos. Eu mesmo profetizo que essa proporção de 1:100 vai decrescer durante o século 21, embora em que ritmo, quem pode dizer? Mas há no mormonismo uma urgência, um vitalismo, que são espantosos. Essa mais americana das religiões vive num limiar entre este mundo e o milênio (um milênio não designado), e aferra-se firmemente tanto a este mundo quanto ao outro. O milenarismo deles rompe a dicotomia discursiva entre homem e Deus, e assim ajuda a inaugurar um novo senso, pelo menos nos Estados Unidos, de fusão entre o nosso cosmo e o mundo por vir. A Sião *deles* não é, sabidamente, "um mundo em outra parte"; será construída um dia, perto de Independence, no Missouri, segundo uma profecia de Joseph Smith. Curiosamente, esse local da nova "cidade de Enoque" não está nas mãos dos heresiarcas de Salt Lake City, mas pertence aos Mórmons Reorganizados, invariavelmente governados pelos descendentes diretos do profeta Joseph. Por enquanto, o Reino de Deus pré-milenarista nos Estados Unidos centra-se em Utah e estados vizinhos, num cinturão que corre pelo Condado de Orange, na Califórnia, berço da Revolução Reaganista, e infelizmente (e simbolicamente) falido no momento em que escrevo.

B) Gnose do Mundo Futuro

A profecia hebréia era em parte advertência moral, mais bem expressa por William Blake como: "Se você continuar assim, o resultado será este." Essa profecia diz: "Mude já!" A profecia fracassada, como eu já disse, torna-se apocalíptica, e o apocalíptico fracassado torna-se gnosticismo. Não sendo profeta, não tenho advertências a fazer, e espero que todos os temores, anseios e expectativas apocalípticos reunidos em torno do milênio se mostrem falsos. Haverá uma gnose do mundo futuro, aqui e em outra parte, ou a verdadeira gnose limita-se ao conhecer atemporal de nosso eu profundo?

Conhecer a centelha que é o eu mais interior implica necessariamente conhecer o potencial do eu. Se somos fragmentos do que foi outrora uma plenitude, o Pleroma, como o chamavam os antigos gnósticos, então podemos conhecer o que fomos um dia e o que poderemos voltar a ser. A tentativa freudiana de terapia racional enfatizava que o ego, embora em parte inconsciente, podia ser fortalecido, e na verdade conquistar uma liberdade parcial da censura do superego, aquela agência acima do "eu". Essa terapia dificilmente atingiu mesmo o mais modesto objetivo. Este pequeno livro, *Presságios do Milênio*, foi escrito na antiga convicção de que "o que nos liberta é a gnose". A liberdade espiritual responde a um agudo anseio no fim de uma era, mesmo que não acreditemos, como eu não acredito, que catástrofes particulares aguardem o país e o mundo nos anos 2000 e 2001. Nossas obsessões populares com anjos, poderes telepáticos e sonhos proféticos, seqüestros por alienígenas e experiências de "quase morte", têm todas suas degenerações comerciais e malucas, porém mais que nunca atestam uma expectativa de libertação dos fardos de uma sociedade cansada do seu senso de atraso, um mal-estar que insinua que de algum modo chegamos depois do fato. William Blake observou que tudo em que se pode acreditar é uma imagem da verdade. É difícil manter essa observação no tempo presente, quando somos inundados por crenças bizarras, numa América violenta que já sofre de demasiadas obsessões apocalípticas. Como um povo enlouquecido pela fome de informação, já somos gnósticos naturais mesmo. O Deus e o Jesus americanos são encontrados experiencialmente por fanáticos americanos, muitos dos quais afirmam um íntimo conhecimento com o amor de Deus ou de Jesus por eles.

O mais autêntico augúrio do Milênio podia-se chamar nosso emergente sonho de um anjo de guarda da ressurreição pessoal, uma vez que os três mais generalizados dos atuais augúrios — anjos, sonhos, não morrer — se encontram nessa imagem compósita. Encontramos essa imagem em muitos disfarces neste livro: o Metatron da Cabala; o Anjo Respondedor dos sonhos proféticos de Joseph Caro; o anjo postado no nosso fim nas tradições de ressurreição; o Homem Divino ou Natureza Perfeita do folclore hermético; o Anjo Cristo do gnosticismo cristão; o Traje ou Homem de Luz dos grandes sufistas iranianos. Apresentei três versões do anjo de ressurreição não tanto como corretivas de nossas versões popularizadas, mas como um realce. Intriga-me o fato de que as sugestões transcendentes, uma vez concedidas aos espiritualmente capazes e aos intelectos poderosos, agora parecem mais ao alcance sobretudo dos devotos de puras maluquices. Minha convicção pessoal é de que as ortodoxias dogmáticas — judaísmo normativo, a Igreja Católica Romana, a corrente principal do protestantismo — suprimiram ou exilaram o elemento imaginativo da religião ocidental, que é a gnose cujos profetas incluem Valentino, Isaac Luria e os sábios xiitas de Henry Corbin, entre os discutidos neste livro, e os grandes "hereges" que não são: Meister Eckhart, Jakob Boheme, Swedenborg, William Law e uma legião de outros, entre eles William Blake.

Sempre há um mundo futuro, não um mundo em outra parte, mas a ser conhecido aqui e agora. O profeta mais universal desse conhecimento me parece ser o heterodoxíssimo Jesus de *O evangelho de Tomé*, que assim instrui seus discípulos, quando lhe perguntam quem os guiará depois que ele partir:

> Não importa onde estejais, deveis procurar Tiago o Justo, por quem céu e terra vieram a existir.

Referi-me várias vezes antes neste livro a Tiago, que morreu no ano 62 da Era Comum, e que chefiou a congregação em Jerusalém da família e seguidores de Jesus. Há muitos pretendentes a esse grupo desaparecido e sua gnose, incluindo os gnósticos do *Livro secreto de Tiago*, todo o Islã e muitos hermetistas e visionários extáticos, por todos os mais de dezenove séculos que se passaram desde a morte de Tiago. Alguns especularam que os sectários dos Manuscritos do Mar Morto eram discípulos de Tiago o Justo. Observei mais de uma vez neste livro que endosso as suposições daqueles que identificaram a congregação de Tiago o Justo com um gnosticismo judeu anterior a Jesus, e ao qual Jesus aderiu, embora estudiosos eminentes como Hans Jonas tenham duvidado até da existência de um gnosticismo judeu. Erwin Goodenough, um leitor atento de Filo de Alexandria, chegou a conclusões opostas, e falou da "doutrina mística da judiaria helenística", tanto alexandrina quanto palestina. Os essênios, que *podem* ser idênticos à comunidade de Tiago o Justo ou aos Aliancistas do Mar Morto, ou a ambos, já representavam uma forma de pensamento gnóstico, pois afirmavam que Deus era inacessível ao homem como tal. Mas o Deus deles *conhecia* os homens (alguns homens), e podia iluminá-los. Os essênios remontam a 150 A.E.C., e antecedem qualquer gnosticismo judeu-cristão que possamos reconhecer. Martin Hengel, em seu *Judaism and Hellenism* (tradução inglesa, 1974), fala dos essênios como estando entre os mais antigos "magos judeus", a exorcizar doenças com seu poder angélico, mais ou menos à maneira de Jesus. No ótimo resumo de Hengel, os essênios parecem ser os ancestrais comuns prováveis de uma gnose judaico-cristã, associada com fenômenos de batismo:

> Num certo sentido, a interpretação "helenizada" da ordem essênia pelos vários autores antigos não era de todo errada, pois precisamente no essenismo o judaísmo aponta para além do estreito contexto da Palestina; o retiro para a solidão do deserto desencadeou grandes conseqüências religiosas, que tiveram seus efeitos no cristianismo primitivo, nos movimentos batistas na Transjordânia e no gnosticismo inicial.

Em outra parte, Hengel afirma que "os primeiros princípios do gnosticismo judeu provavelmente se desenvolveram em grupos samaritanos judeus heterodoxos", supostamente como o chefiado pelo famoso Simão Mago, mas muito possivelmente também envolvendo João Batista. Nossas idéias de gnosticismo foram degeneradas por muitos séculos de silêncio judeu normativo, e de libelo cristão dogmático, e mesmo Simão Mago talvez seja uma vítima da difamação cristã paulina. Os inimigos da gnose foram e são vitoriosos, mas apenas no sentido organizacional e político. Historicamente, eles parecem ter vencido, mas todas as vitórias sobre o espírito permanecem para sempre equívocas, e a centelha ou eu mais profundo jamais é inteiramente apagada. A autêntica espiritualidade nos Estados Unidos, há quase dois séculos, é essencialmente gnóstica. Como eu disse (e deixei implícito) em todo este livro, há muitas versões de gnosticismo, incluindo um tipo de cristianismo que fundamentalmente tende a excluir os elementos paulino e agostiniano. Os Estados Unidos dificilmente precisam de uma revivescência gnóstica: suas perpétuas revivescências não são outra coisa, às vezes, ai, não inteiramente para melhor. Muito do que agora passa por judaísmo normativo (hassidismo incluído) é essencialmente gnosticismo judeu, e suponho que os sufistas xiitas do Irã sobreviverão a seus opressivos Novos Doutores da Lei. Antes de pregar um sermão gnóstico como minha coda, contento-me em dar a última palavra aqui a Macedonio Fernandez, o lendário (mas bastante real) mentor gnóstico de Jorge Luis Borges, o mais brincalhão de todos os gnósticos de todos os tempos:

> "Tudo já foi dito, tudo já foi escrito, tudo já foi feito" — foi o que Deus ouviu. E ainda não tinha criado o mundo, nem existia coisa alguma. "Também isso eu ouvi", Ele respondeu, do separado velho Nada. E pôs-se à obra.

Uma romena certa vez me cantou uma melodia popular que mais tarde reconheci incontáveis vezes, em várias obras de vários autores dos últimos quatrocentos anos. As coisas não começam, ninguém contesta isso. Ou pelo menos não começam no momento em que são inventadas. O mundo foi inventado velho desde o começo.

(Do *Museo de la Novela de la Eterna*)

CODA:

NEM PELA FÉ, NEM PELOS ANJOS

UM SERMÃO GNÓSTICO

O que nos liberta é a Gnose
de quem éramos
do que nos tornamos
de onde estávamos
de onde fomos lançados
de para onde corremos
do que estamos sendo libertados
do que é de fato o nascimento
do que é de fato o renascimento

Este é um credo gnóstico do século 2 A.D., e pretendo fazer um sermão sobre ele nas páginas que se seguem. O objetivo do meu sermão não será de modo algum conversional; ao contrário, buscará mostrar a muitos que me lêem, e portanto me ouvem, o paradoxo de que já são gnósticos, "conhecedores", sem o saber conscientemente. Claro, denominações americanas nativas contêm fortes traços gnósticos: os mórmons, muitos pentecostais, um surpreendente número de batistas do sul moderados, e uma multidão de fanáticos afro-americanos, entre eles alguns batistas negros. Mas não tenho autoridade para falar a nenhum desses, e não posso dirigir-lhes este sermão. Falo em vez disso aos sem igreja, aos buscadores de muitos tipos, que são demasiado lúcidos e espiritualmente maduros para brincar com os brinquedos Nova Era ou Woodstock, e que no entanto sabem, em muitos níveis, o que Emerson queria dizer quando escreveu em seu caderno de apontamentos: "É por ti mesmo, sem embaixador, que Deus te fala", e acrescentou a mais profunda verdade de todo o gnosticismo:

> Foste algum dia instruído por um homem sábio e eloqüente? Lembra-te então, não foram as palavras que fizeram teu sangue correr para tuas faces, que te fizeram tremer ou te

> deliciaram — não te soaram elas tão velhas quanto tu mesmo? Não é verdade que já sabias antes, ou esperas ser afastado do púlpito ou do homem por qualquer coisa que não a pura e simples verdade? Nunca. É Deus em ti que responde a Deus fora de ti, ou afirma suas próprias palavras tremendo nos lábios de outro.

Eis aí o âmago do conhecimento gnóstico, escrito nos Estados Unidos em 1831, e não mil e setecentos anos antes, na Alexandria helenista. É na convicção de que Emerson estava certo, e de que muitíssimos de nós somos gnósticos sem saber o que sabemos, que este sermão explica o gnosticismo como a alternativa espiritual existente neste momento para cristãos, judeus, muçulmanos e humanistas seculares. Desejo portanto evitar mergulhar na história religiosa, erudição, teologia, mas preciso começar com uma apresentação bem mínima de preparação, se quero que termos como "gnose", "gnosticismo" e "religião gnóstica" sejam entendidos, e que meu sermão tenha algum valor. Tomando o credo acima como texto, vou deixar que o pano de fundo e a doutrina surjam diretamente de cada uma das nove linhas da antiga fórmula.

O que nos liberta é a Gnose

O que nos liberta, segundo o dogma cristão, é o conhecimento da verdade, que é a Encarnação, Crucificação e Ressurreição de Cristo, e essa verdade será conhecida pela fé, a fé em que num dado momento, ao mesmo tempo dentro e fora do tempo, esses fatos um dia ocorreram. Quando porém dizemos que o que nos liberta é a gnose ou "conhecimento", somos gnósticos, e em vez de acreditarmos que alguma coisa foi e é assim (uma alguma coisa que seria diferente para os judeus, e de novo para os muçulmanos), apoiamo-nos mais num conhecimento interior do que numa crença exterior. Gnose é o oposto de ignorância, e não de descrença. Como palavra grega antiga largamente usada por judeus e cristãos, a gnose não significava saber que alguma coisa era assim, mas antes apenas conhecer alguém ou alguma coisa, incluindo conhecer Deus. Esse "conhecer Deus" tem uma conotação especial que o torna gnose: é um processo recíproco em que Deus também conhece o que é melhor e mais antigo em nós, uma centelha em nós que sempre foi de Deus. Isso quer dizer que conhecer Deus é basicamente um processo de sermos lembrados do que já sabemos, que é que Deus jamais foi inteiramente externo a nós, por mais alienado ou separado que esteja da sociedade ou mesmo do cosmo que habitamos.

Como, quando e onde surgiu essa gnose? O judaísmo normativo, o cristianismo dogmático e o Islã sunita ortodoxo encararam e ainda encaram a gnose como uma heresia, uma coisa que blasfema contra a fé em Deus e as revelações dessa fé proclamadas através de Moisés, Jesus e Maomé. Floresce a controvérsia erudita sobre a questão das origens da "heresia gnóstica", como prefiro chamá-la, mas como estou pregando um sermão, uma declaração e não discussão, resolverei a controvérsia para mim mesmo, e para meu leitor basicamente interessado na busca espiritual, como eu. O gnosticismo surgiu primeiro entre os judeus helênicos, tanto do Egito alexandrino quanto da Síria-Palestina, um século, mais ou menos, antes de Cristo. Não creio que tenha começado com uma rebelião contra o Criador-Deus Sacerdotal de Gênesis, capítulo 1, embora acabasse se transformando nisso, e continua a encarar a falsa Criação do Gênesis 1 como a verdadeira Queda de homens e mulheres. Em vez disso, esses judeus intertestamentais (entre o Velho e o Novo Testamentos) buscavam reviver uma religião judaica mais arcaica, que o culto do Templo tinha obscurecido, uma religião em que a demarcação entre Deus e a humanidade não era uma barreira fixa. Os mitos e teosofias judeus antigos há muito haviam antecipado o gnosticismo, e essas especulações foram revividas no primeiro século formativo do gnosticismo judeu. A mais importante delas referia-se ao Adão original ou primordial, o *Ântropos* ou Homem, como os judeus de fala grega o chamavam, um ser ao mesmo tempo Adão e Deus, cujo corpo enorme tomava o cosmo todo, mas que na verdade transcendia o cosmo. Nosso mundo, mesmo antes de cair (ou encolher-se na Criação de Gênesis 1), *estava contido dentro da estrutura de Adão, Ântropos, Homem*, que era indistinguível de Deus. Daí a Gnose, em que um único ato de conhecimento pessoal compreende ao mesmo tempo o homem conhecer Deus e Deus conhecer o homem.

O que nos liberta é a Gnose de quem éramos

O gnosticismo, já existente entre os judeus pré-cristãos, tornou-se naturalmente uma das primeiras formas de cristianismo, e competiu com a Igreja nascente dos primeiros dois séculos cristãos, após o que foi politicamente derrotado e assim lançado à heresia. O credo sobre o qual prego como meu texto é uma versão do século 2 da doutrina do grande gnóstico cristão Valentino, certamente o mais poderoso autor entre os antigos gnósticos. Mas agora vou abandonar a história, a não ser por momentos ocasionais de esclarecimento, quando se tornar necessário. Em primeiro lugar, a Gnose nos liberta porque é o conhecimento de quem éramos, antes daquela Criação Sacerdotal que na verdade foi nossa Queda da divindade na divisão e estilhaçamento. Quem éramos, quando éramos nossos eus originais? Que eram nossas faces, antes que se fizesse o mundo? Qual era nosso poder de ser, nossa condição de consciência, nossa relação com a vida? A gnose, há dois mil anos, tem sido um conhecimento pragmaticamente ao alcance apenas de uma elite, dos já iniciados, e que são capazes de um tão grande conhecimento. Mas o verdadeiro conhecimento de quem éramos abarca muito mais que a elite; devolve-nos a uma entidade universal que continha todos os homens e mulheres. Éramos, todos nós, de uma natureza dupla, Deus e homem, como uma reciprocidade passando entre os dois aspectos. O autoconhecimento e o conhecimento de Deus estavam em harmonia, e nada disso era teórico, mas experiencial. O Corpus Hermeticus antigo, textos de gnósticos alexandrinos pagãos sob certa influência judia, expressou com grande eloqüência esse maravilhoso senso da gnose de quem éramos:

> ... o verdadeiro Homem está acima até mesmo dos deuses, ou pelo menos é seu pleno igual. Afinal, nenhum dos deuses celestes deixará as fronteiras celestes para descer à terra; contudo o Homem ... estabelece-se por si mesmo nas alturas sem sequer deixar a terra, tão longe vai o seu poder. Devemos presumir portanto que o homem terreno é um deus mortal, e que o Deus celestial é um homem imortal.

Contudo, que pode significar ser "um deus mortal"? Como a gnose é a redenção do "homem interior" ou "mulher interior", a interioridade está no âmago ou centro da divindade mortal. Não se deve confundir a interioridade gnóstica com as excursões freudianas ou junguianas ao interior, pois ela depende de uma iluminação ou revelação, tanto de dentro quanto de fora. As imagens de desperta interioridade, de quem nós éramos, de que saímos de uma intoxicação, sempre enfatizam um encontro de realidades interiores e exteriores que buscam a semelhança umas nas outras. Freud esperava fortalecer o ego, e Jung fazia-se passar por gnóstico, mas a integração que é a gnose é bastante diferente dos processos da psicanálise ou psicologia analítica. Parte do que fomos era Deus, um Deus pessoal mas transcendendo o que nos tornamos, como nós mesmos uma vez fomos mais do que nos tornamos. Pragmaticamente, a gnose é uma diferença que faz diferença, porque a busca é para retornar a um conhecimento perfeito, ao mesmo tempo experiencial e intelectual.

O que nos liberta é a Gnose do que nos tornamos

Em toda a literatura religiosa, não sei de um retrato mais vívido de depressão espiritual que o feito pelo gnosticismo dos piores parâmetros de nossa existência terrena. Os textos gnósticos antigos me lembram freqüentemente o cosmo das tragédias mais negativamente sublimes de Shakespeare, *Rei Lear* e *Macbeth*, e também me lembram nossos terríveis centros urbanos, e a erodida desolação de tão grande parte da paisagem americana. Nosso mundo existente é chamado de *kenoma* ou vazio cosmológico pelos gnósticos antigos: um mundo de tempo repetitivo, reprodução sem sentido, ausência de futuro, Geração X: ontem, hoje e sempre. O que nos tornamos foi possuído pelo demônio, preso num senso de destino por anjos hostis chamados *arcontes*, os príncipes de nosso cativeiro. Andando por Yale um dia, encontrei meu amigo Bentley Layton, o eminente estudioso do gnosticismo, que me perguntou sobre a expressão angustiada em meu rosto. Quando lhe respondi honestamente que estava com os pés doendo, ele ergueu um dedo sábio e observou:

— Ah, é o *arconte* dos sapatos!

No superdeterminado mundo do que nos tornamos, até as piadas gnósticas têm sua utilidade. Há um senso contemporâneo de angústia com a aproximação do Milênio, um senso que tem seu próprio sabor característico, e é admiravelmente semelhante à angústia gnóstica de dois milênios atrás. Nossas atuais obsessões americanas com anjos, com sonhos parapsicológicos, com a "experiência de quase morte" e suas manifestações de corpo astral: tudo isso tem claras analogias no período de formação do gnosticismo antigo. O que a gnose melhor nos ensina, nesta questão, é acabar com nosso entusiasmo por anjos, que segundo o gnosticismo não são nossos guardiães, mas nossos carcereiros.

O que nos liberta é a Gnose de onde estávamos

O gnosticismo nos diz que, antes da catástrofe da Criação-Queda, estávamos no lugar de repouso, a "Plenitude" ou Pleroma, um mundo paradoxal de paz tensamente vital, e de um êxtase calmo mas ainda assim ativo, dificilmente uma condição fácil de imaginar, pelo menos em base perpétua. Contudo, parece-me a mais humana e interessante versão de um céu ou condição não caída que já encontrei. Monoimos, um dos primeiros gnósticos árabes antigos influenciados por teosofias judaicas arcaicas, teve uma espirituosa intuição do Homem do Pleroma, o humano não caído da Plenitude:

> Deixa de buscar Deus, a criação e coisas que tais, e busca a ti mesmo por ti mesmo, e aprende quem é que se apropria dentro de ti sem exceção e diz: "*Meu* Deus, *minha* mente, *meu* pensamento, *minha* alma, *meu* corpo", e aprende de onde vem a dor, a alegria, o amor, o ódio, o despertar sem intenção, o dormir sem intenção, a ira sem intenção, o amor sem intenção. E se examinares cuidadosamente essas coisas, encontrarás a ti mesmo dentro de ti mesmo, sendo ao mesmo tempo um e muitos como aquele traço, e descobrirás o resultado de ti mesmo.

"Aquele traço" refere-se, maravilhosamente, ao traço único da letra grega iota (I), que sendo numeral ao mesmo tempo que letra, representa o número 10, o número que contém todos os outros. E assim Monoimos, a quem eu chamaria de primeiro espirituoso ou humorista gnóstico, passa a fazer "daquele traço" também o traço gnóstico de interpretação, vendo o Homem perfeito na harmonia do Pleroma:

> Esse Homem é uma unidade única, incompósito e indivisível, compósito e divisível; inteiramente amigo, inteiramente pacífico, inteiramente hostil, inteiramente em inimizade consigo mesmo, dessemelhante e semelhante,

como uma harmonia musical, que contém dentro de si tudo a que se pode dar nome ou deixar de notar, produzindo tudo, gerando tudo...

Em relação ao Homem original no Pleroma, nosso cosmo é uma cópia deformada, e o mesmo somos nós. Não podemos juntar opostos, ao contrário do Andrógino que é Ântropos, ao mesmo tempo homem e mulher, Deus e humano, nosso pai e nossa mãe ancestrais, a raiz da árvore de nossa existência. Como sabem muito bem muitas feministas contemporâneas, o deus dos gnósticos há muito esvaziou o absurdo tão difícil de remover do judaísmo, cristianismo e Islã: a Divindade exclusivamente masculina. E há uma vida sexual dentro do Andrógino: como não haveria? A história dessa vida sexual é mais desenvolvida na Cabala judaica, mas está presente na Gnose desde os primórdios.

O que nos liberta é a Gnose de onde fomos lançados

"Lançar" é o verbo mais importante no vocabulário gnóstico, porque descreve, agora como há dois mil anos, nossa condição: *fomos lançados* neste mundo, neste vazio. Expulsos, ao mesmo tempo de Deus e de nossos verdadeiros eus ou centelhas, vivemos e morremos a condição de termos sido lançados, diariamente. Admitamos que há um estimulante dinamismo em nossa condição, mas isso não prevalece, e não é a norma de nossa existência. O trauma está muito mais próximo de nossos dias e noites: medo de desamor, privação, loucura, e a previsão de nossas mortes. Eis o que diz Valentino sobre nosso presente estado em sua única obra conhecida, a bela meditação *O evangelho da verdade:*

> Assim eles não conheciam Deus, pois foi a ele que não viram. Na medida em que ele era o objeto de medo, perturbação, instabilidade e divisão, havia muita futilidade em ação entre eles por isso, e muita ignorância vazia — como quando adormecemos e nos vemos no meio dos pesadelos: fugindo para algum lugar — impotentes para fugir quando somos perseguidos — em luta corpo a corpo — sendo espancados — caindo de uma altura — soprados para cima pelo vento, mas sem asa alguma; às vezes,

também, parece-nos que estamos sendo assassinados, embora ninguém nos persiga — ou matando nossos vizinhos, de cujo sangue estamos lambuzados; até que, tendo passado por todos esses sonhos, despertamos.

Esse pesadelo de morte em vida, composto dezoito séculos atrás, exige pouca modificação. O Jesus gnóstico de *O evangelho de Tomé*, um Jesus errante, mais próximo de Walt Whitman que do Jesus das Igrejas, fala-nos como se cada um de nós fosse um viandante, e com uma eloqüência última nos diz precisamente no que fomos lançados:

> Mas se não vos conheceis, então habitais na pobreza, e sois pobreza.
>
> Afortunado é aquele que existiu antes de existir.

"Pobreza" é aqui exatamente o que Ralph Waldo Emerson, fundador de nossa Gnose americana, chamava de pobreza: falta ou necessidade de imaginação. Nós existimos antes de existirmos; sempre fomos, e portanto nunca fomos criados, sendo tão velhos quanto o próprio Deus. E, no entanto, fomos lançados neste mundo, o de nossas vidas, onde Jesus nos aconselha a "ser viandantes".

O que nos liberta é a Gnose
de para onde corremos

Se fomos lançados, quem foi o lançador? Nenhum Odin, Júpiter ou Javé nos lançou sozinho do Pleroma: só pode ter sido com nossa ajuda. Ao contrário, não foi e não é o eu, centelha ou *pneuma* (para usar a palavra gnóstica), mas a psique ou alma, a companheira mais rasa do eu mais profundo. Quando vivemos dia após dia, experimentamos, por vislumbres, um senso de para onde estamos correndo, mas é a visão retrospectiva que mais nos fere. Aos sessenta e quatro anos, eu freqüentemente me vejo perplexo com minha própria pergunta: para onde foram os anos? Quando escrevo este sermão, estou para iniciar meu quadragésimo ano consecutivo como professor em Yale, e não comporto em minha consciência a rapidez com que quarenta anos se foram. Contudo, minha experiência é praticamente universal, entre meus amigos e conhecidos de minha geração. Sentir que o tempo ficou mais rápido, e que os intervalos permanecem estreitos, é uma vertigem à qual a Religião Gnóstica é quase a única capaz de atender. O tempo, segundo o judaísmo, o cristianismo e o Islã, é a misericórdia da Eternidade: redentor. Esse passa por ser outro belo idealismo, e no entanto é uma mentira, uma mentira que atua profundamente contra a centelha que pode ajudar a atrapalhar nossa corrida para uma niilística consumação.

O que a gnose nos diz é que o tempo, que degrada, é ele próprio produto de uma degradação divina, um fracasso dentro de Deus. Demorei até agora para falar da degradação divina porque nenhum aspecto do gnosticismo é mais mal entendido ou mais ofende os pios das Igrejas estabelecidas. Mas a crise dentro do Pleroma, a perturbação na Plenitude original, tinha de ser mútua: quando desabamos neste mundo feito pelos anjos ineptos, Deus desabou também, caindo conosco, mas numa esfera mais estranha, incrivelmente remota. Existem pelo menos dois *kenomas*, dois vazios cosmológicos, nosso mundo, *este* mundo, e as esferas invisíveis também formadas em pavor, como diz Herman Melville em sua obra-prima gnóstica, *Moby Dick*. Nesses lugares ermos, Deus hoje vaga, ele próprio um estranho, um estrangeiro, um exilado, assim como nós vagamos aqui. O tempo, uma sombra invejosa (como o chamou o poeta gnóstico Shelley), caiu da Plenitude em nosso mundo. Uma sombra igualmente invejosa, anônima, paira do outro lado do Deus errante do abismo, não apenas isolado de nós, como nós dele, mas tão desamparado sem nós quanto nós sem ele.

O que nos liberta é a Gnose daquilo de que somos libertados

Como me dirijo aos que buscam, àqueles que são gnósticos sabendo-o ou não, falo com certa liberdade. Este aviso é porque, daqui por diante, não posso falar sem correr o risco de ofender os devotos que confiam na Aliança, se judeus; que acreditam que Jesus foi o Cristo, se cristãos; ou que afirmam que Maomé foi o selo dos profetas, se aceitaram o Islã. A Gnose do que estamos sendo libertados é o conhecimento do Deus Caído que os gnósticos outrora chamavam de Demiurgo, ou o verdadeiro Pai das mentiras, o Deus deste mundo que se faz passar por Javé Pai. Os que amam o Deus cuja criação foi ao mesmo tempo a nossa queda e a deste mundo têm São Paulo como seu mais forte precursor, sobretudo porque ele foi profundamente tentado pelo gnosticismo cristão, mas deu-lhe as costas. Apesar de proteiforme, Paulo enfatizou a distância entre sua Fé cristã e a Lei judaica de um modo tão feroz que a Fé se tornou a única bênção e a Lei uma maldição, uma antítese que alguns gnósticos antigos interpretaram como sua própria disputa entre a Gnose e a Fé, uma Fé da qual recusavam desembaraçar a Torá ou Lei. Contra a Gnose, Paulo buscou opor o que chamava de "amor", um nome que o quase gnóstico Friedrich Nietzsche revelou ser uma coisa um tanto diferente:

> A própria palavra "cristianismo" é um mal-entendido — para falar a verdade, jamais houve mais de um cristão, e ele *morreu* na Cruz. O "evangelho" *morreu* na Cruz... É absurdamente falso ver na "fé", fé na salvação através de Cristo, o traço distintivo do cristão: a única coisa cristã é o modo cristão de existência, uma vida *como* a que teve aquele que morreu na Cruz.

Sobre o próprio Paulo, Nietzsche observou: "A idéia de união com Cristo o fez perder toda vergonha, toda submissão, toda contenção, e ficou claro que sua ingovernável ambição se regalava na expectativa de glórias divinas." Pode-se acrescentar a observação de Bernard Shaw sobre Paulo: "Ele não é mais cristão do que Jesus foi batista; é discípulo de Jesus apenas como Jesus foi discípulo de João. Não faz nada que Jesus teria feito, e não diz nada que Jesus teria dito." Se a "fé" cristã significa Paulo, o que é praticamente certo, a Gnose adquire o seu mais profundo sentido, que é um retorno às origens, não do cristianismo, mas do Pleroma, do estado em que Deus e o humano são indistinguíveis. Contudo, do que estamos nós sendo libertados? Do falso resto de Deus e dos Anjos que eram o resíduo depois que romperam a unidade com o humano. Na visão gnóstica, o Deus das fés organizadas ocidentais é um impostor, independentemente do nome que assuma. Seu ato de usurpação disfarçou-se com a renomeação da Plenitude original como abismo ou caos, e chamando-se obscenamente de Criação a Queda na divisão. Uma degradação divina apresenta-se como um ato benigno; o gnosticismo começa no repúdio a esse ato, e no reconhecimento de que a liberdade depende de um retorno ao que antecedeu à Criação-Queda. Agora estamos desamparados, sofrendo saudade e medo, com mais freqüência chamados de "depressão". Contudo, do ponto de vista gnóstico, nosso trauma é choque; tendo sido expulsos, estamos desorientados, e sendo vítimas da mentira, esquecemos o que conhecemos. O conhecimento, em última análise, é da mais antiga parte de nosso mais profundo eu, e isso é conhecimento do melhor de nós mesmos. A Criação não pôde alterar essa melhor parte; uma centelha em nós mesmos agora está curada, original, pura. Essa centelha é também uma semente, e dela brota a irrespondível gnose, que nos liberta do que a maioria dos homens e mulheres continua chamando de Deus, embora o Anjo que adoram como Deus seja uma pobre ruína, desumanizada.

O que nos liberta é a Gnose
do que é de fato o nascimento

No *Evangelho de Tomé*, o Jesus gnóstico enfatiza que jamais fomos criados, e portanto não há necessidade de um fim dos tempos. Começamos antes do começo, e estaremos aqui após o suposto Apocalipse. Que pode ter sido então o nosso nascimento, se o que é mais antigo, melhor e mais fiel a nós mesmos jamais passou pelo nascimento? Ouçam esse diálogo, do *Evangelho de Tomé*, entre uma mulher anônima e Jesus:

> Uma mulher na multidão disse-lhe: "Afortunados são o ventre que o carregou e os seios que o amamentaram."
> Ele lhe disse: "Afortunados são aqueles que ouviram a palavra do pai e a mantiveram fielmente. Pois dias virão em que direis: 'Afortunados são o ventre que não concebeu e os seios que não amamentaram'."

Em outra parte do *Evangelho de Tomé*, Jesus distingue entre a "verdadeira" mãe e a mãe biológica ou natural, e mais uma vez, nesta coletânea de ditados, ele observa de modo muito sombrio: "Quem conhecer o pai e a mãe será chamado de filho de uma prostituta", porque é um erro "conhecer" nossa ascendência natural, que simplesmente não pertence à gnose. Só a centelha (ou eu) original pode ser conhecida, em nós mesmos ou em outros. Nada disso questiona ou denuncia a paternidade ou maternidade como tais; seu efeito é mais libertar-nos, vendo o próprio nascimento como uma participação ou renovação da Criação-Queda. Isso não significa lamentar ou se arrepender do nascimento natural; é apenas uma questão de perspectiva. Mas isso me leva ao âmago deste sermão, pois é o centro da gnose: qual a compreensão correta do renascimento e da ressurreição?

O que nos liberta é a Gnose
do que é de fato o renascimento

Como já foi sugerido antes, o gnosticismo pode ser pagão, judeu, cristão, muçulmano, ou mesmo assumir as formas externas de espiritualidades mais orientais. Os hermetistas, desde a antiga Alexandria até Giordano Bruno, passando pelo Renascimento italiano, formam uma tradição contínua de gnósticos pagãos. O gnosticismo judeu vai dos *minim* ou hereges da Palestina talmúdica até a vasta tradição cabalística, que permanece vital hoje. O gnosticismo cristão, extirpado pela Igreja, caiu na clandestinidade e tornou a surgir como os catares de fins do século 12 em diante, apenas para ser destruído por uma Cruzada papal no século 13, numa campanha de extermínio que é parte crucial da longa história de fraude e violência da Igreja Católica. O gnosticismo dos sufistas muçulmanos, sobretudo dos xiitas, sobreviveu a muitas perseguições no Islã, e sobreviverá às barbaridades do Irã contemporâneo. Cito tudo isso porque não se pode explicar a gnose do Renascimento sem entrar na imagem da ressurreição, e eu quero desligar essa imagem de Jesus, ou antes, do Jesus das Igrejas dogmáticas. O que nos liberta é finalmente a Gnose do Corpo de Ressurreição, quer a imagem conhecida seja a de Hermes, do Anjo Metatron na Cabala, do Anjo Jesus ou das várias formas do Homem de Luz do sufismo iraniano. Todas essas são versões do *Ântropos* gnóstico, e que mais é o Renascimento, e que mais é a ressurreição?

No *Evangelho de Tomé*, como o interpreto, Renascimento se associa a partilhar a solidão de Jesus, ou ser um caminhante com ele. Pois o Jesus gnóstico nada tem a ver com a Crucificação; o "Jesus vivo" do *Evangelho de Tomé* ressuscitou sem passar pelo sacrifício da Expiação. Não é falta fundamental nossa acharmo-nos solitários numa selva cósmica, nossa galáxia, isolados de salvação pelo verdadeiro Deus que *não* fez este mundo, que *não* fez a alma humana, *não* fez nem mesmo a centelha ou verdadeiro eu humano, porque essa é co-eterna com Deus. Não há portanto nenhuma base para um sacrifício dentro de Deus, ou dentro do homem, e o que James Joyce chamava de Deus Enforcador do cristianismo dogmático é por conseguinte irrelevante para o processo de Ressurreição. Quando se pedia aos gnósticos antigos que vissem a imagem de Cristo na cruz, eles respondiam que era uma "aparição", e que o ígneo espírito de Jesus não podia sofrer. Alguns diziam que o "Salvador, rindo", estava ao lado da cruz, zombando dos perseguidores de sua aparição ou substituto.

Nada parecia mais sublimemente maluco aos gnósticos cristãos do que a adoração pela Igreja de um instrumento de tortura com o qual o degradado e falso deus tentara humilhar e destruir o Homem de Luz. Os muçulmanos iriam mais tarde concordar com essa opinião, e observo que muitos grupos espirituais nativos americanos ou descartam a cruz (como fazem os mórmons), ou têm apenas a cruz nua, sem ninguém pregado nela, a Cruz da Ressurreição. O gnóstico *Tratado sobre a ressurreição* pergunta o significado da ressurreição, e responde: "É a descoberta a qualquer momento dos elementos que se levantaram." Essa "migração para o novo" já se deu dentro de cada gnóstico, e a ressurreição é assim a própria gnose. O Novo Testamento, num ato de espantosa censura, quase nada nos diz sobre os quarenta dias e noites nos quais os discípulos andaram em companhia de Jesus, *após a sua ressurreição*. Se se consulta a *Enciclopédia católica* sobre esse assunto não desprovido de importância, só se encontra um polido desestímulo à continuação da procura. Mas se o cristianismo dogmático abandonou esses quarenta dias desde o começo, gnósticos antigos e modernos os reimaginaram, e quer você seja um gnóstico cristão ou apenas um conhecedor sem credo determinado, eu o convido a pensar comigo sobre eles, e com todos aqueles, desde os antigos valentinianos até os modernos mórmons, que se recusaram a ser desencorajados por dogmatismos, polidos ou coercitivos. "Enquanto existimos neste mundo, devemos adquirir a ressurreição", diz o gnóstico *Evangelho de Felipe*, e os poetas têm concordado: William Blake, Arthur Rimbaud, Rainer Maria Rilke e tantos outros. Talvez os sufistas xiitas tenham conjecturado com mais coerência e abrangência em relação à difícil imagem do Corpo da Ressurreição; como os posteriores cabalistas, tinham doutrinas de mundos alternativos, de variados estados de ser que se intercalam nesta vida. Talvez a gnose, em última análise, exija tais teosofias complexas, mas este é um sermão sobre liberdade espiritual, e assim quero tentar uma visão muito mais direta da imagem do renascimento ou ressurreição do que me permitiriam o sufismo ou a Cabala.

Se a gnose nos liberta, só pode ser porque nos ensina uma ressurreição que precede a morte, assim como o *Evangelho de Felipe* nos ensina do Cristo que "ele primeiro se levantou e depois morreu". A imagem principal, preparatória, que o *Evangelho de Felipe* (uma antologia de gnosticismo valentiniano) emprega para a ressurreição é a da "câmara nupcial", um símbolo sacramental para a perdida Plenitude andrógina do Pleroma. Bentley Layton observa que não podemos saber se os gnósticos valentinianos celebravam de fato um sacramento da câmara nupcial ou apenas a usavam como uma imagem espiritual; de qualquer modo, retém uma força mítica como um prelúdio para a ressurreição. Desconfio de que se encenava um ritual da câmara nupcial, para restaurar o Andrógino que era Ântropos, mas quaisquer que tenham sido os procedimentos sexuais, a intenção simbólica era a aniquilação do reino da morte. Com exceção do *Evangelho da verdade*, temos apenas fragmentos de Valentino, e este é um deles:

> Desde o princípio, tendes sido imortais, e sois filhos da vida eterna. E quisestes que a morte vos fosse destinada para poderdes gastá-la e usá-la, e para que a morte morresse em vós e através de vós. Pois quando anulardes o mundo e não fordes vós mesmos anulados, sereis senhores sobre a criação e sobre toda corrupção.

Esse trecho impressionante nos vem com um comentário esclarecedor de São Clemente de Alexandria, grande intelectual cristão, que foi um contemporâneo mais jovem de Valentino:

> [Valentino] supunha que há um povo que por sua própria natureza é salvo; que essa raça, na verdade, desceu até nós para a destruição da morte; e que a origem da morte é obra do criador do mundo.

Dificilmente vejo como a questão entre gnosticismo e cristianismo, entre Valentino e Clemente, pode ser mais claramente exposta. Valentino, o maior dos gnósticos, diz-nos que há entre nós os que conhecem a ressurreição, e que eles aniquilarão a morte; Clemente, defensivamente, expressa o choque do cristão de fé, que descobre que seu Deus é tido como culpado pela invenção da morte.
 E *aí* está o centro vital do incessante conflito entre o gnosticismo e o

judaísmo, o cristianismo e o Islã institucionais: quem é responsável pela origem da morte, e qual é a natureza da ressurreição? Se se pode aceitar um Deus que coexiste com os campos de morte, a esquizofrenia e a Aids, e ainda assim continua sendo todo-poderoso e de alguma forma benigno, então se tem fé, e se aceitou a Aliança com Javé, ou a Expiação de Cristo, ou a submissão ao Islã. Se *conhecemos* a nós mesmos como tendo uma afinidade com o Deus Estrangeiro ou Estranho, isolado deste mundo, então somos gnósticos, e talvez os melhores e mais fortes momentos ainda estão por chegar para o que é melhor e mais antigo em nós, um alento ou centelha que precede de muito esta Criação. Nesses momentos, não conhecemos a morte; conhecemos ao contrário o que Valentino queria dizer na sussurrada consciência que conclui o *Evangelho da verdade*:

> Tal é o lugar dos abençoados; esse é o lugar deles. Quanto aos outros, então, que saibam, em seu lugar, que não me cabe a mim, depois de ter estado no lugar de repouso, dizer mais coisa alguma.

Agradecimentos

Sou intensamente grato à minha editora, Celina Spiegel, e à minha equipe de pesquisadores, Ginger Gaines e Carla Januska. Como sempre, agradeço também às bibliotecas e bibliotecários da Universidade de Yale.

Harold Bloom
6 de fevereiro de 1996
Timothy Dwight College
Yale University

Este livro foi impresso nas oficinas gráficas da
Editora Vozes Ltda.,
Rua Frei Luís, 100 — Petrópolis, RJ,
com filmes e papel fornecidos pelo editor.